체호프 단편선 1

Chekhov Selected Stories

아로파 세계문학 12

체호프 단편선 1

Chekhov Selected Stories

안톤 파블로비치 체호프
Anton Pavlovich Chekhov

조혜경 옮김

아로파

차례

거울

И вся предыдущая жизнь с мужем кажется ей только
глупым, ненужным предисловием к этой смерти.

남편과 함께했던 과거의 모든 삶이
죽음의 어리석고 불필요한 서막처럼 여겨졌다.

섣달그믐날 저녁이다. 귀족 가문 출신 장군의 젊고 아름다운 딸 넬리는 밤낮으로 결혼만 꿈꾼다. 그녀는 피곤해서 반쯤 감긴 눈으로 자기 방에서 거울을 바라보고 있었다. 창백하고 긴장된 상태로 앉아 있는 모습은 미동이 전혀 없어서 마치 거울 같았다.

현실에서는 볼 수 없는 광경이 눈앞에 선명하게 펼쳐진다. 거울 속에는 좁지만 아주 길게 이어진 복도, 줄지어 켜진 수많은 촛불, 넬리의 얼굴과 손, 거울의 프레임이 담겨 있다. 이 모든 형상들은 이미 오래전부터 안개에 가려진 채 끝없이 펼쳐진 회색 바다로 빠져들고 있다. 바다는 일렁이고 반짝이며 이따금 노을을 받아 붉게 타오르고 있다…….

넬리의 흔들림 없는 눈동자와 벌어진 입을 보면 자고 있는 건지, 무언가를 관찰하고 있는 건지 구별할 수가 없다. 하지만 무언가를 바라본다는 느낌이 든다. 그녀가 제일 먼저 본 건 매력 넘치는 누군가의 부드러운 미소와 눈짓이다. 흔들리는 회색 배경 속에 머리 모양, 얼굴, 눈썹, 턱수염이 차례로 선명해진다. 그 사람은 바로 오랫동안 꿈꾸고 바라 왔던, 하늘이 정해 준 짝이다. 그 운명의 남자는 넬리에게 삶의 의미를 비롯해 개인의 행복, 출세, 운명 등 모든 것을 결정해 준 존재다. 만약 그가 없다면 넬리의 인생은 거울 속 회색 배경처럼 어두컴컴하고 공허하며 무의미해질 것이다. 따라서 자신에게 살며시 미소 짓는 아름다운 얼굴을 바라보면서 형언할 수 없는 달콤한 꿈을 꾸고 행복감을 느끼는 건 이상한 일이 아니다. 그 꿈은 말이나 글로 결코 표현할 수 없다. 더 나아가 그의 목소리를 들으며 그와 함께 한 지붕 아래에 살면서 자신과 그의 인생이 하나가 되는 모습을 상상해 본다. 회색 배경 속에서 달(月)이 지나가고 해(年)가 넘어간다……. 그런 식으로 넬리는 자신의 미래에 벌어질 모든 일을 상세하게 그려 본다.

회색 배경 속에 어떤 장면들이 어른거린다. 넬리는 추운 겨울밤 자신이 시골 의사인 스쩨빤 루끼치의 집 문을 두드리는 모습을 바라본다. 늙은 개가 문 뒤에서 느긋하지만 거칠게 짖고 있다. 의사의 집 유리창에도 어느새 어둠이 깃든다. 주위는 적막하다.

"제발…… 제발!" 넬리가 속삭인다.

마침내 울타리 옆문이 열리고 넬리는 자신의 앞에 나타난 의사네 요리사를 바라본다.

"의사 선생님께선 댁에 계신가요?"

"주무시고 계세요……."

요리사는 주인을 깨우게 될까 봐 두려운 듯이 소매로 입을 가리고 속삭인다.

"전염병 때문에 왕진을 갔다가 이제 막 돌아오셨어요. 깨우지 말라고 하셨는데요."

하지만 넬리는 요리사의 말이 들리지 않는다. 넬리는 요리사를 밀치고 정신 나간 사람처럼 의사의 집 안으로 달려간다. 넬리는 어둡고 답답한 방을 몇 개 지나면서 도중에 의자 두세 개를 쓰러뜨린다. 마침내 그녀는 침실에서 옷을 입은 채로 침대에 누워 있는 의사를 찾아낸다. 그는 겉옷도 걸치지 않고, 입술을 앞으로 내밀어 자신의 손바닥에 숨을 내뱉어 보고 있다. 옆에는 조그마한 등불이 희미하게 빛나고 있다. 넬리는 아무 말도 없이 의자에 앉아 울기 시작한다. 온몸을 떨며 우는 모습이 서러워 보인다.

"나…… 남편이 아파요!" 그녀가 입을 연다.

스쩨빤 루끼치는 말이 없다. 잠시 후 자리에서 천천히 일어나 주먹으로 머리를 받치고 잠에 취해 아무 움직임이 없는 눈동자로 손님을 바라본다.

"남편이 아프다니까요!" 넬리가 흐느낌을 억누르면서 말을 이어 나간다.

"제발, 가요……. 얼른요……. 최대한 빨리요!"

"네?"

의사는 손바닥에 숨을 내뱉으며 중얼거린다.

"가요! 지금 당장요! 그렇지 않으면…… 그렇지 않으면…… 생각만 해도 끔찍하군요……. 부탁이에요!"

넬리는 창백한 얼굴로 고통스러운 듯이 눈물을 삼키고 숨을 몰아쉰다. 그러고 나서 남편의 갑작스러운 발병과 자신의 형언할 수 없는 공포를 설명하기 시작한다. 넬리의 슬픔은 돌덩이도 감동시킬 만큼 컸지만, 의사는 그녀를 지긋이 바라보며 자신의 손바닥에 숨을 내쉴 뿐 자리에서 꿈쩍도 하지 않는다.

"내일 갈게요……." 의사는 중얼거린다.

"그러면 안 돼요!"

넬리는 펄쩍 뛴다.

"남편이 티푸스[1]란 말이에요! 지금…… 바로 지금이 당신의 힘이 절실히 필요한 때에요!"

"그러니까 제가…… 지금 막 돌아와서요……." 의사가 중얼거린다.

"전염병 때문에 사흘 내내 돌아다녔어요. 저 역시 지쳤고 아프답니다……. 정말 갈 수 없어요! 진짜예요! 저…… 저도 감염자라고요……. 이걸 보세요!"

그러고 나서 의사는 넬리의 눈앞에 체온계를 들이댄다.

"체온이 거의 40도예요……. 정말 못 가겠습니다! 전…… 앉아 있기도 힘든 상태라고요. 용서하세요. 좀 누워야겠어요……."

의사는 자리에 눕는다.

"의사 선생님, 제발 부탁드려요!"

절망한 넬리의 입에서 신음 소리가 새어 나온다.

"이렇게 애원할게요! 제발 저 좀 도와주세요. 힘을 내주세요, 함께 가요……. 의사 선생님, 꼭 보답할게요."

---

1) 고열, 발진 따위의 증상을 동반하는 전염병이다.

"맙소사…… 이미 말씀드렸잖아요! 아이고!"

넬리는 자리에서 일어나 침실을 돌아다니며 초조해한다. 그녀는 이 상황을 설명하여 의사를 설득시키고 싶다……. 자신이 얼마나 남편을 소중히 여기는지, 지금 얼마나 불행한지 이해한다면 의사는 저절로 피곤하고 아픈 상태를 잊어버리고 함께 가줄 것이다. 하지만 어디서 이러한 달변을 찾는단 말인가?

"마을 전담 의사에게 가보세요."

스쩨빤 루끼치의 목소리가 들린다.

"그건 불가능해요! 그분은 여기서 25베르스따[2] 떨어진 곳에 살고 있어요. 시간이 없어요. 타고 갈 말도 여의치 않고요. 우리 집에서 여기까지 40베르스따나 되는데 여기서부터 마을 전담 의사의 집까지도 그만큼 오래 가야 해요……. 아니요. 그건 불가능해요! 스쩨빤 루끼치, 가요! 움직이란 말이에요. 남편에게 가준다면 큰 업적을 세우는 일이 될 거예요! 제발 우리를 불쌍히 여겨 주세요!"

"이런 빌어먹을…… 열도 있고…… 어지러워 미치겠어. 그런데 이 여자는 날 이해해 줄 생각이 없군. 원, 못 간다고요! 나가 주세요."

"그래도 당신은 가야만 해요. 내 부탁을 거절할 권리가 없어요! 이건 이기주의예요! 인간이라면 이웃을 위해 목숨을 내놓고 자신을 희생할 줄 알아야죠. 하지만 당신이…… 당신이 갈 생각이 없다면! 난 당신을 법정에 세우고 말 거예요!"

넬리는 자신이 모욕적이고 말도 안 되는 거짓말을 하고 있다고 느낀다. 하지만 남편을 구하기 위해서라면 논리와 관용, 인간에 대한 연민을

2) 러시아의 길이 단위로, 1베르스따는 약 1킬로미터에 해당한다.

다 버릴 수 있다……. 그녀의 협박에 의사는 차가운 물 한 컵을 벌컥벌컥 들이켠다. 넬리는 정말 마지막이라는 생각으로 다시 한 번 의사 앞에서 걸인처럼 싹싹 빌며 간청한다. 그러자 의사의 마음속에 그녀에 대한 안타까움이 피어난다……. 마침내 의사는 굴복한다. 천천히 자리에서 일어난 그는 자신이 받은 비난에 대해 툴툴거리다가 외투를 찾는다.

"아, 여기요. 외투!"

넬리가 그를 도와준다.

"외투 입는 걸 도와 드릴게요……. 아, 됐네요. 갑시다. 정말로 꼭 보답할게요……. 당신께 평생 갚아야 할 빚이 생겼네요……."

하지만 이 무슨 고통인가! 의사는 외투를 입은 뒤 다시 자리에 누워 버린다. 넬리는 그를 억지로 일으켜서 현관으로 데려간다……. 현관에서 의사가 덧신을 신고 외투를 입기까지 길고 고통스러운 소란이 이어진다……. 모자가 떨어진다……. 마침내 넬리는 마차에 앉는다. 의사가 그 옆에 앉는다. 이제 40베르스따만 가면 남편은 의술의 도움을 받을 수 있다. 어둠이 깃든 대지는 지척도 분간되지 않는다……. 차가운 겨울바람이 분다. 마차는 얼어붙은 작은 언덕 위를 달려간다. 마부는 잠시 멈추고는 어느 길로 가야 할지 생각한다…….

집에 가는 동안 줄곧 넬리와 의사는 침묵한다. 마차가 몹시 흔들리지만 그들은 추위도 진동도 느끼지 못한다.

"달려요! 달려!" 넬리가 마부를 채근한다.

새벽 5시경 말들이 녹초가 되어 정원에 들어선다. 넬리에게 익숙한 대문, 두레박이 달린 우물, 한 줄로 길게 늘어선 마구간과 창고들이 보인다……. 마침내 집에 도착한 것이다.

"잠시만 기다려 주세요. 잠깐이면 됩니다……."

넬리는 스쩨빤 루끼치에게 부엌 의자에 앉으라고 권하고는 이렇게 말한다.

"몸을 좀 녹이세요. 제가 남편의 상태를 보고 올게요."

잠깐 남편에게 갔던 넬리가 돌아오자 의사는 자리에 누워 무언가를 중얼거린다.

"제발, 의사 선생님…… 의사 선생님!"

"아? 돔나에게 부탁하세요……." 스쩨빤 루끼치가 중얼거린다.

"무슨 말이에요?"

"사람들이 회의에서 말했어요……. 블라소프가 말하더군요……. 누구라고? 뭐라고?"

넬리는 의사마저 남편처럼 헛소리를 늘어놓자 경악한다. 무엇을 해야 할까?

'마을 전담 의사에게 가야겠어!' 넬리는 결심한다.

다시 어둠과 차가운 칼바람을 헤치고 얼어붙은 언덕을 달려가야만 한다. 몸과 마음이 모두 괴롭다. 자연은 이러한 고통에 대해 보상도, 기만도 하지 않는 사기꾼 같다…….

그 후 넬리는 회색 배경 속에서 남편의 모습을 본다. 남편은 영지를 저당 잡혀 가면서 빌린 은행 대출금의 이자를 갚기 위해 매년 봄마다 돈을 구하러 다닌다. 차압을 피할 방법을 찾아내려고 그녀도 남편도 잠을 설쳐 가며 고통스럽게 머리를 굴려 본다.

이번에는 아이들을 바라본다. 감기와 성홍열, 디프테리아, 성적 부진, 그리고 이별 때문에 끊임없이 괴로워한다. 아이들 대여섯 중에 한 명은 틀림없이 죽고 말 것이다.

회색 배경은 죽음으로부터 자유롭지 못하다. 그 사실을 이해할 수는 있다. 남편과 아내가 동시에 죽어서는 안 된다. 둘 중 한 명은 무슨 일이 있어도 다른 이의 장례식을 치러 줘야만 한다. 넬리는 남편의 죽음을 지켜본다. 이 끔찍한 불행은 모든 일상에 세세하게 스며든다. 넬리는 무덤, 양초, 목사님, 그리고 무덤 앞에 남은 발자국까지 바라본다.

"이 고통스러운 모든 일들이 어떻게 끝이 날까? 그리고 무엇 때문에 일어난 걸까?"

넬리는 죽은 남편의 얼굴을 멍하니 바라보다가 스스로에게 묻는다.

남편과 함께했던 과거의 모든 삶이 죽음의 어리석고 불필요한 서막처럼 여겨졌다.

넬리의 손에서 무언가가 바닥으로 떨어진다. 놀란 몸을 움찔한 그녀는 자리에서 일어나 눈을 크게 뜬다. 발아래에 거울 하나가 놓여 있다. 다른 거울은 원래대로 책상 위에 있다. 거울에 비친 창백하고 눈물로 얼룩진 얼굴을 바라본다. 회색 배경은 이내 사라진다.

"깜빡 잠이 들었나 보네……."

넬리는 가벼운 한숨을 내쉬며 상념에 잠긴다.

어느 관리의 죽음

Придя машинально домой, не снимая вицмундира, он лег на диван
и … помер.

체르뱌꼬프는 기계처럼 집으로 돌아와서 제복도 벗지 않고 소파에 드러누웠다.
그리고…… 그대로 숨을 거두었다.

어느 멋진 저녁이었다. 그리고 그보다 더 멋진 회계 검사관 이반 드미뜨리치 체르뱌꼬프는 극장의 두 번째 열에 앉아 오페라글라스[3]로 〈코르네빌의 종〉을 감상하고 있었다. 그는 주위를 둘러보며 지금 이 순간이 정말 행복하다고 생각했다. 그런데 갑자기……. '그런데 갑자기'라는 말은 소설에 자주 등장한다. 인생은 예기치 못한 일들로 가득하기 때문에 작가들이 그런 표현을 사용하는 건 당연하다! 그런데 갑자기 체르뱌꼬프의 얼굴이 일그러지고 눈이 휘둥그레지더니 숨이 멎었다……. 그는

3) 휴대하기 편한 쌍안경으로, 연극이나 오페라 등을 관람하는 데 편리하다.

눈에서 오페라글라스를 떼고 몸을 앞으로 숙여서…… 에취!!! 그만 재채기를 하고 말았다. 어느 누구에게나, 그리고 어느 장소에서나 재채기가 금지된 건 아니다. 서민들과 경찰 부장들도, 그리고 이따금은 3등 문관들까지 재채기를 한다. 체르뱌꼬프는 조금도 당황하지 않고 손수건으로 입을 닦으며, 예의 바른 사람답게 재채기 때문에 주위 사람들이 불편해졌는지 살폈다. 그 순간 그는 당황하고 말았다. 자신이 앉아 있는 좌석의 바로 앞, 그러니까 첫째 줄에 앉은 어르신이 장갑으로 벗겨진 머리와 목을 열심히 닦으며 뭐라고 중얼거리는 중이었기 때문이다. 그분은 도로교통부에 근무하는 5등 문관 브리즈잘로프였다. 체르뱌꼬프는 생각에 잠겼다.

'저분께 침이 튀었나 보군! 직속상관도 아니고 남이긴 하지만 맘이 불편하니 꼭 사과해야겠어.'

체르뱌꼬프는 헛기침을 한 뒤 몸을 앞으로 숙여 5등 문관의 귀에 대고 속삭였다.

"각하, 죄송합니다. 침을 튀겨 버렸네요……. 본의 아니게……."

"괜찮아요. 괜찮습니다……."

"정말, 죄송합니다. 그러니까…… 제가 바란 일은 아니었습니다."

"아, 앉으세요. 제발! 오페라나 듣죠!"

체르뱌꼬프는 당황해서 바보처럼 웃으며 무대를 바라보기 시작했다. 그는 앞을 주시했지만 이제 더 이상 행복하지 않았다. 불안한 마음 때문에 기분은 엉망이 되었다. 쉬는 시간에 체르뱌꼬프는 브리즈잘로프의 옆으로 다가가 수줍음을 무릅쓰고 중얼거리기 시작했다.

"각하, 제가 각하께 침을 튀기고 말았습니다……. 용서해 주십시오……. 전 정말…… 일부러 그런 게 아니라……."

"아, 그만하세요……. 벌써 잊었어요. 같은 일을 거듭 말하고 있으니, 원!" 브리즈잘로프는 이렇게 말하고는 짜증스레 아랫입술을 실룩거렸다. 체르뱌꼬프는 의심스러운 눈빛으로 그를 바라보며 생각했다.

'잊어버렸다지만 눈에는 악의가 가득해. 나와 말 섞기 싫은 거야. 이 분께 방금 일이 내가 원한 게 아니라고 설명해야만 해……. 재채기가 나온 건 생리 현상이지만 내가 침을 뱉고 싶었다고 생각하실 수도 있어. 지금은 아니라도 나중에 그렇게 생각하실 거야!'

체르뱌꼬프는 집으로 돌아와서 아내에게 자신의 무례함에 대해 털어놓았는데, 아내는 대수롭지 않아 하는 것 같았다. 처음엔 그녀도 깜짝 놀랐지만 브리즈잘로프가 '다른 부서의 상관'임을 듣고 안심한 눈치였다. 아내가 말했다.

"그렇지만 찾아가서 사과하는 게 좋겠어요. 그분이 당신을 공중도덕을 잘 지키지 않는 사람이라고 생각할 수 있으니까요!"

"그래 맞아, 바로 그거야! 내가 사과를 했지만 그분은 어쩐지 이상하게도…… 중요한 내용에 대해서는 한마디도 언급하지 않으셨어. 게다가 이야기를 나눌 시간도 없었거든."

다음 날 체르뱌꼬프는 새 제복을 입고 이발도 한 뒤 브리즈잘로프에게 사과하러 갔다……. 그의 집에는 이미 많은 청원자들이 와 있었다. 체르뱌꼬프는 청원자들에 둘러싸여 이제 막 청원을 접수받기 시작한 5등 문관을 발견했다. 몇몇 청원자들에게 질문을 하고 나서 브리즈잘로프는 눈을 들어 체르뱌꼬프를 바라보았다. 회계 검사관은 입을 열었다.

"각하, 기억하십니까. 어제 '아르카디아[4)]' 극장에서 제 재채기에……

---

4) '이상향'을 뜻한다.

우연히 침을 맞으셔서…… 죄송…….”

“별 시답잖은……. 하느님만 아실 일이오! 다음 분은 뭐가 필요하죠?”

브리즈잘로프는 다음 청원자에게 질문을 했다. 체르뱌꼬프는 얼굴이 창백해졌고, 이런 생각까지 들었다.

‘말하고 싶지 않으신 거야! 화가 나셨어……. 그러니까…… 아니야. 이대로 놔둘 수는 없어……. 설명해야만 해…….’

마지막 청원자와 이야기를 마친 브리즈잘로프가 안쪽 방으로 향할 때 체르뱌꼬프는 그의 뒤로 다가가서 다시 말을 걸었다.

“가, 각하! 제가 감히 각하를 화나게 만들었습니다. 회개하는 심정으로 말씀드리겠습니다. 고의가 아니에요. 각하도 아실 겁니다!”

5등 문관은 슬픈 표정을 하고 손을 내저었고, 문 뒤로 사라지며 이렇게 말했다.

“이보게, 그러니까 자네는 날 비웃는 거군!”

체르뱌꼬프는 생각했다.

‘뭘 보고 비웃는다는 거지? 난 한 번도 그런 적이 없다고! 나리는 날 이해할 수 없나 봐! 그렇다면 나도 더 이상 저 잘난 인간에게 사과하지 않겠어! 제기랄! 편지만 한 통 보내고 발길을 끊겠어! 흥, 다신 안 와!’

체르뱌꼬프는 집으로 가는 동안 내내 이 일만 곱씹었다. 그러나 브리즈잘로프에게 편지를 쓰지 않았다. 생각에 생각을 거듭했지만 편지를 쓸 수 없었다. 다음 날 그는 직접 해명하러 가야만 했다. 5등 문관이 체르뱌꼬프를 왜 또 왔냐는 듯한 눈으로 쳐다보자 그는 더듬거리며 말하기 시작했다.

“각하, 제가 어제 찾아와 심려를 끼쳐 드렸네요. 각하 말씀대로 비웃으려는 의도는 없었습니다. 제가 어떻게 감히 각하를 비웃을 수 있겠습니까? 비웃는다는 것은, 그러니까 어떠한 존경심도 없이 행동하는 것이지요……. 하지만 저는 결코 그러지 않았습니다…….”

“꺼져!!”

5등 문관은 자리에 앉은 채로 몸을 떨다가 갑자기 고함을 질렀다.

“네?”

5등 문관의 태도에 무서워진 체르뱌꼬프는 어리둥절해하며 속삭이듯 물었다.

“꺼지라고!!”

5등 문관은 발을 구르며 다시 한 번 말했다.

체르뱌꼬프의 내면에서 무언가가 폭발했다. 눈앞이 깜깜해지며 아무것도 들을 수 없었고, 두려움에 문 쪽으로 뒷걸음쳐 거리로 나와 겨우겨우 발걸음을 옮겼다……. 체르뱌꼬프는 기계처럼 집으로 돌아와서 제복도 벗지 않고 소파에 드러누웠다. 그리고…… 그대로 숨을 거두었다.

09 드라마

Павел Васильевич любил только свои статьи, чужие же, которые ему
предстояло прочесть или прослушать, производили на него всегда
впечатление пушечного жерла, направленного
ему прямо в физиономию.

빠벨 바실리예비치는 자신의 글만 좋아했다.
읽거나 들어야만 하는 남의 글들은 마치 자신의 얼굴에 겨누어진 대포 같았다.

"빠벨 바실리예비치, 어떤 부인이 와 계신데요. 주인님께 여쭤볼 것이 있다 합니다. 벌써 한 시간째 기다리고 계십니다……."

루까가 보고했다.

이제 막 아침 식사를 마친 빠벨 바실리예비치는 웬 부인이 기다린다는 말에 인상을 쓰며 입을 열었다.

"망할! 바쁘다고 전해."

"빠벨 바실리예비치, 그 부인은 벌써 다섯 번이나 다녀가셨어요. 당신을 꼭 만나야만 한다고 말씀하십니다……. 울먹이고 있어요."

"흠…… 알겠네. 서재로 모시게."

빠벨 바실리예비치는 느긋하게 외투를 걸치고 한 손에는 펜을, 다른 한 손에는 책을 들었다. 그러고는 몹시 바쁜 듯한 표정을 지으며 서재로 갔다. 부인은 서재에서 그를 기다리고 있었다. 얼굴빛이 발그스레했고 전체적으로 통통한 여자였다. 안경을 끼고 있었고, 얼핏 보니 매력적인 것을 넘어서 아주 격식 있는 옷차림을 하고 있었다. (그녀는 허리에 네 겹으로 주름이 잡힌 옷을 입고, 붉은 깃털로 장식된 기다란 모자를 쓰고 있었다.) 부인은 빠벨 바실리예비치를 보고 눈을 치켜뜨며 기도를 하듯이 두 손을 모았다.

"당신이 저를 기억하지 못하는 건 당연해요."

몹시 흥분한 부인은 테너처럼 높은 어조로 말하기 시작했다.

"전…… 전 흐루쯔끼 댁에서 당신을 알게 돼서 기뻤어요……. 전 무라슈끼나라고 합니다……."

"아, 아, 아…… 음…… 앉으세요! 무엇을 도와 드릴까요?"

"아시다시피, 전…… 전……."

무라슈끼나는 자리에 앉고 나서 더욱더 긴장한 모양이었다.

"당신은 기억하지 못하시겠지만…… 전 무라슈끼나입니다……. 실은 전 당신의 재능을 진심으로 존경하는 사람으로서 언제나 기쁜 맘으로 당신의 글을 읽고 있어요……. 아부한다고 생각하지는 말아 주세요. 응당 해야 할 말을 할 뿐이에요……. 늘 당신 글을 읽는답니다! 저도 문필활동을 조금 하고 있긴 해요. 그래도 당연히…… 제가 감히 작가라고 불릴 수 없다는 걸 알고 있습니다만…… 얼마 안 되는 제 재능은 벌집 속 꿀처럼 숨어 있지요……. 전 여러 번에 걸쳐서 동화 세 편을 냈어요. 물론 당신은 읽어 본 적 없는 작품이겠지만요……. 번역도 많이 했고요. 그리고…… 지금은 고인이 되었지만 오빠는 '사건'이란 출판사에서 일했어요."

"그렇군요…… 에, 에, 에…… 제가 뭘 해드리면 되나요?"

"눈치채셨겠지만…… (무라슈끼나는 눈을 내리깔면서 얼굴을 붉혔다.) 당신의 능력을 알고 있어요……. 빠벨 바실리예비치, 그래서 당신의 생각, 당신의 의견이 필요해요. 아니 좀 더 정확히 말씀드리자면…… 조언을 구하고 싶어요. 제 표현이 거칠더라도 용서하세요. 갖은 고생 끝에 완성한 드라마[5]를 검열관에게 보내기 전에 당신에겐 어떻게 보이는지 알고 싶어요."

무라슈끼나는 잔뜩 긴장했는지 붙잡힌 새처럼 바들거렸고, 원피스 이곳저곳을 뒤지더니 기름때가 묻은 크고 두꺼운 공책을 꺼냈다.

빠벨 바실리예비치는 자신의 글만 좋아했다. 읽거나 들어야만 하는 남의 글들은 마치 자신의 얼굴에 겨누어진 대포 같았다. 그는 화들짝 놀라 공책을 쳐다보며 서둘러 말했다.

"좋습니다. 놓고 가세요……. 읽어 볼게요."

"빠벨 바실리예비치!"

무라슈끼나는 자리에서 일어나 기도하듯이 손을 모으고 신음을 내며 말했다.

"당신이 바쁘시다는 건 알고 있습니다……. 당신에겐 매 순간이 소중하겠지요. 지금도 속으로 저를 저주하실지 모르겠네요. 하지만…… 부탁입니다. 지금 당신께 제가 쓴 드라마를 낭송할 수 있게 해주세요…….

---

5) 여기서는 희곡 또는 연극을 말한다.

제발요!"

"정말 기쁩니다만……."

빠벨 바실리예비치는 당황했다.

"부인, 하지만 전…… 전 바빠서…… 전…… 지금 가봐야만 합니다."

"빠벨 바실리예비치!"

부인은 신음을 흘렸고 그녀의 눈에는 눈물이 가득 고였다.

"제가 당신께 희생을 강요했네요! 뻔뻔하고 파렴치하게 보일지 모르겠지만 한 번만 자비를 베풀어 주세요! 전 내일 까잔으로 떠나요. 그래서 당신의 평가를 들을 시간이 오늘밖에 없어요. 30분만 시간을 내주세요……. 30분이면 충분해요! 부탁드립니다!"

빠벨 바실리예비치는 그 부탁을 더는 거절하기 어려운 난처한 상황에 놓였다. 게다가 그녀가 눈물을 흘리면서 무릎까지 꿇으려고 하자 더 당황스러웠다. 결국 넋을 놓은 빠벨은 이렇게 중얼거렸다.

"좋아요. 하세요……. 들어 보지요……. 30분 정도는 당신 이야기를 들을 수 있을 것 같네요."

무라슈끼나는 기뻐서 환호하더니 모자를 벗고 자리에 앉아 대본을 읽기 시작했다. 그녀가 처음 읽은 부분은 하인과 하녀가 화려하게 장식된 거실을 청소하면서 시골에 초등학교와 병원을 세운 여주인 안나 세르게예브나에 대해 장황하게 이야기하는 장면이었다. 하인이 나가자 하녀는 "배움은 빛, 무지는 어둠."이라며 혼잣말을 한다. 그다음에 무라슈끼나는 하인이 거실에 등장하여 주인어른인 장군에 대해 길게 독백하는 장면을 읽었다. 딸의 신념을 이해하지 못한 장군은 딸을 부유한 시종보에게 시집보내려고 하며 민중을 구원하는 일이 완전히 무지한 상태에 놓여 있다고 생각했다. 그다음 장면에선 하인이 나가고 여주인이 들어왔다. 그녀는 관객에게 자신이 밤새 잠도 못 자고 발렌찐 이바노비치를 생각했다고 말한다. 발렌찐은 가난한 교사의 아들이며, 아무런 대가 없이 병든 아버지를 보살피고 있는 청년이었다. 그는 모든 학문을 섭렵했지만 우정도 사랑도 믿지 않는 사람으로, 목적 없는 인생에서 오로지 죽음만 기다리고 있으므로 여주인은 자신이 그를 구해야만 한다고 말한다.

빠벨 바실리예비치는 부인의 낭독을 들으며 자신의 소파를 떠올렸다. 그리고 이내 슬퍼졌다. 사악한 표정으로 무라슈끼나를 바라보던 빠벨은 그녀의 테너 같은 목소리가 고막을 두드리는 것 같다고 느꼈다. 그는 드라마를 단 한 줄도 이해하지 못했고 곧 다른 생각에 빠져들었다.

'악마가 잡아가길……. 이 허접한 작품을 들을 필요가 있는 걸까! 음, 저 여자가 쓴 드라마인데 왜 내가 벌을 받아야 하지? 하느님, 공책의 두께를 좀 봐! 이건 벌이야!'

빠벨 바실리예비치는 아내의 초상화가 걸려 있는 벽을 바라보며 아내가 끈 5아르신[6]과 치즈 1푼트[7], 그리고 치약을 사서 별장에 가져다 달라고 부탁한 일을 떠올렸다.

'어떻게 해야 끈을 잃어버리지 않을까? 어디에 놓았더라? 파란 양복 주머니에 넣은 것 같긴 한데…… 저 빌어먹을 파리들이 아내의 초상화에 다닥다닥 붙어 있으니 꼭 얼굴에 점이 찍힌 듯하네. 올가에겐 유리창을 닦으라고 하고…… 이제야 12장이라니. 곧 1막은 끝나겠네. 이렇게 더운 날씨에 저 뚱뚱한 몸에서 정말 영감이 나오긴 할까? 드라마 집필보다 차라리 시원한 냉국을 마시고 지하실에서 한숨 자는 것이 낫지 않나…….'

6) 러시아의 길이 단위로, 1아르신은 약 70센티미터에 해당한다.
7) 러시아의 중량 단위로, 1푼트는 약 400그램에 해당한다.

“이 독백은 조금 길지요?”

무라슈끼나가 눈을 들어 갑자기 그에게 질문을 던졌다.

사실 빠벨 바실리예비치는 그 부분을 듣고 있지 않았다. 그는 당황스러움에 부인이 아닌 자신이 그 독백을 쓴 듯 죄책감을 느끼며 대답했다.

“아니, 아닙니다. 그럴 리가요……. 아주 좋아요…….”

그 말에 무라슈끼나는 행복해하면서 낭독을 이어 나갔다.

“안나 : 당신은 분석에 빠져 있군요. 가슴으로 사는 일을 너무 일찍 그만두고 이성만 따르고 있어요.

발렌찐 : 가슴이 뭘까? 이 단어는 해부학적 용어야. 으레 가슴으로 감정을 느낀다는 표현을 쓰지만 난 그 말을 인정할 수 없어.

안나 : (당황해하며) 그렇다면 사랑은요? 사랑도 사상들이 결합해서 만든 것인가요? 솔직히 말해 봐요. 당신도 예전에 사랑을 했었죠?

발렌찐 : (씁쓸하게) 옛일을 들먹이지 마. 아직 상처가 다 아물지 않았다고. (하던 일을 멈추고) 당신은 무슨 생각을 하는 거지?

안나 : 당신이 불행해 보인다는 생각이요.”

16장을 읽을 때 빠벨 바실리예비치는 하품을 하면서 자기도 모르게 이 가는 소리를 내고 말았다. 개들이 파리를 잡을 때 낼 것 같은 이 불쾌한 소리에 그는 깜짝 놀랐고 이 소리를 감추기 위해 일부러 온화한 표정을 지었다. 그러고는 또다시 생각에 잠겼다.

‘17장…… 언제 끝나는 거야? 오, 하느님! 만일 이 고통이 10분 더 계속된다면 경비원을 불러야겠어……. 더는 참을 수 없어!’

그때 마침 부인이 더 빠르고 더 큰 소리로 대본을 읽다가 목소리를 높여 ‘막이 내리다.’라고 말했다.

빠벨 바실리예비치는 가볍게 한숨을 내쉰 뒤 자리에서 일어서려 했다. 그런데 무라슈끼나가 바로 공책을 한 장 넘겨 다음 부분을 이어서 읽었다.

"제2막. 무대는 농촌 거리. 오른쪽에는 초등학교가 있고 왼쪽에는 병원이 있다. 계단 끝에 마을의 모든 남녀가 앉아 있다."

"죄송한데……."

빠벨 바실리예비치가 끼어들었다.

"모두 몇 막이죠?"

"5막입니다."

무라슈끼나는 그가 떠날까 봐 불안해졌는지 더 빠른 속도로 쭉쭉 읽어 나갔다.

"초등학교 유리창에 발렌찐의 모습이 비친다. 무대 깊숙한 곳에서 마을 사람들이 가재도구들을 술집으로 가져가는 모습이 보인다."

빠벨 바실리예비치는 마치 형을 선고받고 사면이 불가능하다는 것을 확신한 사람처럼 더 이상 낭독이 끝나기를 기다리지 않았다. 아무것도 바라지 않았다. 다만 눈이 감기지 않고 자신의 얼굴에서 집중하는 표정이 사라지지 않도록 노력할 뿐이었다……. 부인이 드라마 낭독을 끝내고 떠날 시간은 아직도 까마득하게 멀어서 그건 생각조차 하지 않았다.

"뜨루, 뚜, 뚜, 뚜……."

무라슈끼나의 목소리가 그의 귓가에 울려 퍼졌다.

"뜨루, 뚜, 뚜…… 지지지지……."

빠벨 바실리예비치는 생각했다.

'탄산수 마시는 걸 깜빡했네. 무슨 생각을 하고 있었지? 그래, 아, 탄산수에 대해…… 아무래도 위염인가 봐……. 하루 종일 보드카를 마시는 스미르노프스끼에게 지금까지 염증이 없다니…… 놀라운 일이야. 창

가에 앉은 저 새는…… 참새인가…….'

빠벨 바실리예비치는 졸린 눈을 감지 않기 위해 애썼고, 입을 벌리지 않은 채 하품하며 무라슈끼나를 바라보았다. 어슴푸레해진 그녀의 모습이 눈앞에서 어른거리더니 어느새 머리가 세 개로 분리되어 천장에 붙어 있는 것처럼 보였다…….

"발렌찐 : 아니. 날 떠나게 해줘…….

안나 : (놀라서) 왜요?

발렌찐 : (방백) 안나의 얼굴이 하얗게 질렸군. (그녀에게로 몸을 돌려) 나한테 왜냐고 묻지 말아 줘. 당신이 그 이유를 찾기 전에, 그리고 얼마 안 있어 나는 죽게 될 거야.

안나 : (잠시 뒤에) 당신은 날 떠날 수 없어요……."

무라슈끼나가 부풀어 오르기 시작했다. 갈수록 점점 더 크게 부풀어 오르더니 서재 안 회색 공기와 섞였다. 곧 움직이는 그녀의 입술만 보였다. 그 후에는 유리병만큼 줄어든 그녀가 이리저리 흔들렸고 책상과 함께 방의 어딘가로 사라져 버렸다…….

"발렌찐 : (안나를 껴안으며) 당신은 날 다시 태어나게 해주었고, 내게 살아야 할 이유를 일러 주었어! 봄비가 잠자는 대지를 깨우듯이 날 새롭게 해주었지! 하지만…… 늦었어, 늦었다고! 불치병 때문에 내 가슴은 너무도 아파……."

빠벨 바실리예비치는 부들부들 떨면서 생기 없고 희미한 눈빛으로 무라슈끼나를 바라보았다. 잠시 뒤 그는 아무것도 모르겠다는 듯 그녀를 뚫어지게 쳐다보았다…….

"11장. 동일한 등장인물들. 남작, 증인들과 함께 온 경찰서장…….

발렌찐 : 날 잡아가세요!

안나 : 저는 그의 것이에요! 저도 잡아가세요! 네, 나도 잡아가라고요! 이 사람을 사랑해요. 제 목숨보다 더 사랑한다고요!

남작 : 안나 세르게예브나, 당신은 그 말이 당신 아버지를 죽게 만들 수 있다는 사실을 잊어버렸소……."

무라슈끼나는 다시 커지기 시작했다……. 빠벨 바실리예비치는 주위를 거칠게 둘러본 후 자리에서 일어났다. 그러더니 가슴에서 무언가가 끓어오르는 듯 괄괄한 목소리로 소리를 질렀다. 그러고 나서 이성을 잃은 듯 책상에 놓여 있던 무거운 문진을 집어 들고 그것으로 무라슈끼나의 머리를 후려쳤다. 빠벨은 잠시 뒤 들어온 하인에게 말했다.

"날 잡아가. 내가 저 여자를 죽였어!"

배심원들은 그를 무죄로 평결했다.

베로치까

У него болела совесть, а когда скрылась Вера, ему стало казаться, что он потерял что то очень дорогое, близкое, чего уже не найти ему.

그는 양심의 가책을 느꼈고 베라가 눈에 보이지 않자 이제 더 이상 찾을 수 없는, 아주 소중하고 친근한 무언가를 잃어버렸다는 생각이 들었다.

이반 알렉세예비치 오그녜프는 8월의 어느 저녁 딸랑거리는 종소리에 유리문을 열고 테라스로 나갔던 일을 기억한다. 그때 그는 가벼운 망토를 걸치고, 챙이 넓은 밀짚모자를 쓰고 있었다. 그 모자는 지금 침대 아래에서 기다란 장화와 함께 먼지를 뒤집어쓴 채로 굴러다니는 신세다. 그는 한 손으로 책과 공책을 묶은 커다란 꾸러미를 쥐고 있었고, 다른 한 손으로는 두껍고 옹이가 많은 지팡이를 들고 있었다.

집주인 꾸즈네쪼프는 문 뒤에 서서 등불로 손님에게 길을 비춰 주었다. 주인은 회색 수염을 길게 기른 대머리 노인이었으며, 눈처럼 흰 무명천으로 만든 웃옷을 입고 있었다. 노인은 다정하게 미소를 지으며 고개를 끄덕였다. 오그녜프는 노인에게 소리쳤다.

"어르신, 안녕히 계세요!"

꾸즈네쪼프는 등불을 탁자 위에 세워 두고 테라스로 나갔다. 길고 가느다랗고 검은 그림자 두 개가 화단으로 향하는 계단을 걸어 내려가면서 흔들리더니 머리 부분이 보리수나무 가지에 닿았다.

"안녕히 계세요. 어르신, 베풀어 주신 호의에 다시 한 번 감사드립니다!" 이반 알렉세예비치가 말했다.

"어르신의 친절과 상냥함, 그리고 사랑에 감사드립니다……. 제가 받은 호의를 영원히 잊지 않겠습니다. 어르신은 물론 따님 역시 훌륭한 분이었죠. 집안분들 모두 착하고, 유쾌하고, 친절합니다……. 당신들이 얼마나 멋진지 말로 충분히 표현할 수가 없네요!"

오그녜프의 목소리는 감정이 격해진 데다가 방금 마신 과실주의 기운까지 올라 마치 찬양을 하는 신학생 같았고, 자신의 벅찬 감동을 말로 다 표현할 수 없어서 눈을 깜빡거리고 어깨를 들썩였다. 술을 마셔서 감정이 격해진 꾸즈네쪼프도 젊은이에게 몸을 기울여 입을 맞췄다.

"전 사냥개처럼 어르신께 길들여졌어요!"

오그녜프는 계속 말했다.

"별다른 일 없이도 거의 매일 어르신 집에 왔었죠. 또 열 밤 정도 신세를 지기도 했고, 술도 얼마나 자주 마셨는지 이제 그 일을 떠올리는 게 지긋지긋할 정도입니다. 가브릴 뻬뜨로비치, 무엇보다 감사한 일은 당신이 저를 위해 영향력을 행사하고 제 일을 도와주셨다는 겁니다. 제 생각에 어르신이 안 계셨다면 10월까지 통계 자료에 매달릴 수밖에 없었을 겁니다. 전 책 서문에 다음과 같이 쓸 겁니다. 'N지방 의회 대표인 꾸즈네쪼프 씨의 도움에 대해 깊은 감사를 표합니다.'라고 말이죠. 통계학의 미래는 밝습니다! 베라[8] 가브릴로브나 님께 머리를 숙여 감사드린다고, 또 의사 선생님들과 예심 판사 두 분, 그리고 어르신의 비서들께도 모두의 노고를 잊지 않겠다고 전해 주세요! 어르신, 이제 서로 포옹하고 마지막 입맞춤을 나누도록 하죠."

나른해진 오그녜프는 다시 한 번 어르신과 입을 맞추고 아래로 내려갔다. 그는 마지막 계단에서 뒤를 돌아보며 말했다.

"언젠가 다시 만날 수 있겠죠?"

"하느님만 아시겠지! 다시 못 만날지도 모르고!"

노인이 대답했다.

"네, 그렇겠죠! 페테르부르크엔 어르신께서 좋아하실 만한 게 없으니까요. 저 역시도 언젠가 다시 이 고장에 올 수 있을지 확신할 수 없네요. 음, 안녕히 계세요!"

"책은 여기 두고 가게나! 그렇게 무거운 짐을 왜 직접 들고 가려 하나? 내일 사람을 시켜서 보내도 되는데."

꾸즈네쪼프가 그의 뒤에 대고 외쳤다.

하지만 오그녜프는 그 말을 듣지 못한 채 집에서 점점 멀어져 갔다. 과실주 덕분에 마음은 따스하고 유쾌했지만 한편으로는 쓸쓸했다……. 그는 걸음을 옮기면서 인생에서 좋은 사람들을 얼마나 자주 만날 수 있는지 생각했고, 이러한 만남 뒤에 추억만 남는다는 사실에 서글퍼졌다. 지평선에서 백학들이 어른거렸고 처량하면서도 유쾌한 저들의 울음소

---

8) 베라는 베로치까의 애칭이다. 러시아의 이름은 본이름, 아버지의 성(姓), 자신의 성의 순서로 구성되어 있으며, 지금처럼 애칭으로 부르기도 한다. 화자와 청자의 친밀도가 낮으면 주로 성이나 이름을 그대로 부르고, 친밀도가 높으면 이름만 부르거나 줄여서 부르고 애칭으로 부르기도 한다.

리가 산들바람을 타고 전해졌다. 하지만 조금만 지나면 푸른 저편을 아무리 자세히 들여다봐도 점 하나 찾을 수 없고, 어떠한 소리를 들을 수 없게 된다. 사람도 마찬가지다. 살아 있을 때는 얼굴과 말을 통해 빛을 내지만 죽고 난 후에는 누군가의 기억에 옅은 흔적으로만 남을 뿐, 세상에 그 무엇도 남기지 못하고 과거로 사라진다. 이반 알렉세예비치는 초봄부터 N지방에서 지냈고, 그동안 거의 매일 친절한 꾸즈네쪼프 씨 댁을 방문하면서 그 노인과 딸, 하인이 마치 친척처럼 익숙해졌다. 그리고 그 집 전체, 안락한 테라스와 굽어진 오솔길, 부엌과 목욕탕 위에 드리워진 나무의 그림자까지도 알게 되었다. 하지만 지금 그가 울타리를 넘는 순간 이 모든 것들은 기억 저편에 추억으로 남을 것이고 앞으로는 진정한 의미를 잃을 것이다. 2년 후에 이 모든 사랑스러운 형상들은 허구나 상상처럼 의식 속에서 희미해질 것이다. 감상에 젖은 오그네프는 쪽문으로 향하는 오솔길을 걸으면서 생각에 잠겼다.

'인생에서 사람보다 더 소중한 건 없어! 아무것도!'

정원은 조용하고 따스했다. 아직 다 지지 않은 목서초와 담뱃잎, 헬리오트로프에서 향기가 났다. 관목림과 나뭇가지 사이로 달빛에 물든 부드럽고 옅은 안개가 한가득 펴졌다. 이 모든 풍광은 오그네프의 기억 속에 오랫동안 남았다. 뿔뿔이 흩어진 안개는 유령 같았고 조용했지만 눈에 띄었으며, 오솔길 건너로 줄지어 흘러가고 있었다. 달은 정원 위에 높이 떠 있었다. 투명한 안개 자락은 달빛을 받으며 동쪽 어딘가로 흘러가고 있었다. 이 세계는 온통 검은 실루엣과 떠다니는 하얀 그림자로만 이루어진 듯했다. 달이 뜬 8월 저녁, 안개를 관찰하던 오그네프는 살면서 거의 처음으로 자연이 아니라 무대를 보고 있다고 생각했다. 마치 미숙한 불꽃 제조공이 관목림 아래 앉아서 흰색 불꽃으로 정원을 밝히려

다 공중에 불빛과 흰 연기를 함께 내보낼 때의 모습 같았다.

오그녜프가 정원 울타리로 다가가자 낮은 울타리 쪽에서 검은 그림자가 그에게로 다가왔다.

"베라 가브릴로브나!"

그는 기뻐하며 말했다.

"여기 계셨군요? 한참 찾았습니다. 작별 인사를 하고 싶어서……. 안녕히 계세요. 전 이제 떠납니다!"

"이렇게 일찍요? 아직 11시밖에 안 되었어요."

"아니요. 지금 가야만 해요! 숙소가 5베르스따 정도 떨어져 있어서요. 내일 일찍 일어나야 하거든요……."

오그녜프의 앞에는 꾸즈네쪼프의 딸인 베라가 있었다. 베라는 평소 쓸쓸한 표정을 하고 아무 옷이나 입고 다니는데도 매력이 넘치는 스물한 살짜리 아가씨다. 그녀는 공상을 많이 하고 하루 종일 누워서 책을 읽곤 했는데, 무슨 책을 읽든 속도는 매우 느렸으며 심심해하고 쓸쓸해 했다. 그런 사람들은 대체로 옷도 내키는 대로 입는데, 천성적인 미적 취향과 본능을 가진 사람들의 옷에 대한 무관심은 특별한 매력을 더해 주기도 하는 법이다. 적어도 오그녜프는 멋진 베라의 모습을 떠올릴 때마다 그녀의 넉넉한 블라우스와 머리 모양과 스카프가 생각났다. 허리 부분에 깊게 주름이 잡혀 있는 블라우스는 그녀의 몸에 딱 맞지 않았고, 곱슬머리는 높이 올려 이마에는 한 올의 머리카락도 내려오지 않았다. 베라는 늘 붉은 스카프를 어깨에 둘렀는데, 마치 고요한 저녁의 처량한 깃발 같은 그 스카프는 낮에는 대개 현관에 놓인 남성용 모자 옆에서 구겨진 채 굴러다니거나 늙은 고양이가 아무렇지도 않게 잠을 자는 식당의 궤짝 속에 들어 있곤 했다. 그 스카프와 블라우스의 주름 때문에 베라는 자유로운 게으름뱅이나 안방샌님 또는 태평하게 유유자적한 사람처럼 보였다. 어쩌면 오그녜프가 베라를 마음에 두고 있었기에 그녀의 단추와 소매 장식 하나하나에서도 무언가 따스하고 안락하고 순진한, 그러니까 무언가 그럴싸하고 시적인 메시지를 읽어 내는 건지도 몰랐다. 미적 감각이 없는 냉랭하고 진실하지 못한 여성들에게선 찾아낼 수 없는 매력이었다.

베로치까는 균형 잡힌 멋진 몸매와 아름답고 풍성한 머리카락을 가졌다. 살면서 여러 여성들을 만나지 못했던 오그녜프는 그녀가 미인이라고 생각했다.

"이만 떠나겠습니다! 나쁜 기억은 잊어 주세요! 그동안 감사했습니다!"

오그녜프는 울타리 근처에서 작별 인사를 건넸다.

그는 노인과 이야기를 나눌 때처럼 찬양하는 신학생의 어조로 말하고, 눈을 깜빡이고, 어깨를 들썩였다. 그럼으로써 베라에게 그동안의 호의와 상냥함과 친절에 대한 감사를 표했다.

"어머니께 편지를 쓸 때마다 당신 이야기는 빠뜨리지 않았죠."

오그녜프는 베라의 가족에 대해 말하기 시작했다.

"만약 모든 사람들의 성품이 당신과 당신의 아버지 같다면 이 세상 무슨 일이든 만사형통일 겁니다. 이곳 사람들은 정말로 멋져요! 모두 순박하고 진실한 데다 마음까지 따스하죠."

"당신은 이제 어디로 가나요?" 베라가 물었다.

"오룔에 계신 어머니께 갑니다. 거기서 2주 정도 머물고 나서 직장이 있는 페테르부르크로 가야죠."

"그러고 나서는요?"

"그러고 나서요? 겨우내 일을 하고 봄에는 다시 시골로 돈을 벌러 가야겠죠. 음, 행복하게 지내세요. 오래오래 사시고요……. 저에 대한 나쁜 기억은 잊어 주세요. 앞으로는 못 만날 거예요."

오그네프는 고개를 숙여 베로치까의 손에 키스했다. 그리고는 외투를 고쳐 입고, 책 꾸러미를 좀 더 편안하게 바꿔 잡은 뒤 잠시 닫았던 입을 열었다.

"안개가 많이 꼈네요!"

"네. 혹시 깜빡하고 저희 집에 두고 가시는 물건은 없죠?"

"뭘요? 아마 없을 거예요……."

오그네프는 몇 초 동안 말없이 서 있다가 천천히 쪽문 쪽으로 몸을 돌려 정원을 빠져나갔다.

"잠시만요. 제가 숲까지 바래다 드릴게요."

베라가 그의 뒤를 좇아오며 말했다.

둘은 길을 따라 걸었다. 조금 더 가니 나무들이 가리지 않고 탁 트여 하늘과 먼 곳을 바라볼 수 있었다. 마치 베일에 가려진 것처럼 자연은 온통 희미한 안개에 휩싸여 있었다. 투명한 안개 사이로 아름다운 자연은 유쾌해 보였다. 안개는 더 진해지고 하얘지더니 낟가리와 관목림 주변에 고르지 않게 깔려 있거나 거리를 가로지르며 흘러갔고, 경치가 잘 보일 만큼 낮게 가라앉아 있었다. 안개 사이로 양옆에 파인 어두운 도랑과 작은 관목림으로 향하는 길이 보였다. 도랑 옆에 우거진 관목림은 안개의 움직임을 방해하였다. 쪽문에서 반 베르스따 정도 떨어진 곳에 꾸즈네쪼프 씨 소유의 숲이 희미한 윤곽을 드러냈다. 오그네프는 '베라는 왜 함께 가는 걸까? 이러면 다시 바래다줘야 하잖아!'라고 생각했다. 하지만 베라의 옆모습을 바라본 뒤 부드럽게 미소 지으며 말했다.

"이렇게 날씨가 좋다니, 떠날 마음이 들지 않네요! 고요한 저녁인 데다가 달까지 뜨다니 정말 낭만적입니다. 모든 것이 완벽해요. 베라 가브릴로브나, 혹시 제가 말한 적 있나요? 전 스물아홉이나 됐지만 사랑 한 번 못해 보았어요. 이제껏 한 번도 누군가를 사랑해 본 적이 없어서 밀회나 오솔길에서의 한숨과 입맞춤에 대한 이야기는 전해 들은 게 전부예요. 비정상적이죠! 도시에 살 땐 방에 앉아 이런 여유를 느낄 시간이 없었는데 푸르른 이곳에서는 정말 여유롭게 살았어요……. 어쩐지 화가 좀 나네요!"

"어쩌다 그렇게 됐어요?"

"모르겠어요. 시간이 없었는지도 모르고, 저와 맞는 여성들을 만나지 못했는지도 모르지요. 그러니까…… 요점만 말하자면 제가 아는 사람이 얼마 되지 않는다는 거예요. 어디를 나다니는 편이 아니니까요."

두 사람은 아무 말 없이 300보쯤 걸었다. 오그네프는 아무것도 쓰지 않은 베로치까의 머리와 스카프를 바라보았다. 그의 마음속에 지난 봄날과 여름날이 하나둘씩 떠올랐다. 그는 페테르부르크에 있는 자신의 회색 방과 멀리 떨어진 이곳에서 상냥하고 훌륭한 사람들을 만났고 자연을 느끼며 좋아하는 일을 즐겼다. 그러면서 어느새 아침노을이 저녁노을로 바뀐 것도, 여름의 끝을 알려 주는 꾀꼬리, 메추리, 흰눈썹뜸부기의 노래가 차례로 시작되고 끝났음도 알아차리지 못했다……. 시간이 눈 깜짝할 사이에 흘러갔다. 그러니까 어려움 없이 잘 지냈다는 말이다……. 지난 4월 말 오그네프는 이곳 N지방으로 왔다. 가난하고, 여행과 사람들과의 만남에 익숙하지 않았던 그는 이곳으로의 이동이 내키지 않았다. 왜냐하면 이곳에서 무료함과 고독, 그리고 통계학에(그가 볼 때는 지금 모든 학문을 통틀어 통계학이 가장 전망이 밝다.) 대한 무관심과 맞닥뜨릴 것 같았기 때문이다. 오그네프는 4월 아침에 N지방으로 왔고 랴부힌이라는 구교도[9]가 운영하는 여관에 머물렀는데, 주인은 실내 금연을 조건으로 하루 20꼬뻬이까[10]에 밝고 깨끗한 방을 빌려 주기로 했다. 그는 조금 쉬고 나서 이곳 의회 의장이 누군지 수소문했다. 그리고 곧장 가브릴 뻬뜨로비치의 집으로 걸어갔다. 멋진 풀밭과 수풀을 지나 4베르스따를 더 가야 했다. 구름 아래서 낭랑한 목소리로 지저귀던 종달새는 창공을 가르며 날아갔고, 갈까마귀들은 푸르른 논밭 위를 힘차고 질서 정연하게 날아갔다.

"맙소사."

그제야 오그녜프는 놀랐다.

"이곳에서는 언제나 이런 공기를 마실 수 있는 걸까? 내가 오늘 도착해서 이렇게 느끼는 걸까?"

오그녜프는 꾸즈네쪼프가 무미건조한 업무를 수행할 때와 같은 반응을 보이리라고 예상했다. 그래서 주위를 힐끗거리고 턱수염을 집요하게 잡아당기는 등 쭈뼛거리며 그의 집으로 들어갔다. 처음에 노인은 왜 이 젊은이와 통계학이 의회에 필요한 건지 이해할 수 없어서 이마를 찡그렸다. 하지만 젊은이가 노인에게 통계학 자료가 무엇이며 그 자료를 어디서 수집하였는지 자세히 설명하자 가브릴 뻬뜨로비치는 생기를 되찾고 미소까지 짓더니 아이처럼 호기심 어린 눈으로 그의 공책을 들여다보기 시작했다……. 그날 저녁 이반 알렉세이치는 저녁을 먹기 위해 꾸즈네쪼프 씨의 집에 머물렀고 독주에 취해서 금방 잠이 들었다. 그는 이미 깨어났지만 더 자고 싶은 듯 기지개를 켰다. 웃으면서 새로운 지인들

---

9) 17세기 니콘 대주교(Patriarch Nikon, 1605~1681)가 러시아 정교를 그리스 교회식으로 개혁하는 데 반기를 들며 러시아식 정교를 수호하고자 했는데, 이때 그와 의견을 같이하는 사람들을 말한다.

10) 러시아의 화폐 단위다.

의 평온한 얼굴과 굼뜬 동작들을 바라보았고, 달콤한 잠에 취한 듯한 나른함을 온몸으로 느꼈다. 그런데 그 지인들은 순진하게 오그녜프의 얼굴을 바라보며 부모님께서 살아 계신지, 한 달 수입은 얼만지, 그리고 극장에 자주 가는지 등을 물어보았다…….

오그녜프는 읍내 나들이와 소풍, 낚시, 그리고 온 식구들이 마르파 여사제가 계신 여자 수도원으로 순례 갔던 일 등을 떠올렸다. 여사제는 손님 한 사람 한 사람에게 구슬로 된 지갑을 선물했었다. 또한 손님들이 책상을 두들기고 침을 튀기면서 뜨거운 러시아식 논쟁들을 끝없이 이어갔던 게 새록새록 생각났다. 그들은 이해하지도 못하면서 남의 말에 끼어들었고, 자신의 발언에 모순이 있는지도 알아차리지 못했다. 그렇게 두세 시간씩 떠들고 나서야 주제를 바꿔서 웃기도 했다.

"우리가 무엇 때문에 논쟁을 시작했는지는 아무도 모를 겁니다! 건강에 대한 논쟁으로 시작했는데 안식에 대한 이야기로 끝나는군요!"

"혹시 당신과 나, 그리고 의사 선생님이 함께 세스또보에 갔던 일을 기억하시나요?"

이반 알렉세이치는 베라와 함께 숲 쪽으로 걸어가며 옛일을 말했다.

"그때 우린 유로디비[11]를 만났죠. 제가 5꼬뻬이까를 주자, 그가 세 번이나 성호를 긋더니 제 돈을 호밀밭에 던져 버렸었죠. 맙소사, 그렇게 버려진 돈을 모으면 질 좋은 금괴를 만들 수도 있을 거라는 생각을 수없이 하곤 했죠! 왜 영리하고 센스 있는 사람들이 수도에만 모여 있고 이곳으로 오지 않는지 이해할 수 없어요. 정말 이곳보다 네프스끼의 음울

11) 예수 그리스도를 위해 수난을 자처하는 고행자로서 러시아 정교 수용 이후 여러 지역을 순례하던 사람들을 말한다.

한 집에 더 많은 자유와 진리가 있을까요? 가구가 갖춰진 제 방은 천장부터 바닥까지 화가, 학자 그리고 언론인으로 가득 차서 혐오스럽게만 보였죠."

숲을 스무 걸음 앞둔 곳에 모퉁이마다 나무 기둥이 박힌 작고 좁은 다리가 놓여 있었다. 그 다리는 저녁 산책 때 언제나 꾸즈네쪼프 가족들과 손님들에게 조그만 쉼터가 되어 주는 곳이었다. 원한다면 숲속 메아리를 들을 수도 있고 길이 어떻게 숲속으로 사라지는지도 볼 수 있는 곳이기도 했다.

"음, 다리까지 왔네요!" 오그녜프가 말했다.

"여기서 돌아가셔도 돼요……."

베라는 멈춰 서서 심호흡을 했다.

"잠시 앉아요."

그녀는 나무 기둥에 앉으면서 말했다.

"작별 인사를 할 때는 보통 자리에 앉잖아요."

오그녜프는 그녀 옆에 자신이 가지고 온 책 꾸러미를 놓고 그 위에 걸터앉으며 대화를 이어 나갔다. 베라는 오래 걸은 탓에 숨을 가쁘게 내쉬었다. 이반 알렉세이치가 아닌 옆쪽을 바라보고 있어서 그녀의 얼굴이 보이지 않았다. 오그녜프가 말했다.

"그런데 우리가 10년 뒤에 갑자기 만난다면 우린 어떤 모습일까요? 그때면 당신은 이미 한 가정의 어엿한 주부가 되어 있을 겁니다. 저는 어느 누구에게도 필요하지 않은 두툼한 4만 권짜리 통계학 전집의 저자가 되어 있을 테고요. 다시 만나면 우리는 옛일을 떠올리겠죠……. 지금 우리는 현재를 느껴요. 이 시간은 우리를 충만하게 하고 흥분시키죠. 우연히 만나면 이 다리 위에서 마지막으로 만났던 날짜가 가물가물하겠죠. 어쩌면 당신은 달라져 있을지도 몰라요……. 어때요, 당신은 변할 거 같은가요?"

베라는 몸을 떨면서 그쪽으로 얼굴을 돌렸다.

"뭐라고 하셨죠?"

그녀가 물어보았다.

"지금 드린 질문은……."

"미안해요. 당신이 하는 말을 못 들었어요."

그때 오그녜프는 베라의 변화를 알아차렸다. 베라는 창백해진 얼굴로 숨을 헐떡거렸고, 떨리는 호흡이 손과 입술, 그리고 머리까지 전해졌다. 언제나처럼 곱슬머리는 두 가닥만 빼고 이마 뒤쪽으로 싹 올려져 있었다. 베라는 흥분을 감추려고 오그녜프의 눈길을 피했고, 목에 거슬리는 옷깃을 바로잡기도 하고 스카프를 한쪽 어깨에서 반대편으로 잡아당기기도 했다……. 오그녜프가 입을 열었다.

"추워 보이시네요. 안개 속에 앉아 있으면 건강에 아주 해로워요. 제가 집까지 바래다 드리겠습니다."

베라는 아무 말이 없었다.

"왜 그러세요?" 이반 알렉세이치가 웃는 얼굴로 물었다.

"말도 하지 않고, 질문에 대답도 해주지 않으시네요. 몸이 좋지 않은 건가요, 아니면 화가 난 건가요? 네?"

베라는 뺨에 손을 세게 대더니 오그녜프에게로 몸을 돌렸다. 그러더니 갑자기 손을 홱 떼었다.

"끔찍한 상황이에요……."

베라가 아주 괴로워하며 중얼거렸다.

"끔찍해요!"

"도대체 뭐가요?"

오그네프는 어깨를 움찔하며 놀라움을 감추지 못한 채 물어보았다.

"왜 그래요?"

베라는 조금 더 힘겹게 숨을 몰아쉬면서 어깨를 흔들었다. 그녀는 그를 등진 채 잠시 하늘을 바라보았다.

"이반 알렉세이치, 당신에게 할 말이 있어요……."

"말씀하세요."

"당신에게는 이상해 보일 수도 있는 일이고…… 매우 놀랄 일일 테지만 어쩔 수 없어요……."

오그네프는 다시 한 번 어깨를 들썩이면서 들을 준비를 했다.

"그러니까……."

베로치까는 머리를 숙이고 스카프에 달린 구슬을 잡아당기며 입을 열었다.

"저기, 전 당신에게 하고 싶은 말이…… 있어요……. 제가 이상하고…… 바보처럼 보일지도 모르겠어요. 하지만 전, 저는 더 이상 못 참겠어요."

베라의 말은 불분명한 웅얼거림으로 잦아들더니 갑작스럽게 터진 눈물 때문에 뚝 끊겨 버렸다. 스카프로 얼굴을 가린 베라는 몸을 더 낮게 숙인 뒤 비통하게 울었다. 당황한 이반 알렉세이치는 목을 가다듬고 이 절망적인 상황에서 무슨 말과 행동을 해야 할지 몰라 주변만 멀뚱멀뚱 쳐다보고 있었다. 그는 이런 상황이 어색해서 자신의 눈을 비볐다.

"음, 저런!"

그는 혼란스러워하며 중얼거렸다.

"베라 가브릴로브나, 왜 그러세요? 사랑스러운 아가씨, 저…… 몸이 아픈가요? 아니면 누군가에게 모욕당했나요? 대답을 해주면 제가 그 일을…… 혹시라도 도울 수 있을지 몰라요…….”

오그네프가 베라를 진정시키기 위해 그녀의 얼굴에서 조심스럽게 손을 떼려고 할 때, 그녀는 눈물 사이로 미소를 보이며 말했다.

“전…… 전 당신을 사랑해요!”

그 말은 간단하고 평범했으며 단순한 인간의 언어로 전달되었다. 하지만 오그네프는 몹시 당황하여 베라에게 떨어져서 자리에서 일어섰다. 당혹감을 넘어서 두려움이 엄습했다.

작별과 과실주에서 느꼈던 슬픔과 따스함, 낭만이 홀연히 사라지면서 예민함과 불편함, 불쾌함이 밀려왔다. 오그네프의 마음에 변화가 생긴 것 같았다. 그는 베라를 물끄러미 바라보았다. 베라는 그에게 사랑을 고백하면서 여성을 아주 아름답게 만들어 주는 오만함도 버렸다. 지금의 베라는 키도 작고 전보다 더 평범하고 어두워 보였다. 오그네프는 속으로 끔찍해하며 생각했다.

‘이게 뭔가? 그런데 나는 그녀를…… 사랑하는 걸까, 아닐까? 그게 문제야!’

마침내 베라는 가장 중요하고 힘든 이야기를 마치고 가벼운 마음으로 편하게 심호흡을 하였다. 이반 알렉세이치를 따라 자리에서 일어난 그녀는 오그네프의 얼굴을 똑바로 쳐다보면서 열에 들떠 빠르고 거침없이 말했다.

갑자기 충격받은 사람이 자신을 파멸로 몰고 간 이야기를 순서대로 기억하지 못하는 것처럼 오그네프도 베라의 말을 기억하지 못했다. 그녀가 한 말의 의미와 그 말이 불러일으킨 감정만 겨우 기억할 뿐이었다. 흥분되어 약간 쉰 목소리와 독특한 음감과 열정이 묻어 있던 억양이 떠올랐다. 눈썹에 눈물이 맺힌 채 베라는 울다 웃으며 이렇게 말했다. 오그녜프와 만난 첫날부터 그의 독창성과 지혜, 선하고 총명한 눈빛, 인생의 목적과 의무감에 반해 미치도록 열정적으로 그를 깊이 사랑하게 되었다고. 또한 여름에 정원에서 집으로 들어설 때 현관에 걸린 오그녜프의 외투를 보거나 멀리서 그의 목소리를 들을 때면 심장이 서늘해지기도 했지만 동시에 행복을 예감하기도 했다고. 심지어 오그녜프의 실없는 농담에도 웃음이 새어 나왔고, 그가 공책에 적은 숫자 하나하나에서 이상할 정도로 현명하고 위대한 무언가를 느꼈고, 옹이가 많은 그의 지팡이는 아름다운 나무처럼 보였다고.

숲도, 조각조각 흩어진 안개도, 그리고 길가의 검은 도랑도 베라의 이야기에 귀 기울이는 듯 잠잠해졌다. 오그녜프는 왠지 불쾌하고 이상한 기분이 들었다……. 사랑을 고백하는 베라는 매혹적이고 아름다워 보였고, 유창하고 열정적으로 말했다. 하지만 그는 기대했던 위안과 인생의 기쁨을 얻을 수 없었다. 오히려 자신 때문에 착한 사람이 고통받고 있다는 데에서 베라에 대한 연민과 고통, 유감을 느꼈다. 이러한 오그녜프의 생각이 판에 박힌 이성에서 나오는 건지, 아니면 종종 인간의 삶을 방해하는 객관적인 태도에서 나오는 건지는 하느님만이 아시리라. 그는 베라의 기쁨과 고통이 심각하기보다는 매혹적으로 보였다. 그와 동시에 반항적인 감정이 오그녜프에게 지금 보고 듣는 모든 것이 자연과 개인의 행복이란 관점에서 통계학이나 책, 진리보다 더 중요하다고 속삭였다……. 그는 자신이 무슨 잘못을 저질렀는지 이해하지 못한 채 분노하고, 스스로를 비난했다.

오그녜프는 이 상황이 불편해서 무슨 말이든 해야겠다고 생각했지만 어떤 말을 꺼내야 할지 몰랐다. 그렇다고 솔직하게 '전 당신을 사랑하지 않습니다.'라고 말할 자신도 없었다. 하지만 자신의 마음속을 아무리 뒤져도 조그만 사랑의 불씨조차 찾아내지 못했기에 '네.'라고 대답할 수도 없었다…….

오그녜프는 침묵했다. 그럼에도 베라는 그를 바라보는 행복보다 더 가치 있는 일은 없고, 지금이라도 그가 가고자 하는 곳이면 어디든 따라나설 수 있으며, 그의 아내이자 조력자로 살겠다고 말했다. 만일 오그녜프가 떠나 버리면 자신은 외로움에 죽을지도 모른다고 덧붙였다…….

"이곳에 머무르고 싶지 않아요!" 베라는 절박하게 말했다.

"전 집도, 이 숲도, 공기마저도 싫어졌어요. 계속되는 정적과 목적 없는 삶을 견딜 수 없고, 이 고장의 색깔 없고 창백한 사람들도 참을 수 없어요. 여기 사람들은 쌍둥이처럼 서로 닮았어요! 모두 진실하고 착하죠. 배가 부르고, 고통받을 일도 투쟁할 일도 없기 때문이에요……. 하지만 전 일과 욕망 때문에 아파하고 냉혹해진 사람들이 있는, 크고 음울한 집에 살고 싶어요……."

오그녜프에게 이 말은 달콤하지만 진지하지 않게 들렸다. 베라가 말을 마쳤을 때 그는 무슨 말을 해야 할지 몰랐다. 하지만 그렇다고 마냥 침묵할 수도 없어서 중얼거리기 시작했다.

"베라 가브릴로브나, 정말 고마워요. 전 당신의 호의를 받을 만한 자격이 없는데……. 당신 입장에서 보면…… 특히 감정적인 측면에서 보면 더 그래요. 그리고 정직하게 말씀드려야겠다는 생각이 드네요……. 행복은 평등을 토대로 해요. 즉 두 사람이…… 똑같이 사랑해야 한다는 이야기죠……."

하지만 오그녜프는 횡설수설하는 자신의 모습이 창피해서 이내 입을 다물어 버렸다. 자신이 바보 같고 멍하고 죄를 지은 표정을 짓고 있다는 것을 느낄 수 있었다. 긴장으로 얼굴도 몸도 굳어졌다……. 베라가 갑자기 창백해져서는 진지하게 고개를 끄덕이는 걸로 보아 그의 얼굴에서 진실을 읽은 게 분명했다.

"용서하세요."

오그녜프는 침묵을 참지 못하고 작게 내뱉었다.

"당신을 정말로 존경합니다. 그 마음이…… 절 괴롭게 하네요!"

베라는 몸을 홱 돌려 저택 쪽으로 빠르게 걸어갔다. 오그녜프가 그녀를 뒤쫓았다.

"아니요. 그럴 필요 없어요!"

베라는 그에게 마치 붓을 흔들 듯이 손을 내저으며 말했다.

"오지 마세요. 혼자 갈게요……."

"아니요, 그래도…… 혼자 가면 안 돼요……."

오그녜프는 어떤 말을 해도 마지막 한 마디까지 자신에게 거북스럽고 뻔뻔하게 들렸다. 걸음을 내디딜 때마다 마음속에서 죄책감이 자라났다. 화가 나서 주먹을 불끈 쥐며 여성을 대할 줄 모르는 자신의 무능함과 냉정함을 저주했다. 자신을 각성시키기 위해 베라의 아름다운 몸매와 땋은 머리, 그리고 먼지 가득한 길에 남겨진 그녀의 작은 발자국을 바라보았고, 그녀의 말과 눈물을 떠올렸다. 물론 모든 것이 감동적이긴 했지만 그의 마음까지 흔들지는 못했다.

'아, 사랑이 억지로 생기는 건 아니잖아!'

오그녜프는 자신을 정당화하면서 생각에 잠겼다.

'언제쯤이면 자연스럽게 사랑할 수 있을까? 벌써 서른이야! 베라보다 더 나은 아가씨를 만난 적도 없었고, 앞으로도 결코 만나지 못할 거

야……. 오, 벌써 영감이 다 된 것 같아! 늙다리 서른!'

베라는 이미 오그녜프를 앞질렀고, 저 앞에서 고개를 숙인 채 주위를 살피지도 않고 계속 걸었다. 그녀는 고통으로 바싹 야위고 어깨가 움츠러든 모습이었다…….

'어떤 마음일지 충분히 상상이 가.'

그는 그녀의 등을 바라보며 생각했다.

'창피하고 괴로워서 죽고 싶겠지! 맙소사, 세상에는 돌도 움직이게 할 정도로 생명과 시, 그리고 의미가 가득한데…… 난 왜 이리 어리석고 서툰가!'

베라는 쪽문 옆에서 잠시 그를 쳐다봤지만 곧 고개를 숙였다. 그러고는 스카프로 몸을 감싼 후 재빨리 오솔길을 따라가 버렸다.

이반 알렉세이치는 홀로 남았다. 숲으로 되돌아갈 때에는 발걸음을 늦췄고 이따금 자리에 멈춰 서서 스스로도 믿지 못하겠다는 의미를 온몸에 담아 쪽문을 바라보았다. 그는 눈빛으로 베로치까의 발자국을 뒤쫓았다. 마음에 쏙 드는 아가씨가 사랑을 고백해 왔는데 자신이 꼴사납고 고집스럽게 그 사랑을 '거절한' 사실을 믿을 수 없었다! 그는 살면서 처음 경험한 사실을 믿어야만 했다. 그러니까 인간이란 선한 자유의지로 움직일 수 없는 무력한 존재이며, 친절하고 다정한 사람이라도 자신의 의지에 반하여 친한 사람에게 잔인하고 부당한 고통을 줄 수 있다는 사실을 깨달은 것이다.

그는 양심의 가책을 느꼈고 베라가 눈에 보이지 않자 이제 더 이상 찾을 수 없는, 아주 소중하고 친근한 무언가를 잃어버렸다는 생각이 들었다. 베라와 함께 청춘의 일부가 사라졌고, 아무런 결실도 없이 흘려보낸 순간들이 다시는 돌아오지 못할 거라고 생각했다.

다리에 이르렀을 때 그는 발걸음을 멈추고 생각에 잠겼다. 자신이 이상할 정도로 냉정한 원인을 찾고 싶었다. 원인은 분명 외적인 요인이 아니라 자신에게 있었다. 일단 이성 때문은 아니었다. 똑똑한 사람들에게서 자주 나타나는 모습도 아니고, 이기적인 바보들에게서 보이는 모습 때문도 아니었다. 그의 냉정함은 무기력한 영혼, 아름다움을 깊이 받아들이지 못하는 무능력, 교육을 받아 생긴 조숙함, 먹고살기 위한 정신없는 투쟁, 혼자서 여관방을 전전하는 삶에서 비롯된 것이었다.

오그네프는 마지못한 듯이 다리에서 숲으로 천천히 걸음을 옮겼다. 까맣고 짙은 어둠 속에서는 달빛의 파편들만이 여기저기 반짝일 뿐이었다. 그는 아무것도 느끼지 못하였다. 다만 잃어버린 것을 되찾고 싶다는 욕망이 간절했다.

이반 알렉세이치는 다시 길을 되돌아갔던 것을 떠올린다. 그는 그간의 추억을 끄집어내어 베라의 형상까지 억지로 떠올려 가며 정원으로 발걸음을 재촉했다. 거리와 정원에는 이미 안개가 걷혀 있었다. 하늘엔 씻은 듯이 투명한 달이 빛나고 있었다. 동쪽 하늘만이 안개에 가려 찡그린 듯 보였다……. 오그네프는 그녀의 조심스러운 걸음걸이, 까만 창, 헬리오트로프와 목서초의 진한 향기를 기억한다. 눈에 익은 개 까로가 다정하게 꼬리를 흔들면서 그에게 다가와 손 냄새를 맡았다……. 그 개는 오그네프가 집 주위를 두 번 정도 돌아다니다 베라의 방의 어두운 창가에 잠시 서 있다가, 깊은 한숨과 함께 손을 흔들며 정원 밖으로 나서는 모습을 본 유일한 생명체다.

한 시간 뒤 그는 도시에 도착했다. 열이 오른 얼굴로 지치고 피곤한 몸을 여관 문에 기대어 문손잡이를 두드렸다. 도시 어딘가에서 개 한 마리가 잠이 덜 깬 듯 짖어 대고 있었다. 마치 그가 문을 두드리는 소리에

응답이라도 하듯 교회 근처에서 누군가 양철 판을 두들기며 쨍그랑거리기 시작했다…….

"밤마다 어딜 그리 돌아다니나……."

구교도인 집주인이 여자 옷 같아 보이는 긴 잠옷을 입고 문을 열어 주며 구시렁댔다.

"돌아다닐 시간에 기도나 하지."

이반 알렉세이치는 자기 방으로 들어와 침대에 몸을 던졌다. 그는 오랫동안 불빛을 바라보다가 고개를 절레절레 흔들고는 짐을 챙기기 시작했다…….

티푸스

И радость уступила свое место обыденной скуке и
чувству невозвратимой потери.

일상의 지루함과 돌이킬 수 없는 상실감은 끌리모프의 기쁨을 꿀꺽 삼키고 말았다.

페테르부르크에서 모스크바로 가는 우편 열차의 흡연석에 젊은 육군 중위 끌리모프가 타고 있었다. 맞은편에는 선장처럼 면도한 중년 남자가 앉아 있었다. 중년 남자는 부유한 핀란드인 혹은 스웨덴인처럼 보였는데 여행 내내 파이프를 물고서 같은 이야기를 몇 번이나 되풀이하고 있었다.

"하, 장교시라고요! 제 동생도요. 해군이긴 하지만요……. 제 동생은 크론시타트에서 복무했지요. 그런데 당신은 무슨 일로 모스크바에 가시나요?"

"거기가 제 근무지입니다."

"아하! 그런데 당신은 가족이 있나요?"

"아니요. 전 숙모와 여동생과 함께 살고 있어요."

"동생 녀석 하나가 장교예요. 해군 장교지요. 제 동생은 결혼을 했어요. 아내와 자식 세 명이 있죠. 하!"

핀란드인은 무언가에 놀랐는지 '하!'라는 감탄사를 연발했고, 그때마다 바보처럼 환한 미소를 지었다. 그러고는 냄새나는 파이프를 뻑뻑 뿜어 댔다. 몸 상태도 좋지 않았고 질문에 답하기도 힘들었던 끌리모프는 그 남자가 정말 얄미웠다. 정말 꼴불견인 저 핀란드인의 파이프를 빼앗아서 소파에 패대기친 뒤 그를 어딘가 다른 객차로 쫓아내고 싶었다.

'핀란드인들은 역겨운 민족이야. 그리스인들도…… 마찬가지지.' 그는 생각했다.

'정말 쓸모없는 족속이지. 어디에도 도움이 안 돼. 역겨운 민족들. 지구상에서 자리만 차지하고 말이야. 대체 어떤 일에 쓸모가 있는 거야?'

핀란드인과 그리스인들 생각으로 온몸에 메스꺼운 기운이 도는 것 같았다. 끌리모프는 그들을 다른 민족과 비교하기 위해 프랑스인들과 이탈리아인들을 떠올려 보려고 했다. 하지만 어쩐 일인지 아무리 노력해도 샤르만까[12] 연주자 무리와 나체의 여인들, 숙모 집 장롱 위에 걸려 있던 외국 유화들 말고는 떠오르는 게 없었다.

장교는 전반적으로 자신의 상태가 별로라고 느꼈다. 소파가 몸을 받쳐 주고 있지만 그의 팔다리와는 맞지 않는 듯 어딘지 모르게 불편했다. 입은 말라붙어 끈적였고 머릿속은 짙은 안개로 가득한 듯했다. 생각이 머릿속뿐만 아니라 밤안개에 젖은 사람들과 소파 사이 그 어딘가

12) 손으로 돌려 연주하는 풍금으로, 아코디언과 비슷한 악기다.

를 떠돌아다니는 것 같았다. 사람들의 웅성거림과 바퀴가 부딪치는 소리, 문을 여닫는 소리가 머릿속에서 마치 꿈처럼 뒤섞였다. 종소리, 역무원의 호각 소리, 그리고 사람들이 정거장에서 뛰어가는 소리가 평상시보다 더 자주 들려왔다. 어느새 시간이 빠르게 지나갔다. 매분마다 기차가 역 부근에 멈춰 서는 것만 같았다. 이따금 새된 목소리들이 밖에서 들려왔다.

"우편물은 다 실렸나요?"

"네!"

보일러공이 걸핏하면 객실로 들어와 온도계를 살폈다. 마주 오는 기차와 다리 위를 지나가는 기차의 소음이 끊임없이 들려왔다. 소음, 호각 소리, 핀란드인, 담배 연기 같은 모든 것들이 안개처럼 모호한 형체와 위협적인 생각들과 뒤섞였다. 그리고 이 혼합물은 건강한 사람이라면 기억할 수 없는 형상과 성격을 가지고 나타나더니 견딜 수 없는 악몽처럼 끌리모프를 짓눌렀다. 이렇게 참혹한 슬픔 속에서 그는 무거운 머리를 들어 등불을 바라보았다. 불빛 속에서 그림자들과 점점이 흩어진 안개가 어른거렸다. 물을 달라고 하고 싶었지만 바싹 말라 버린 혀만 간신히 움직일 수 있을 뿐 핀란드인의 질문에 대답할 여력조차 없었다. 좀 더 편안하게 쉬면서 자고 싶었지만 그럴 수 없었다. 핀란드인이 몇 번 자다가 깨서 담배를 피울 때마다 특유의 '하!' 소리를 중얼거리다가 다시 잠들었기 때문이다. 아무리 애를 써봐도 장교의 다리는 소파에 적응하지 못했다. 그리고 위협적인 형상들이 눈앞에 계속 어른거렸다.

스삐로프역에서 그는 물을 마시기 위해 기차 밖으로 나갔다. 사람들이 식탁에 앉아서 무언가를 허겁지겁 먹는 모습이 눈에 띄었다.

'저 사람들은 어지간히 잘도 먹는군!'

그는 튀긴 고기 냄새가 밴 공기를 들이마시지 않으려고, 또 우물거리는 사람들의 입을 외면하려 애쓰면서 생각에 잠겼다. 구토감이 들 정도로 이 모든 것이 역겨웠다.

한껏 멋을 부린 귀부인이 붉은 모자를 쓴 군인과 큰 소리로 이야기를 나누는 중이었다. 그녀는 하얀 치아를 드러내며 미소 짓고 있었다. 그 미소도, 치아도, 귀부인도 끌리모프에게는 닭다리와 튀긴 커틀릿처럼 역겨운 인상을 남겼다. 끌리모프는 그 군인이 어떻게 아무렇지도 않게 귀부인이 기분 좋게 웃고 있는 모습을 바로 옆에서 바라보고 있는지 이해할 수 없었다.

그가 물을 다 마시고 나서 객실로 돌아왔을 때 핀란드인은 자리에 앉은 채로 담배를 피우고 있었다. 핀란드인의 파이프는 습한 날에 신고 나간 구멍 난 장화처럼 쉭쉭거리며 흐느꼈다.

"하! 여긴 무슨 역인가요?" 핀란드인은 놀라워하며 질문했다.

"모르겠는데요."

자리에 누운 끌리모프는 독한 담배 연기를 들이마시지 않으려고 입을 가린 채 대답했다.

"그럼 뜨베리에 언제 도착할까요?"

"모르겠어요. 미안합니다. 저…… 저는 대답하기 힘드네요. 감기에 걸려서 아프거든요."

핀란드인은 창틀에 파이프를 두드리면서 해군 장교인 자신의 동생에 대해 이야기하기 시작했다. 끌리모프는 더 이상 그의 말을 들어 주지 않았다. 대신 편안하고 부드러운 침대와 차가운 물이 든 유리병, 자신을 편안하게 눕혀 주고 물도 가져다주던 여동생 까쨔를 떠올리며 그리워했다. 곧이어 상사인 자신의 무겁고 답답한 장화를 벗겨 주고 식탁에 물병을 챙겨 주던 당번병 빠벨을 생각하면서 미소까지 지었다. 이제 자기 침대에 기대 물을 마시고 잠들기만 하면 이 악몽이 깊은 숙면 앞에서 사라져 버릴 것만 같았다.

"우편물은 다 실었나요?" 멀리서 묵직한 목소리가 들려왔다.

"네!"

유리창 바로 옆에서 낮은 목소리로 누군가 대답했다.

그곳은 스삐로프 역을 떠난 후 기차가 두세 역쯤 지나 정차한 기차역이었다.

시간은 쏜살같이 지나갔다. 종소리와 호각 소리, 정거장의 소음이 끝없이 들려오는 것 같았다. 슬픔에 잠긴 끌리모프는 얼굴을 소파 구석에 처박고 손으로 머리를 움켜쥔 채 다시 한 번 여동생 까쨔와 부하 빠벨을 생각했다. 하지만 여동생도, 부하도 안개에 뒤덮인 형상과 뒤섞여 빙빙 돌더니 사라져 버렸다. 뜨거운 입김은 소파 등받이에 부딪쳐 되돌아와 얼굴을 달구었고, 다리는 여전히 불편한 상태였으며, 등에는 유리창에서 불어오는 찬바람이 느껴졌다. 하지만 아무리 고통스러워도 자세를 바꾸고 싶지 않았다……. 악몽과도 같은 강렬한 무기력함이 조금씩 그에게 스며들더니 결국엔 몸을 마비시켰다.

끌리모프가 고개를 들 때쯤엔 객실 안이 이미 밝아 있었다. 승객들은 외투를 입으며 움직이기 시작했다. 기차가 멈췄다. 흰색 앞치마를 두르고 번호표를 단 짐꾼들이 승객들 옆에서 바삐 움직이면서 짐을 받아 들었다. 끌리모프도 외투를 입고 기계적으로 다른 사람들의 뒤를 따라서 객실을 빠져나왔다. 다른 누군가가 자기 대신 걷는 것 같았다. 마치 열기와 갈증, 밤새 잠들지 못하게 만들었던 위협적인 형상들이 함께 객실을 빠져나오는 기분이었다. 멍하니 짐을 받아 든 그는 마부를 불렀다.

마부가 뽀바르스까야 거리까지의 요금으로 1루블[13] 25꼬뻬이까를 요구했지만 끌리모프는 거기서 가격을 깎지도 않았다. 그저 고분고분 말없이 썰매에 앉을 뿐이었다. 가격의 차이를 모를 정도로 정신이 없진 않았지만 지금 그에게 돈은 어떠한 가치도 없었다.

숙모와 열여덟 살 난 여동생 까쨔가 집에서 끌리모프를 맞이해 주었다. 인사하는 여동생의 손에는 공책과 연필이 들려 있어 그녀가 교사 자격시험을 준비하고 있다는 사실이 떠올랐다. 그는 가족들의 질문과 인사에 아무런 대꾸도 하지 않았다. 고열로 숨을 헐떡이면서 정처 없이 걸어 방 몇 개를 지나 침대 위에 몸을 던졌다. 핀란드인과 빨간 모자, 치아가 하얀 부인, 튀긴 고기 냄새, 깜빡이던 점들이 머릿속에서 맴돌았다. 이제 더 이상 자신의 위치를 깨닫지 못했고, 아무런 외침도 듣지 못했다.

정신을 차렸을 때 끌리모프는 자신이 옷을 벗은 채 침대에 누워 있다는 걸 알아차렸다. 차가운 물이 든 유리병과 빠벨이 보였다. 그렇다고 해서 더 시원하거나 부드럽거나 편안한 건 아니었다. 이전처럼 불편한 팔다리, 입천장에 달라붙은 혀, 여전히 귓가에 맴돌며 쉭쉭거리는 핀란드인의 파이프 소리……. 검은 턱수염을 기른 뚱보 의사가 넓적한 등으로 빠벨을 건드리면서 침대 곁에 앉아 있었다.

"젊은이, 괜찮아, 괜찮아요! 좋아요, 좋습니다……. 고럼, 고렇지……."

의사는 끌리모프를 '젊은이'라고 불렀고, '그렇게' 대신에 '고렇게'라고, '그렇지' 대신에 '고렇지'라고 말했다…….

"고렇지, 고렇지, 고렇지." 의사는 중얼댔다.

"고렇지, 고렇지……. 좋아, 젊은이…… 약해져선 안 돼!"

13) 러시아의 화폐 단위다.

의사의 빠르고 무성의한 말투와 풍만한 덩치, 비아냥거리는 듯한 '젊은이'라는 단어에 끌리모프는 화가 치밀었다.

"왜 저를 젊은이라고 부르시나요? 친한 척이라도 하는 겁니까? 제기랄!" 끌리모프는 끙끙대며 질문했다가 자신의 목소리에 놀라고 말았다. 목소리가 너무도 건조하고, 약하고, 노래하는 듯해서 누가 들어도 그인지 모를 정도였다.

"좋아요, 좋습니다."

의사는 전혀 모욕받지 않았다는 듯 중얼거렸다.

"화를 내선 안 돼요……. 고렇지, 고렇지, 고렇지……."

기차 객실에서 그러했듯이 집에서도 시간은 놀랍게, 그리고 아주 빠르게 흘러갔다. 이따금 침실로 스며드는 한낮의 햇빛이 점차 저녁노을로 바뀌어 갔다. 의사는 침대 곁을 떠나지 않는 듯했고, 끌리모프는 매순간 의사가 '고렇지, 고렇지, 고렇지.'라고 중얼대는 소리를 들었다. 여러 얼굴이 계속해서 침실을 스쳐 지나갔다. 이곳에는 빠벨, 핀란드인과 2등 대위 야로세비치, 상사 막시멘꼬, 빨간 모자, 그리고 치아가 하얀 부인과 의사가 있었다. 그들은 모두 이야기를 나누며 손을 흔들고 담배를 피우고 음식을 먹었다. 심지어 어느 낮엔가는 종군사제(從軍司祭)인 알렉산드르를 한 번 보기도 했다. 그는 어깨에 띠를 두르고 손에는 의례서를 든 채 침대 앞에 서서 진지한 표정으로 무언가를 중얼거리곤 했다. 끌리모프는 그전까지 사제의 그런 모습을 본 적이 없었다. 끌리모프는 알렉산드르 사제가 가톨릭 신자인 장교들을 친근하게 '폴란드인들'이라고 불렀던 일을 기억해 내고는 사제를 웃기기 위해 큰 소리로 외쳤다.

"사제님, 폴란드인 야로세비치가 숲으로 달려갔어요!"

그러나 유쾌하고 웃음이 많은 알렉산드르는 끌리모프가 이런 장난을 치자 갑자기 훨씬 더 진지한 표정을 지으며 끌리모프에게 십자가를 그어 주었다. 밤에 두 그림자가 차례로 조용히 방에 들어왔다가 나갔다. 숙모와 여동생이었다. 여동생의 그림자가 무릎을 꿇고 기도했다. 그녀는 성상과 벽에 절했다. 그리고 두 그림자가 함께 하느님께 기도를 드렸다. 계속해서 튀긴 고기와 핀란드인의 파이프 냄새가 났다. 한번은 향 냄새가 진하게 났다. 끌리모프는 속이 메스꺼워서 몸을 뒤척이다가 고래고래 소리쳤다.

"향! 향을 치워!"

아무런 대답이 없었다. 어딘가에서 사제들이 작은 목소리로 찬양하는 소리와 누군가가 계단을 뛰어가는 소리가 들렸다.

끌리모프가 혼수 상태에서 벗어나 정신을 차렸을 때 침실에는 아무도 없었다. 유리창에 걸린 얇은 커튼 사이로 아침 햇살이 들어왔고, 칼날처럼 가늘고 우아한 빛줄기가 물병에 비쳐 어른거렸다. 바퀴 소리가 들려왔다. 거리에 이미 눈이 다 녹아서 사라졌다는 신호다. 빛, 익숙한 가구, 문을 바라본 장교가 처음으로 한 행동은 소리 내어 웃는 것이었다. 가슴과 배가 달콤함과 기쁨, 간지러운 웃음으로 울렁거렸다. 머리부터 발끝까지 그의 온 몸이 무한한 행복과 생(生)의 기쁨으로 가득했다. 최초로 창조된 인간이 처음 세상과 마주했을 때 느꼈을 기쁨과 비슷한 감정이었다. 끌리모프는 움직임과 사람들, 대화를 열렬하게 원했다. 그는 손만 겨우 까닥일 수 있을 뿐 전신은 좀처럼 움직이지 못했지만 그 사실을 알아차리지 못하고 사소한 일들에 신경을 곤두세웠다. 끌리모프는 자신의 숨소리와 웃음소리가 기뻤고, 유리병, 천장, 빛, 커튼에 달린 끈이 존재한다는 사실이 기뻤다. 침실처럼 좁은 구석 공간에서도 하느님이 창조한 세계는 아름답고 다채롭고 위대해 보였다. 의사가 왔을 때 장교는 의학이 얼마나 명예로운 일인지, 의사가 얼마나 상냥하고 매력적인지, 그리고 사람들이 얼마나 착하고 흥미로운지 생각했다.

"고렇지, 고렇지, 고렇지……." 의사가 중얼거렸다.

"멋져, 멋져……. 벌써 건강해졌군……. 고렇지, 고렇지."

장교는 의사의 말에 귀를 기울였고 기쁘게 웃었다. 그는 핀란드인, 치아가 하얀 부인, 닭다리를 떠올렸다. 밥도 먹고, 담배도 피우고 싶었다.

"의사 선생님." 그가 말했다.

"소금을 곁들인 호밀 빵이랑…… 정어리를 좀 가져다 달라고 전해 주세요."

의사는 끌리모프의 부탁을 거절했다. 빠벨도 그 말을 듣지 못했는지 빵을 가지러 가지 않았다. 중위는 그 사실을 참을 수 없어서 변덕쟁이 아이처럼 울기 시작했다.

"완전 어린애네!" 의사가 껄껄 웃었다.

"엄마, 아, 아!"

끌리모프도 따라 웃었다. 의사가 떠나자 그는 숙면에 빠져들었다. 그리고 아까와 똑같은 기쁨과 행복을 느끼며 잠에서 깼다. 침대 곁에는 숙모가 앉아 있었다.

"아, 숙모!" 그가 기뻐하며 숙모를 불렀다.

"도대체 무슨 일이 있었던 거죠?"

"발진 티푸스였단다."

"그랬군요. 지금은 몸이 가뿐해요. 아주 좋아요! 까쨔는 어딨나요?"

"집에 없어. 시험을 치르고 나서 어딘가로 간 게지."

노파는 그 말을 하고 나서 양말 쪽으로 고개를 떨구었다. 그녀는 입술을 파르르 떨다가 몸을 홱 돌렸다. 그러더니 갑자기 흐느끼기 시작했다.

의사의 금지 사항을 잊은 채 그녀는 슬퍼하면서 말했다.

“아, 까쨔, 까쨔! 우리 천사는 이제 없다! 없다고!”

숙모는 양말을 떨어뜨렸고 몸을 숙이자마자 머리에서 실내모가 떨어졌다. 끌리모프는 그녀의 회색 머리를 바라보았다. 그리고 아무것도 알아차리지 못한 채 그저 까짜가 없다는 데 놀라며 질문을 던질 뿐이었다.

“제 동생은 어딨어요? 숙모!”

숙모는 끌리모프의 상태는 까맣게 잊은 채 복받치는 슬픔을 억누르지 못해 입을 열었다.

“너에게 티푸스가 전염되어…… 그 애는 그만 죽고 말았단다. 장례식을 치른 지 3일째야.”

이 끔찍하고 예기치 못한 소식이 끌리모프의 의식 속에 콱 박혀 버렸다. 너무도 끔찍하고 강렬한 소식이었지만 건강을 회복한 장교의 마음에 가득 찬 동물적인 기쁨을 앗아 가지는 못했다. 그는 울고 또 웃었다. 그러고는 자기에게 먹을 것을 가져다주지 않는다고 불평했다.

일주일이 지나서야 끌리모프는 빠벨의 부축을 받으면서 잠옷 바람으로 창가로 갔다. 음울한 봄 하늘을 바라보며 집 옆을 지나가는 오래된 선로에서 나는 불쾌한 기차 바퀴 소리에 귀를 기울였다. 그의 가슴은 고통으로 죄어들었다. 그는 눈물을 흘리며 이마를 창틀에 갖다 댔다.

“이 얼마나 불행한 일인가!” 그는 중얼거렸다.

“하느님, 전 얼마나 불행한 인간인가요!”

일상의 지루함과 돌이킬 수 없는 상실감은 끌리모프의 기쁨을 꿀꺽 삼키고 말았다.

내기

Все ничтожно, бренно призрачно и обманчиво как мираж.
모든 것이 신기루처럼 보잘것없는 헛소리일 뿐이며 공허하고 기만적이다.

I

캄캄한 가을밤이었다. 나이 든 은행원이 자기 집 서재 안을 이리저리 걸어 다니며 15년 전 가을에 주최했던 파티를 떠올렸다. 그날 파티에는 똑똑한 사람들이 많이 참석해 흥미로운 대화가 오갔다. 사람들이 사형 제도에 대해 말하고 있을 때였다. 손님들 중에는 학자들과 기자들이 많았는데 대다수는 사형 제도에 대해 부정적인 견해를 가지고 있었다. 기독교 국가에서 행해지는 이러저러한 형벌이 구식이고 무용지물이며 비윤리적이라는 것이었다. 그들 중 몇몇은 사형 제도를 생명만은 보호해주는 종신형으로 대체해야 한다는 입장이었다.

"전 그렇게 생각하지 않아요." 파티의 주최자인 은행원이 말했다.

"사형도 종신형도 겪어 보진 않았지만, 선험적으로 판단한다는 가정 아래 사형이 종신형보다는 더 윤리적이고 인간적일 듯합니다. 사형 제도는 사람을 단칼에 죽이지만 종신형은 천천히 죽이는 셈이니까요. 어떠한 형벌이 더 인간적일까요? 당신을 몇 분 만에 죽이는 쪽일까요, 아니면 긴 시간 동안 생명만 연명하게 해주는 쪽일까요?"

"둘 다 비윤리적입니다." 손님들 중 누군가가 말했다.

"두 방법에 모두 생명을 앗아 가겠다는 동일한 목적이 있기 때문입니다. 국가는 신이 아니에요. 국가는 원한다고 해서 잃어버리면 되찾을 수 없는 것을 빼앗을 권리를 가지고 있지 않습니다."

손님들 중에 스물다섯 정도 되어 보이는 젊은 변호사가 있었다. 사람들이 그에게 의견을 묻자 그는 다음과 같이 대답했다.

"사형이나 종신형 모두 똑같이 비윤리적입니다. 그런데 둘 중 하나를 택하라고 한다면 전 분명 후자를 선택할 것입니다. 어떻게든 사는 것이 죽는 것보다 더 나으니까요."

이 발언으로 열띤 논쟁이 시작되었다. 그 당시 지금보다 젊고 신경질적이었던 은행원은 이성을 잃은 나머지 주먹으로 책상을 내리치며 젊은 변호사를 향해 소리쳤다.

"거짓말! 당신이 독방에서 5년도 버틸 수 없다는 데 2백만 루블을 걸겠소."

"그게 진심이라면 기간을 5년이 아니라 15년으로 해서 내기를 하겠습니다."

변호사가 은행원의 말을 받아쳤다.

"15년이라고요? 좋아요! 여러분, 제가 2백만 루블을 걸겠습니다!" 은행원이 소리쳤다.

"그러시죠! 당신이 2백만 루블을 건다면 전 제 자유를 걸겠습니다!" 변호사가 이렇게 맞받아쳤다.

무모하고 무의미한 내기는 이렇게 이루어졌다! 그 당시 은행원은 자신의 재산이 얼마인지도 모를 정도로 부유했다. 철부지 백만장자이자 경솔했던 남자는 내기를 하게 되어서 기뻤다. 저녁을 먹을 때 그는 변호사를 놀리며 말했다.

"젊은이, 아직 늦지 않았으니 다시 한 번 생각해 보게! 내게 2백만 루블은 아무것도 아니지만 자네는 인생의 황금기 중 3, 4년을 잃어버리게 되는 걸세. 내가 3, 4년이라 말한 건 자네가 어차피 그 이상을 못 견딜 거라고 예상하기 때문이지. 불행한 젊은이, 자발적인 감금이 의무적인 감금보다 더 힘들 거라는 점도 잊지 말게나. 자네가 맘만 먹으면 자유로워질 수 있다는 생각이 매 순간 독방에 갇힌 자네를 갉아먹을 걸세. 자네가 가여울 뿐이야!"

지금, 은행원은 방 여기저기를 돌아다니면서 이 모든 일들을 떠올리며 자문했다.

"이러한 내기가 다 무슨 소용이야? 변호사가 인생에서 15년을 허비한 것이 무슨 이득이 있겠어. 나 역시 2백만 루블을 낭비하는 거야. 이런 내기로 사형이 종신형보다 더 나쁘다거나 좋다는 것을 사람들에게 증명할 수 있을까? 아니지. 아니고말고. 무의미하고 어리석은 일일 뿐이야. 이 내기는 내 입장에서 보면 배부른 인간의 변덕이고, 변호사의 입장에서 보면 돈에 대한 단순한 탐욕일 뿐이야……."

이렇게 말한 후 은행원은 앞서 말한 파티 이후의 일들을 떠올려 보았다. 변호사는 은행원의 정원에 지어진 곁채 가운데 한 곳에서 형을 살기로 결심했다. 15년 동안 곁채의 문지방을 넘으면 안 되고, 사람들을 만날 수도 없고, 사람의 목소리를 들을 수도 없고, 편지나 신문을 받을 수도 없다는 조건이 붙었다. 악기를 소유하는 일, 책을 읽고 편지를 쓰는 일, 포도주를 마시고 담배를 피우는 일은 허용되었다. 소통을 위해 일부러 만든 작은 유리창을 통해서 그는 외부 세계와 접촉할 수 있었지만 대신 말할 수는 없었다. 책이나 악보, 포도주 등 필요한 모든 것을 쪽지로 적어 주면 얼마든지 전달받을 수 있었지만 유리창을 통해서만 가능했다. 모든 세부 사항과 온갖 자질구레한 일들까지도 협의하에 이뤄졌다. 이렇게 만들어진 협상으로 그는 철저히 고립되었다. 변호사는 1870년 11월 14일 12시부터 1885년 11월 14일 12시까지 정확히 15년간의 수감 생활을 견디기로 했다. 수감 종료 기한 단 2분 전이라도 변호사가 손톱만큼이라도 조건에 어긋나는 짓을 시도한다면 은행원은 2백만 루블을 지불할 의무에서 자유로워진다.

그의 짧은 기록으로 미루어 짐작해 보건대, 수감 첫해에 변호사는 고독과 무료함으로 고통을 받았던 듯하다. 그때 곁채에서는 밤낮을 가리지 않고 피아노 소리가 들려왔다. 그는 포도주와 담배를 거절했다. 그의 기록에 따르면 포도주는 욕망을 불러일으키는데, 욕망은 죄수의 첫째가는 적이다. 게다가 좋은 포도주를 마실 수 있다 해도 아무도 볼 수 없다는 것은 굉장히 무료한 일이며, 또한 담배는 그의 방 안 공기를 오염시킨다. 첫해에 변호사는 대부분 가벼운 내용의 책들, 이를테면 복잡한 계략이 담긴 애정 소설, 탐정 소설이나 환상 소설, 유머집 등을 주문해서 받았다.

이듬해 곁채에서는 음악 소리가 잠잠해졌고, 변호사는 쪽지를 통해 고전들만 연달아 요청했다. 5년 차에 다시 음악 소리가 들렸고 그때는 포도주를 요청했다. 유리창으로 수인(囚人)을 관찰한 사람들은 그가 1년 동안 먹고, 마시고, 침대에 드러눕고, 자주 하품을 하고, 혼잣말을 한다고 했다. 그때는 책도 읽지 않았다. 밤이면 이따금씩 자리에 앉아 오랫동안 무언가를 썼고, 아침이 되면 자신이 썼던 것을 모두 찢어 버렸다. 울음소리도 여러 차례 들렸다.

6년 차 후반기에 수인은 언어, 철학, 역사 공부에 끈질기게 매달렸다. 은행원은 이런 학문에 푹 빠져 버린 수인을 위해 특별히 신경을 써서 책들을 주문해 주기까지 했다. 4년간 그의 요청에 따라 책이 약 600여 권 전달되었다. 은행원은 수인이 독서에 몰입했던 시기에 다음과 같은 편지를 받았다.

'사랑하는 나의 간수님! 이 편지를 여섯 개 언어로 적어 봅니다. 전문가들에게 이것들을 전해 주세요. 만일 그들이 제 편지를 읽고서 실수를 단 하나도 찾아내지 못하거든 정원에서 총을 쏴주시기 바랍니다. 그 한 발은 제 노력이 헛되지 않았다는 신호가 될 것입니다. 지난 수년간 여러 나라의 천재들은 각자 다른 언어로 말해 왔습니다. 하지만 그들의 내면에는 모두 같은 불길이 타오르고 있죠. 오, 그들을 이해할 수 있는 제 영혼이 이제는 천상의 행복을 느끼고 있다는 걸 당신이 이해할 수 있을까요!' 수인의 욕망은 실현되었다. 은행원은 정원에서 총을 두 번 쏘라고 명령했다.

감금된 지 10년이 지나자 변호사는 책상 앞에 꼼짝도 하지 않고 앉아 오직 성경만 읽었다. 4년간 이해하기 어려운 600여 권의 책을 독파한 사람이 누구나 쉽게 이해할 수 있는 데다 두껍지도 않은 책 한 권을 읽는 데 1년을 소비한다는 사실을 은행원은 도무지 이해할 수 없었다. 수인은 성경 다음으로 종교 관련 책들과 신학 서적들을 읽었다.

마지막 2년간 수인은 종류를 가리지 않고 엄청나게 많은 책을 읽었다. 그는 자연 과학 서적들을 읽기도 하고, 바이런이나 셰익스피어를 사 달라고도 했다. 또 화학 및 의학 교과서, 소설과 철학 서적들, 그리고 신학 논문들을 동시에 요청하기도 했다. 그는 마치 난파선의 잔해 속에서 살아남기 위해 헤엄치며 배의 파편 한 조각, 또 한 조각을 움켜쥐려는 사람처럼 혼신의 힘을 다해 책을 읽었다!

Ⅱ

나이 든 은행원은 지난 모든 일들을 회상하며 이런 생각을 했다.

'내일 12시면 변호사는 자유의 몸이 되겠지. 내기 조건에 따라서 그에게 2백만 루블을 줘야만 해. 그러고 나면 난 완전히 파산하고 말 거야. 끝이라고…….'

15년 전에는 굳이 얼마인지 계산해 보지 않을 정도로 재산이 많았지만 지금은 돈이 많은지 아니면 빚이 더 많은지 스스로에게 묻기도 두려웠다. 나이가 들어서도 주식을 건 광적인 놀음, 위험한 투기와 열정 같은 것들을 버릴 수가 없었다. 결국 그의 사업은 점점 더 기울기 시작했다. 두려움 없이 자신만만하고 오만했던 부자는 주가가 오르내리는 일에 벌벌 떠는 평범한 은행원이 되고 말았다.

"빌어먹을 내기!"

노인은 절망스럽게 머리를 가로저으며 중얼거렸다.

"왜 저 인간은 죽지 않는 거야? 고작 마흔밖에 안 됐으니, 내게 남은 마지막 재산을 가져가서 결혼도 하고 인생을 즐기고, 주식도 하겠지. 나는 거지처럼 그를 선망의 눈으로 바라보면서 매일매일 '당신 덕분에 제 인생은 행복해졌어요. 제가 도와 드리죠!'라는 말을 듣게 될 거야. 아니, 이건 너무해! 내가 파산과 치욕에서 벗어나는 유일한 길은 그 인간이 죽는 일뿐이야!"

새벽 3시를 알리는 종이 울렸다. 은행원은 귀를 기울였다. 집 안의 모든 사람들은 곤히 잠들었고 얼어붙은 나무들이 유리창을 두드리는 소리만 들려왔다. 그는 어떠한 소리도 내지 않으려고 애쓰면서 방염 금고에서 지난 15년간 한 번도 써본 적이 없던 열쇠를 꺼내, 외투를 챙겨 집 밖으로 나갔다.

정원은 어둡고 추웠다. 비가 내리고 있었다. 휘휘 소리를 내는 습한 칼바람이 정원을 맴돌며 나무들을 뒤흔들고 있었다. 은행원은 눈을 부릅떴지만 땅도, 흰색 조각상도, 곁채도, 나무들도 분간할 수 없었다. 그는 곁채가 있는 곳으로 가면서 두 번이나 수위를 소리쳐 불렀다. 대답이 없었다. 날씨가 좋지 않으므로 수위는 지금쯤 부엌이나 온실 어딘가에 숨어서 자고 있을 것이다. 노인은 생각했다.

'내가 만약 용기 있게 내 결심을 이행한다면 사람들은 수위를 가장 먼저 의심할 거야.'

그는 어둠 속에서 계단과 문을 찾아 곁채의 현관으로 들어갔다. 그런 다음 손으로 주위를 더듬으며 좁은 복도에 들어가서 성냥불을 켰다. 사람이라곤 없었다. 시트도 없는 누군가의 침대가 놓여 있었고 구석에는 철제 벽난로가 있었다. 수인의 방으로 통하는 문의 봉인은 멀쩡했다.

성냥불이 꺼지자 은행원은 흥분 속에 몸을 덜덜 떨며 조그만 유리창으로 안을 들여다보았다.

수인의 방에는 초가 희미하게 타오르고 있었다. 변호사는 책상 옆에 앉아 있었다. 그의 등과 머리카락, 손 말고는 보이는 게 없었다. 방에는 책상과 소파 두 개와 양탄자가 있었고, 책상 옆에는 책들이 펼쳐져 있었다.

5분이 지났다. 그런데 수인은 조금도 움직이지 않았다. 15년간의 수감 생활이 그에게 미동도 없이 앉아 있는 법을 가르쳐 주었던 것이다. 은행원은 손가락으로 유리창을 두드려 봤지만 그 소리에도 수인은 꿈쩍하지 않았다. 그때 은행원은 봉인된 문을 조심스럽게 뜯어내고 자물쇠 구멍으로 열쇠를 들이밀었다. 녹슨 자물쇠에서 쇳소리가 나고 문이 삐걱거렸다. 은행원은 비명 소리와 발소리가 들려오길 기다렸다. 하지만 3분이 지나도 문 너머는 처음처럼 조용했다. 노인은 방에 들어가기로 결심했다.

책상 앞에는 평범한 이들과는 다른 사람 하나가 우두커니 앉아 있었다. 여자처럼 머리가 길고 수염도 무성한 그는 비쩍 말라 해골에 가죽만 씌워 놓은 듯 보였다. 그의 얼굴은 흙빛에 가까운 누런색이었고 볼은 움푹 파였으며 등은 좁고 길었다. 머리카락으로 덥수룩한 머리를 지탱하고 있는 손은 가늘고 볼품없어서 바라보기가 기분 나쁠 정도였다. 머리카락은 이미 하얗게 변해 있었다. 쇠약하고 곁늙어 보이는 얼굴을 본다면 어느 누구도 그가 이제 막 마흔이 되었다는 사실을 믿지 못할 것이다. 그는 자고 있었다……. 고개를 떨구고 있는 책상 위에는 희미한 글씨로 뭔가를 적어 놓은 종이가 놓여 있었다. 은행원은 생각했다.

'불쌍한 인간! 아마도 백만장자가 되는 꿈을 꾸고 있겠지! 산송장이나 다름없는 이자를 데려다가 침대에 내던지고 베개로 질식시키기만 하면 돼. 아무리 뛰어난 전문가라도 타살 흔적을 찾아내지 못할 거야. 그래도 뭐라고 썼는지 읽어나 보자.'

은행원은 책상에서 종이를 들고 내용을 읽어 내려갔다.

내일 낮 12시에 나는 자유의 몸이 되며 사람들과 어울릴 수 있게 된다. 하지만 이 방을 떠나서 태양을 바라보기 전에 당신들에게 몇 마디 전해야겠다. 깨끗한 양심에 따라서, 그리고 나를 지켜보는 하느님 앞에서 나는 당신들에게 자유와 삶, 건강 등 당신들의 책 속에서 세상의 행복이라고 부르는 모든 것들을 증오한다고 밝히는 바이다.

나는 15년간 지상의 삶을 연구하는 데 집중했다. 물론 땅이나 사람들을 실제로 보지는 못했다. 하지만 당신들의 책 속에서 향기로운 포도주를 마시고, 노래하고, 사슴과 멧돼지들을 쫓아 숲속을 헤매고, 여성을 사랑했다……. 당신들의 천재적인 시인들이 만들어 낸 구름 같은 천상의 미인들이 밤마다 내게 와서 멋진 이야기들을 들려주었다. 덕분에 술을 마신 듯 머리가 어지럽기도 했다. 당신들의 책을 통해 나는 엘브루스와 몽블랑 정상에 올라 아침마다 떠오르는 태양을 맞이했고, 저녁마다 하늘과 바다, 산 정상에서 진홍빛 황금색으로 물든 노을을 바라보았다. 그곳에서 번쩍이는 번개가 내 머리 위에 드리운 먹구름을 헤치는 모습과 푸르른 숲, 들판, 강, 호수, 도시들을 보았다. 세이렌[14]의 노래와 목동의 피리 소리도 들었다. 신에 대한 이야기를 나누기 위해 날아온 아름다운 악마들의 날개를 만져 본 적도 있었다……. 당신들의 책을 통해서 나는 심연에 던져지거나 기적을 행하기도 했다. 또 누군가를 죽인다거나 도시를 불태우거나 새로운 종교를 설파하기도 했고 왕국들을 전부 정복하기도 했다…….

나는 당신들의 책에서 지혜를 얻었다. 수세기 동안 지칠 줄 모르는 인간의 사상이 만들어 낸 모든 것이 내 머릿속에서 조그만 덩어리로 압축되었다. 난 이

14) 호메로스(Homeros, B.C.800?~B.C.750)의 《오디세이아》에 등장하는 바다의 요정으로, 매혹적인 노래로 항해자들을 유인한다.

제 당신들보다 더 영리해졌다.

그래서 나는 당신들의 책을 증오하고, 세상의 모든 행복과 지혜를 경멸한다. 모든 것이 신기루처럼 보잘것없는 헛소리일 뿐이며 공허하고 기만적이다. 당신들이 도도하고 지혜로운 데다가 아름답다고 해도 죽음은 지하실의 쥐들을 소탕하듯 이 땅 위에서 당신들의 얼굴을 파괴할 것이다. 그리고 당신들의 자손과 역사, 불멸의 천재들은 지구와 함께 얼어 버리거나 불타서 사라질 것이다.

당신들은 미쳤고 잘못된 길을 향해 걸어가고 있다. 거짓을 진실로, 추악함을 아름다움으로 받아들인다. 만일 어떠한 환경의 영향으로 사과나무와 오렌지나무에서 갑자기 열매 대신 개구리와 도마뱀이 열리고, 장미꽃에서 땀범벅이 된 말 냄새가 난다면 당신들은 놀랄 것이다. 마찬가지로 나도 하늘과 땅을 바꿔 놓은 당신들의 행태에 놀랐다. 당신들을 이해하고 싶지 않다.

당신들이 살아가면서 의존하는 모든 것에 대한 경멸을 보여 주기 위해 나는 2백만 루블을 거절한다. 한때는 천국을 꿈꾸듯 그 돈을 바랐었다. 나는 그 돈에 대한 권리를 포기하기 위해 정해진 기한을 다섯 시간 남긴 채 이곳을 빠져나감으로써 계약을 파기할 것이다…….

편지를 다 읽고 나서 은행원은 책상에 종이를 내려놓고 이 이상한 사람의 머리에 입을 맞췄다. 그러고는 눈물을 흘리며 곁채를 빠져나왔다. 그때처럼 자신이 경멸스러웠던 순간은 없었다. 주식에서 큰 손실을 입었을 때에도 이 정도는 아니었다. 집으로 돌아온 그는 침대에 누웠지만 흥분과 눈물 때문에 오랫동안 잠들 수 없었다…….

다음 날 아침 얼굴이 창백해진 수위가 달려왔다. 곁채에 살던 사람이 유리창을 통해 정원을 빠져나와 대문으로 달아난 다음 어딘가로 숨는 모습을 목격했다는 것이었다. 은행원은 하인들과 함께 즉시 곁채로 가서 수인의 도주를 확인했다. 그는 불필요한 소문을 만들지 않기 위해 책상 위에 놓여 있던 거절 의사가 담긴 종이를 챙겨 집으로 돌아왔다. 그리고 그 편지를 방염 금고에 집어넣은 다음 문을 굳게 잠갔다.

미인들

И чем чаще она со всей красотой мелькала у меня перед глазами,
тем сильнее становилась моя грусть.

그녀가 아름다운 모습으로 내 눈앞에 나타날 때마다
내 슬픔은 점점 더 커져 갔다.

I

내가 5, 6학년[15]이었을 무렵 할아버지와 함께 돈강(江) 유역의 볼쇼이 끄레쁘끼 마을에서 로스또프나도누로 갔던 일이 떠오른다. 8월의 낮은 후덥지근했고 고통스러울 정도로 무료했다. 무더위와 건조하고 뜨거운 공기, 우리를 향해 날아오는 먼지구름 때문에 눈이 감겼고 입은 바싹 말랐다. 앞을 보고 싶은 마음도 없었고 무언가를 말하거나 생각하고 싶지

15) 여기서는 우리나라 중, 고등학교에 해당하는 중등학교에서의 학년을 말한다.

도 않았다. 꾸벅꾸벅 졸고 있던 우크라이나인 마부 까르뽀가 말에 채찍을 휘두르려다 내 모자를 쳤을 때조차 불평하거나 소리를 내지 못했다. 다만 반쯤 졸다가 깬 눈으로 아주 잠깐 동안 힘없이 먼 곳을 바라보며 먼지 사이로 마을이 없는지만 살폈을 뿐이다. 우리는 말에게 먹이를 주기 위해 바흐치사라이라는 커다란 아르메니아 마을에 잠시 머물기로 했다. 할아버지와 안면이 있는 아르메니아 부자가 살고 있는 마을이었다. 난 지금까지 이 아르메니아인보다 더 우습게 생긴 사람을 보지 못했다. 짧게 이발한 작은 두상, 낮게 달린 짙은 눈썹, 새 부리 같은 코, 기다란 회색 콧수염, 길쭉한 벚나무 파이프를 물고 있는 넓적한 입. 이런 얼굴을 상상해 보라. 그는 이런 머리를 등이 구부정한 몸뚱이에 어색하게 매달고 다니는 사람이었다. 짧고 붉은 상의, 통이 넓고 밝은 하늘색 바지 차림의 복장은 아주 환상적이었다. 게다가 그는 다리를 벌리고 걸어서 신발을 질질 끌고 다녔다. 또한 입에서 파이프를 떼지 않은 채 말했고, 순수한 아르메니아인의 자부심을 가지고 행동하느라 웃지도 않고, 가능한 손님들에게 신경을 쓰지 않는 태도로 그 누구와도 눈을 마주치지 않으려 했다.

아르메니아인의 방에는 바람 한 점 들지 않고 먼지도 없었지만, 초원이나 거리에서처럼 숨 막히게 덥고 지루해서 불쾌했다. 그때 나는 먼지를 뒤집어쓴 데다가 무더위에 지치기까지 한 상태라서 구석에 놓인 초록색 궤짝 위에 털썩 걸터앉았다. 페인트칠도 하지 않은 벽과 가구, 그리고 황토가 깔려 있는 바닥은 태양에 바싹 말라 건조해진 나무 냄새를 풍겼다. 어디를 바라보든 간에 온통 파리, 파리, 파리뿐이었다……. 할아버지와 아르메니아인은 방목에 대해 이야기하거나 품앗이와 양들에 대한 의견을 나눴다……. 나는 사람들이 한 시간은 족히 사모바르[16]를 세워 둘 테고, 할아버지 역시 적어도 한 시간 이상 차를 마시고 그 뒤 두세 시간 동안은 주무실 거라는 사실을 알고 있었다. 이럴 때면 하루에 꼬박 여섯 시간가량을 기다리면서 시간을 보내야 했다. 그 후에 다시 더위, 먼지와 함께 덜컹거리는 길을 가야만 한다. 두 사람이 웅얼거리는 소리가 들렸다. 곧 아르메니아인도, 식기들로 채워진 찬장도, 파리들도, 뜨거운 태양이 내리쬐는 유리창도 아주 오래전부터 보아 왔으며 아주 먼 미래가 되어서야 그것들을 더는 볼 수 없을 거라는 생각이 들었다. 그러자 대초원, 태양 그리고 파리들에 대한 증오심이 온몸을 휘감았다.

스카프를 두른 우크라이나 여인이 다기(茶器)가 담긴 쟁반과 사모바르를 가져왔다. 아르메니아인은 느긋하게 광으로 나가며 소리쳤다.

"마시야! 와서 차를 따라야지! 어디 있니? 마시야!"

종종거리는 발소리가 들리더니 열여섯가량 된 소녀가 방 안으로 들어왔다. 그 소녀는 수수한 꽃무늬 옷을 입고, 흰색 머릿수건을 두르고 있었다. 소녀는 내게 등을 진 채로 서서 내 찻잔에 차를 따르고 있어 내가 본 건 그녀의 가는 허리와 맨발, 길게 내려온 바짓단에 덮여 있는 조그마한 발뒤꿈치뿐이었다.

주인은 내게 차를 마시러 오라고 했다. 나는 탁자에 앉아 잔을 내미는 소녀의 얼굴을 바라보았다. 그 순간 내 마음에 어떤 바람이 불어와 지루하고 먼지로 가득했던 오늘 하루의 인상을 통째로 날려 버리는 것을 느꼈다. 나는 미인들 중에서도 가장 매력적인 미인을 만난 것이다. 그러한 미인은 어쩌다 현실에서 한 번쯤, 아니면 꿈에서나 만날 수 있으리라.

16) 러시아에서 차를 끓이는 데 사용하는 주전자로, 대개 둥근 화병 모양이다.

지금 내 앞에 미인이 서 있다. 번개가 번쩍이듯 그 사실을 첫눈에 알아챘다.

나는 그녀의 아버지가 '마시야'라고 부르는 마샤가 진정한 미인임을 맹세할 준비가 됐다. 하지만 그 사실을 어떻게 증명해야 할지는 모르겠다. 이따금 구름들이 지평선 부근에서 제멋대로 뭉쳐지면, 태양이 그 뒤에서 구름들을 비추며 자주색, 주황색, 황금색, 연보라색, 어두운 장미색 등으로 다채롭게 하늘을 물들일 때가 있다. 어떤 구름은 수도승, 다른 구름은 물고기, 또 다른 구름은 터번을 쓴 터키인과 닮아 보인다. 노을은 하늘의 3분의 1을 물들이고 교회 십자가와 주인집의 유리창에서 불탄다. 강과 웅덩이에도 비치고, 나무 위에서도 흔들린다. 잠잘 곳을 찾는 야생 청둥오리 떼가 노을을 배경 삼아 어딘가로 멀리 날아간다……. 소 떼를 몰고 가는 목동, 사륜마차를 타고 둑을 건너는 측량 기사, 산책하는 사람들 모두 노을이 지는 모습을 바라보며 그 노을이 끔찍할 정도로 아름답다고 생각한다. 하지만 어느 누구도 그 아름다움이 무엇인지 알거나 말로 표현할 수 없다는 사실을 깨닫는다.

아르메니아 소녀의 아름다움을 알아차린 사람은 나 혼자만이 아니었다. 여든 살이 다 된 나의 할아버지는 거친 남자여서 여자와 자연의 아름다움에 무관심했지만, 계속해서 마샤를 상냥한 눈빛으로 바라보며 물어보았다.

"아베뜨 나자리치, 이 아이가 당신 딸이오?"

"그렇죠. 내 딸이에요……." 주인이 대답했다.

"예쁜 아가씨로군요." 할아버지가 칭찬했다.

화가라면 아르메니아 소녀의 아름다움을 가리켜 고전적이고 단아한 아름다움이라고 말할 것이다. 오직 신만이 그 아름다움이 어디서 비롯

되었는지 아시리라. 그 아름다움과 마주하면 당신은 훌륭한 형상을 보고 있다는 확신이 생길 것이다. 머리카락과 눈동자, 코, 입, 목, 그리고 가슴과 젊은 육체의 모든 움직임이 완벽한 조화를 이루었고, 자연은 한 치의 실수도 없이 그 조화를 만들어 냈다. 당신은 이상적인 미인상으로 마샤처럼 끝만 살짝 굽은 코, 커다랗고 검은 눈동자, 기다란 속눈썹, 깊이 있는 시선을 그리리라. 고요한 강가에 푸른 갈대가 잘 어울리듯 그녀의 부드럽고 흰 이마와 볼에 검은 곱슬머리와 눈썹이 잘 어울린다고 느낄 것이다. 마샤의 흰 목과 아직 덜 자란 가슴은 완전히 성숙하지 않아서, 그대로 조각하려면 굉장한 예술적 재능이 필요하다고 생각할 것이다. 만약 마샤를 보게 된다면 당신은 놀라울 정도로 유쾌하고 진실하고 아름다운 그녀만큼이나 아름다운 무언가를 마샤에게 들려주고픈 욕구에 서서히 사로잡힐 것이다.

처음에 마샤가 내게 눈길 한 번 주지 않고 내내 바닥만 내려다보는 바람에 불쾌하고 창피했다. 어떤 특별한 분위기, 그러니까 행복하고 도도해 보이는 기운이 그녀와 나 사이를 갈라놓았다. 마치 시기라도 하듯이 나의 시선을 가로막는 느낌이었다. 그래서인지 이런 생각이 들었다.

'먼지투성이에다 햇볕에 까맣게 그을렸기 때문이겠지. 게다가 아직 어린애일 뿐이고.'

하지만 시간이 지나자 나는 차츰 나 자신을 잊고 아름다움을 감상하는 데 몰입했다. 이미 초원의 무료함과 먼지를 떠올리지 못했고, 파리들이 윙윙거리는 소리도 듣지 못했다. 차 맛도 느끼지 못한 채 그저 탁자 건너편에 아름다운 아가씨가 서 있다는 것만 느꼈다.

나는 그 아름다움을 조금은 이상한 방식으로 감지했다. 마샤가 내 안에 불러일으킨 감정은 욕망이나 환희, 쾌락이 아니었다. 오히려 유쾌하긴 하지만 묵직한 슬픔이었다. 그 슬픔은 꿈처럼 불분명하고 어렴풋하게 다가왔다. 왠지 모르게 나 자신과 할아버지, 아르메니아인, 그리고 아르메니아 소녀가 가여워졌다. 우리 네 사람이 인생에서 중요하고 필요한 무언가를 잃어버렸으며, 다시는 찾을 수 없을 것만 같았다. 할아버지 또한 슬픔에 잠긴 듯했다. 더는 방목이나 양에 대해 언급하지 않으시더니 입을 다물어 버리셨다. 그저 깊은 생각에 잠겨서 마샤만 바라볼 뿐이었다.

차를 마신 뒤 할아버지는 주무시러 가셨고, 난 집에서 나와 현관에 앉았다. 바흐치사라이의 여느 집들처럼 이 집 역시 양지에 지어져 있었다. 나무나 차양, 그늘은 없었다. 명아주와 야생 아욱이 무성한 아르메니아인의 커다란 뜰은 심한 더위에도 활기가 넘쳤고 즐거움으로 가득했다. 커다란 정원 여기저기를 가르는 낮은 울타리 너머 한쪽에서는 타작이 한창이었다. 탈곡장의 중앙을 관통하는 기둥 주위에 줄지어 매어 있는 열두 마리 말들이 커다란 반지름을 그리며 뛰어다니고 있었다. 그 옆에서 기다란 조끼와 통이 넓은 바지를 입은 우크라이나인이 채찍을 휘두르며 걸어 다녔다. 그는 말들을 조롱하고 제압하고 싶은 듯 강한 어조로 소리쳤다.

“아아, 극악무도한 놈들아! 아아…… 콜레라에 걸린 것도 아니잖아! 뭐가 무서운데?”

왜 똑같은 곳을 빙빙 돌며 밀짚을 밟아야 하는지 알 리 없는 밤색, 흰색, 얼룩무늬 말들은 마치 애쓰고 있다는 듯 마지못해 뛰어다니며, 화가 잔뜩 났는지 꼬리를 마구 흔들어 댔다. 말발굽 아래에 이는 바람이 황금빛 왕겨 먼지구름을 일으켰다가 울타리 너머로 멀리 날려 보냈다. 높이 쌓인 신선한 건초 더미 부근에는 갈퀴를 든 아낙네들과 짐마차들이 느릿느릿 움직이고 있었다. 다른 뜰에 있는 건초 더미 뒤에서도 또 다른 열두 마리 말들이 똑같은 형태로 기둥 주위를 돌고 있었고, 아까와 똑 닮은 우크라이나인이 채찍을 휘두르며 말들을 놀리고 있었다.

내가 앉아 있던 계단은 뜨거웠다. 혹독한 더위 탓에 기름칠이 된 층계의 난간과 창틀 어딘가에서 나무 진이 녹아서 흘러나왔다. 계단과 덧문 아래 그늘진 공간에는 붉은 딱정벌레들이 서로 엉겨 붙어 있었다. 태양이 내 머리와 가슴, 등을 뜨겁게 내리쬐고 있었지만 딱히 신경 쓰이진 않았다. 그저 누군가가 내 뒤에서 맨발로 현관과 방의 나무 바닥 위를 걸어 다닌다는 걸 느낄 뿐이었다. 찻잔을 치운 마샤는 내 옆에서 바람을 훽 일으키며 계단을 뛰어 내려가 검게 그을린 조그만 곁채로 새처럼 날아갔다. 구운 양고기 냄새가 풍겨 오는 걸로 보아 그 건물은 부엌인 게 확실했고, 안쪽에서 한 아르메니아인의 화난 목소리가 흘러나왔다. 어두운 문 뒤로 사라진 마샤 대신 등이 굽고 녹색 바지를 입은, 붉은 얼굴의 아르메니아 노파가 나타났다. 화가 난 노파는 누군가에게 욕지거리를 퍼붓고 있었다. 이윽고 부엌의 열기로 얼굴이 발그레해진 마샤가 어깨에 커다란 검은 빵을 둘러메고 문턱에 나타났다. 그녀는 무거운 빵을 짊어진 몸을 예쁘게도 구부리며 뜰을 지나 탈곡장으로 뛰어갔고, 울타리를 넘고 황금빛 왕겨 구름을 뚫고 사륜마차 뒤로 사라졌다. 말들을 부리던 우크라이나인은 채찍을 내려놓고 서서 아무 말 없이 아까 그 마차 쪽을 바라보았다. 그 후에 아르메니아 소녀가 다시 울타리를 뛰어넘어 말 주위에 나타나자 그는 그 소녀를 눈으로 배웅하며 말들에게 매우 괴롭다는 듯이 소리쳤다.

"사악한 것들, 망해 버려라!"

그 후에 나는 그녀가 쉬지 않고 계속 발을 놀리는 소리를 들었고, 심각하고 걱정스러운 표정으로 뜰을 돌아다니는 모습을 보았다.

소녀는 내 옆으로 바람을 휙 일으키며 계단을 뛰어 내려가 부엌, 탈곡장, 현관 등을 분주하게 돌아다녔다. 덕분에 나는 그녀의 뒷모습을 쫓으려고 아주 열심히 고개를 움직여야만 했다.

그녀가 아름다운 모습으로 내 눈앞에 나타날 때마다 내 슬픔은 점점 더 커져 갔다. 나 자신도, 소녀도, 그리고 소녀가 왕겨의 먼지를 헤치고 짐마차로 뛰어가는 모습을 매번 슬픈 눈으로 바라보는 우크라이나인도 가엾다는 생각이 들었다. 내 마음속에 소녀의 아름다움에 대한 질투심이 일기라도 한 걸까. 아니면 그녀가 내 사람이 아니고, 앞으로도 그럴 수 없으며, 그녀에게는 내가 타인일 뿐이라는 사실이 그냥 유감스러운 걸까. 그것도 아니면 소녀의 보기 드문 아름다움이 지상의 모든 것처럼 우연적이고 불필요하며 영원하지 않다고 느꼈던 것일까. 어쩌면 내 슬픔은 인간이 진정한 아름다움에 대해 생각할 때 느끼는 묘한 감정이었을 수도 있다. 누가 알겠는가!

기다리다 보니 세 시간이 눈 깜짝할 사이에 지나갔다. 까르뽀가 강가에서 목욕시킨 말들을 마차에 매기 시작했을 때에도 난 마샤를 충분히 보지 못했다는 생각을 했다. 촉촉하게 젖은 말들은 만족스러운 듯 히힝거렸고 말발굽으로 끌채를 차고 있었다. 까르뽀는 말들에게 "뒤이이로!"라고 소리쳤다. 그 소리에 할아버지가 일어났다. 마샤가 삐걱이는 대문을 열어 주었다. 우리는 마차를 타고 뜰을 빠져나왔다. 덜그럭거리는 마차 안에서 우리는 마치 서로에게 화가 난 듯이 아무 말도 하지 않았다.

두세 시간이 지나자 멀리서 로스또프와 나히체반이 보였다. 줄곧 아무 말이 없던 까르뽀가 주위를 빠르게 둘러보며 말했다.

"그 아르메니아 아가씨는 정말 눈부셨어!"

그러더니 채찍으로 말을 후려갈겼다.

Ⅱ

또 언젠가 내가 대학생이었던 때에 기차를 타고 남쪽 지방으로 간 적이 있었다.

5월이었다. 벨고로드와 하리꼬프 중간의 어느 역에서 산책을 하기 위해 객차를 빠져나와 플랫폼으로 갔다.

역의 뜰과 플랫폼, 들판에 이미 저녁 그림자가 내려앉아 있었다. 역 건물이 저녁노을을 가리고 있었지만, 기관차에서 피어오르는 연기의 맨 윗부분이 옅은 장밋빛으로 물든 모습을 보니 아직 해가 완전히 기운 것 같지는 않았다.

플랫폼을 거닐다가 승객 대부분이 2등 객차 주위를 배회하는 광경을 보았다. 하나같이 그 객차에 어떤 유명 인사라도 타고 있는 듯한 표정을 짓고 있었다. 그 주변에 모인 호기심 많은 사람들 중에는 내 동행인 포병 장교도 있었다. 여행 중에 우연한 기회로 잠깐 만나게 되는 사람들이 대개 그러하듯이 그는 현명하고 따스하고 매혹적인 남자였다.

"뭘 보는 거죠?" 내가 물었다.

그는 아무 말 없이 눈으로 어떤 여성을 가리켰다. 그녀는 17, 18세 정도 된 젊은 아가씨였다. 러시아식 정장 차림에 모자는 쓰지 않았으며, 망토는 한쪽 어깨 위에 대강 얹어 놓은 차림이었다. 승객이 아니라 역장의 딸 혹은 여동생임에 틀림없었다.

그녀는 차창에 서서 나이 든 승객과 이야기를 나누고 있었다. 내가 무엇을 봤는지 깨닫기도 전에, 순간 예전에 아르메니아 마을에서 느꼈던 감정과 같은 기운에 휩싸여 버렸다. 그 아가씨는 눈부시도록 아름다웠다. 나뿐만 아니라 다른 사람들도 똑같이 느끼는 듯했다.

그녀의 외모를 흔한 기준으로 부분 부분 나눠서 묘사한다면, 진정으로 아름다운 곳은 물결치듯 곱슬곱슬하고 풍성한 금발 머리가 거의 유일했다. 검은 리본으로 느슨하게 묶은 머리카락 말고는 전부 어딘가 자연스럽지 않거나 지극히 평범한 모습이었다. 애교를 부리는 특별한 방법인지 아니면 근시 때문인지 그녀는 실눈을 떴다. 코는 조금 위로 들렸고 입은 작았다. 옆모습은 이목구비가 희미하고 약해 보였다. 어깨는 나이에 맞지 않게 좁았다. 하지만 그렇다 해도 그녀는 진정한 미인의 인상을 풍겼다. 나는 그녀를 바라보며 러시아인이 아름다워 보이는 데는 외모에 엄격한 기준이 필요하지 않다고 확신했다. 만일 그녀의 들창코를 아르메니아 소녀처럼 바르고 조형학적으로 한 치의 오차도 없는 코와 바꾼다면 그녀의 얼굴은 본래의 매력을 잃고 말 것이다.

창가에 서서 이야기하는 아가씨는 습한 저녁 공기 때문에 어깨를 움츠리며 이따금 우리 쪽을 바라보았다. 양손을 허리에 대거나 손을 들어 머리 모양을 바로잡기도 했다. 그녀는 이야기를 하며 웃기도 했고, 놀라거나 무서운 표정을 짓기도 했다. 내가 기억하기로 그녀의 몸과 얼굴이 가만히 있던 순간은 없었다. 그녀가 가진 아름다움의 비결과 매력은 이렇게 끊임없이 움직이는 작고 우아한 동작, 미소, 표정, 우리를 빠르게 훑는 시선, 그러한 동작들 안에 숨은 섬세한 우아함과 젊음, 신선함, 그리고 웃음과 목소리 속에 스민 정결한 영혼과의 결합에 있었다. 그것은 우리가 아이와 새, 새끼 사슴, 어린 나무들을 보고 발견할 수 있는 유약함과도 연관되어 있었다. 왈츠를 추듯 정원을 날아다니는 나비와 같고 웃음, 유쾌함과 조화를 이루는 아름다움이자 진지한 사상, 슬픔, 평온과는 무관한 아름다움이었다. 기차역 위로 산들바람이 불거나 비가 내리면 나비의 가녀린 몸이 갑자기 쇠약해지고 변덕스러운 아름다움은 꽃가루처럼 사라질 것 같았다.

"그러게요……."

우리가 두 번째 종소리를 듣고 나서 객차로 향할 때 장교는 한숨을 쉬며 이렇게 중얼댔다. 나는 "그러게요……."라는 말의 의미를 고민하지 않았다. 아마도 그는 미녀와 봄날 저녁을 뒤로한 채 답답한 객차로 되돌아가는 게 싫어서 서글퍼진 듯했다. 아니 어쩌면 그도 나처럼 미인과 자기 자신, 나를 포함해 마지못해 천천히 객차로 되돌아가는 승객들에게 설명할 수 없는 안타까움을 느꼈는지도 모른다. 우리는 역의 창가를 지나가면서 붉은 머리 전보 기사가 기계 옆에 앉아 있는 모습을 보았다. 곱슬머리를 높이 세우고 광대뼈가 튀어나온 창백한 얼굴을 하고 있는 전보 기사를 본 장교는 한숨을 내쉬며 말했다.

"저 전보 기사가 아까 그 미녀에게 반했다는 데 내기를 걸겠어요. 천상의 존재와 한 지붕 아래 살면서 사랑에 빠지지 않는다는 것은 인간의 능력을 넘어서는 일이지요. 친구, 얼마나 큰 불행인가요. 구부정하고, 털이 많으며, 평범하고, 단정하고, 꽤나 영리한 사람이 자신에게 조금도 관심이 없는 아름답고 덜떨어진 아가씨에게 푹 빠진다는 건 대단한 비웃음거리죠. 아니, 더 나쁜 경우도 있어요. 그 전보 기사가 그 아가씨와 사랑에 빠졌는데 그가 유부남이라면요. 게다가 그의 부인도 그처럼 구부정하고, 털이 많으며, 단정하다면……. 그건 고문이죠!"

한 역무원이 우리 객차 주변 철책에 턱을 괸 채 미인이 서 있던 곳을 바라보고 있었다. 낯빛이 초췌하고 피부도 축 늘어진 남자였다. 기차의 덜컹거림 때문에 밤마다 잠을 자지 못해서인지 그의 얼굴은 붓고 피곤해 보였고 감동한 듯 보였지만 매우 슬퍼 보였다. 전보 기사는 마치 그 아가씨의 모습 속에서 자신의 젊음과 행복, 진정성과 순수함, 자신의 아내와 아이들을 본 듯했다. 그는 마치 그 아가씨가 제 여자가 아님을 온몸으로 느끼며 후회하는 것 같았다. 너무 빨리 늙어 버렸고 볼썽사나운 데다 얼굴에 기름이 줄줄 흐르는 사람에게 보통 사람들이나 여행객들의 평범한 행복이란 저 먼 하늘처럼 결코 닿을 수 없는 것이었다.

세 번째 종이 울렸다. 호각 소리가 들려왔고 기차가 느릿느릿 움직였다. 유리창에는 맨 먼저 역무원과 역장이 어른거렸고 나중엔 정원, 그리고 아이처럼 장난스럽지만 멋진 미소를 머금은 미인의 얼굴이 스쳐 지나갔다…….

나는 밖으로 고개를 내밀고 몸을 뒤로 돌려 미인의 모습을 지켜보았다. 그녀는 눈으로 기차를 배웅하고 나서 전보 기사가 앉아 있는 역의 유리창을 따라 걷다가 자신의 머리를 매만지고 정원으로 달려갔다. 기차역 서쪽에는 어느새 울타리로 막힌 부분이 끝나고 탁 트인 들판이 펼쳐졌다. 태양은 이미 저물었고 연기는 검은 구름처럼 부드러운 녹색 가을 작물들 위를 뒤덮었다. 봄 공기에도 어두워진 하늘에도 그리고 기차 안에도 슬픔이 감돌았다.

아까 보았던 역무원이 객차에 들어와 양초에 불을 붙이기 시작했다.

메뚜기 같은 여자

и вдруг поняла, что это был в самом деле необыкновенный,
редкий и, в сравнении с теми, кого она знала, великий человек.

그러다가 자신이 알고 있는 이들과 비교해도
디모프가 정말 특별하고 보기 드물게 훌륭하다는 사실을 깨달았다.

I

올가 이바노브나의 결혼식에는 올가의 친구들과 가까운 지인들이 모두 참석했다.

"저 사람 좀 봐봐. 저이에겐 뭔가 있는 거 같아. 그렇지 않니?"

올가는 자기 남편을 턱으로 가리키면서 친구들에게 말했다. 왜 저토록 단순하고 지극히 평범하며 뛰어난 구석이라곤 전혀 없는 듯한 사람과 결혼했는지 해명이라도 하려는 것 같았다.

올가의 남편 오시쁘 스쩨빠니치 드이모프는 의사였고, 명예 고문 자리도 겸하고 있었다. 그는 병원 두 군데에서 근무했는데, 한 곳에서는 수석 의사로, 다른 한 곳에서는 병리 해부학자로 일했다. 드이모프는 매일 9시부터 정오까지는 환자를 받고 연구실에서 업무에 몰두했다. 그런 후에는 마차를 타고 다른 병원으로 가서 죽은 환자들을 해부했다. 드이모프의 개인 진료 수입은 보잘것없었다. 연간 수입은 500루블 정도가 전부였다. 그에 대해서 무슨 말을 더 할 수 있을까? 반면에 올가 이바노브나와 그녀의 친구들 그리고 가까운 지인들은 결코 평범하지 않았다. 그들은 각자의 분야에서 뛰어났고 어느 정도는 유명 인사들이었다. 혹은 아직 유명하지는 않아도 곧 그렇게 되리라는 기대를 받는 인물들이었다. 드라마 극장 소속의 거물급 배우는 이미 오래전에 재능을 인정받았으며 고상하고 지혜롭고 겸손한 사람이었다. 게다가 뛰어난 낭독가여서 올가 이바노브나에게 낭독을 가르쳐 주기도 했다. 그들 중에는 마음씨 좋고 덩치가 큰 오페라 가수도 한 명 있었다. 그는 언젠가 한숨을 내쉬면서 올가 이바노브나에게 그녀 스스로 재능을 망치고 있다고 확언한 적도 있었다. 만약 올가가 게으르게 굴지 않고 재능을 맘껏 발휘했다면 훌륭한 가수가 될 수 있었을 거라고도 했다. 그리고 몇몇 화가들이 더 있었다. 그들 중 가장 뛰어난 사람은 풍속화, 동물화, 풍경화 등을 그리는 랴봅스끼였다. 그는 매우 잘생긴 금발의 젊은이였다. 나이는 스물다섯 정도였고, 몇 번의 전시회를 성공적으로 끝내고 최근에 500루블을 받고 그림을 팔기도 했다. 랴봅스끼는 올가 이바노브나의 스케치를 고쳐 주었고 그녀의 그림이 쓸모 있다고 말해 주기도 했다. 처량한 음색으로 연주를 하는 첼리스트도 있었다. 그는 자기가 아는 많은 여성들 중에서 오직 올가 이바노브나만이 제대로 반주를 할 수 있다는 사실을 솔직히 인정했다. 그리고 희곡, 중편 소설, 단편 소설들을 써서 이미 유명해진 젊은 소설가도 있었다. 또 누가 있나? 음, 바실리 바실리치가 있다. 귀족 출신 지주로 아마추어 삽화가이자 비네트 화가이기도 했다. 그는 과거 러시아 양식, 이를테면 빌리나[17]와 서사시에서 강한 영감을 받았고, 종이나 도자기, 또는 검게 그을린 접시 위에 말 그대로 기적을 만들어 냈다. 예술적이고 자유로우며 운명의 장난으로 생긴 것 같지만 사실은 섬세하고 고상한 이 모임에서, 의사란 병이 났을 때만 떠올리는 존재였다. 이 모임에서 듸모프라는 이름은 시도로프 혹은 따라소프 등의 이름과 별반 다르지 않았다. 듸모프는 낯설고 불필요한 데다 보잘것없는 존재 같았다. 그가 아무리 키가 크고 어깨가 넓다 하더라도 말이다. 그는 남의 옷을 입은 듯했고, 그의 구레나룻은 집사의 수염처럼 느껴졌다. 하지만 만일 그가 작가 혹은 화가였다면 사람들은 그의 구레나룻이 에밀 졸라를 연상시킨다고 말했을 것이다.

랴봅스끼는 올가 이바노브나의 금빛 머리카락과 웨딩드레스를 보며 그녀가 봄마다 부드럽고 새하얀 꽃들로 뒤덮이는 날씬한 벚나무를 닮았다고 말했다.

"아니에요. 들어 보세요!"

올가 이바노브나는 그의 팔을 붙들며 말을 꺼냈다.

"어떻게 갑자기 이런 일이 생겼냐고요? 들어 보세요, 들어 보시라고요……. 아버지와 듸모프는 같은 병원에서 일했어요. 불행히도 아버지가 병에 걸렸을 때 듸모프는 밤낮으로 병상에 함께 있어 줬어요. 정말로 헌신적이었죠! 들어 보세요. 랴봅스끼…… 거기, 우리 작가님도 들어

17) 고대 러시아 문학의 장르로 영웅 서사시의 일종이다.

보세요. 아주 흥미로울 거예요. 좀 더 가까이들 오세요. 그는 정말 헌신적이었고 간병에도 열심이었어요! 저 또한 밤을 지새우면서 병상을 지켰어요. 그러다 갑자기 이 착한 젊은이에게 빠지게 된 거죠! 나의 듸모프도 제게 홀딱 반했어요. 사실 운명은 언제나 그렇게 기이한 방향으로 흘러가죠. 음, 아버지가 돌아가시고 나서 그는 가끔 저희 집에 놀러 왔어요. 거리에서 몇 번 마주친 적도 있죠. 그러다가 어느 아름다운 저녁에 짜잔! 그가 갑자기 청혼을 했답니다…… 정말 갑자기요. 전 밤새 울었고, 지독히 몹쓸 사랑에 빠졌죠. 그 결과 보시다시피 그와 결혼했답니다. 저이한텐 정말 강렬하고, 힘 있고, 곰 같은 면이 있죠. 그렇지 않은가요? 지금 남편 얼굴이 4분의 3쯤 우리 쪽으로 향해 있네요. 조명이 어둡긴 하지만 그가 완전히 고개를 돌릴 때 이마를 한번 보세요. 랴봅스끼, 당신은 그 이마를 보고 뭐라고 할까요? 듸모프, 우린 당신 이야기를 하고 있었어!"

그녀는 남편에게 소리 높여 말했다.

"이리 와. 랴봅스끼와 악수해……. 응, 그렇게. 그와 친구가 되는 거야."

듸모프는 선량하고 순진한 미소를 머금은 채 랴봅스끼에게 손을 내밀며 이렇게 말했다.

"반갑습니다. 제 대학 동기 중에도 성(姓)이 랴봅스끼인 친구가 있죠. 혹시 선생 친척이 아닐까요?"

Ⅱ

올가 이바노브나는 스물둘, 드모프는 서른한 살이었다. 결혼 후 이 부부는 아주 멋지게 살았다. 올가 이바노브나는 자신의 스케치와 다른 사람의 스케치로 거실 벽을 모두 채웠다. 액자에 넣은 것과 넣지 않은 것이 섞여 있었다. 그녀는 피아노와 가구 주변의 좁은 공간을 전부 중국 우산, 이젤, 색색의 천들, 단검과 반신상, 사진들로 아름답게 채웠다……. 식당 벽에는 통속적인 그림들을 붙였고, 짚신과 낫도 걸어 두었다. 그리고 구석에는 큰 낫과 갈퀴를 세워 두었다. 한마디로 식당은 러시아식으로 꾸민 셈이었다. 침실은 동굴처럼 꾸미기 위해 벽과 바닥을 검은 천으로 장식했고 침대 위에는 베네치아식 전등을 달았다. 그리고 문 옆에는 무기를 든 조각상을 세워 두었다. 덕분에 모두들 이 젊은 부부의 공간이 아주 사랑스럽다고 생각했다.

올가 이바노브나는 매일 11시경 침대에서 일어나 피아노를 연주했고, 날씨가 좋을 때는 유화를 그렸다. 그러고 나서 12시에서 1시 사이에 재봉사에게 갔다. 올가와 드모프에게는 돈이 많지 않기 때문에 그녀가 옷을 계속 바꿔 입어 사람들을 놀라게 하려면 올가와 재봉사가 부지런히 지혜를 짜내야 했다. 그들은 오래전에 풀을 먹인 옷감이나 자투리로서의 가치도 없는 레이스, 망사, 비로드, 실크를 가지고 기적을 만들어 냈다. 그렇게 만들어 낸 옷은 어딘가 매력적이었고, 단순한 옷이 아닌 꿈과 같았다. 올가 이바노브나는 보통 재봉사의 의상실을 나오면 친분이 있는 여배우의 집으로 갔다. 연극계 소식도 듣고, 겸사겸사 초연 드라마나 후원 공연의 표를 구하기 위해 분주히 돌아다니는 것이다. 여배우의 집에 들른 후에는 화가의 작업실 또는 전시회에 가거나 유명 인사를 만나러 간다. 상대방을 자신의 집에 초대하거나, 이유 없이 들른다거나, 아니면 그저 수다를 떨려는 목적이었다. 사람들은 어디서나 올가를 반갑고 다정하게 맞아 주었고, 그녀가 착하고 사랑스럽고 보기 드문 여자라고 입을 모았다……. 올가를 유명하고 위대하다고 일컫는 사람들은 그녀를 자신들처럼 대했고, 그녀가 재능과 예술적 감각과 지성을 갖추고 있기 때문에 한눈만 팔지 않는다면 대박을 터뜨릴 거라고 한목소리로 말했다. 올가는 노래하고 피아노를 연주하고 그림을 그리고 무언가를 만들고 아마추어 무대에 오르기도 했다. 게다가 이 모든 일들을 그럭저럭하는 게 아니라 아주 뛰어나게 해냈다. 장식용 등불을 만들거나 옷을 갖춰 입거나 누군가에게 넥타이를 매주거나 하는 모든 행동에서 예술성, 뛰어난 우아함, 사랑스러움이 흘러나왔다. 하지만 올가의 재능이 최대로 발휘되는 순간은 유명 인사와 만날 때였다. 누군가가 조금이라도 유명해져서 사람들이 그에게 자신에 대해 언급하게 만들 필요가 있다고 느끼면 그날로 올가는 그 사람과 인사를 나누고 빠르게 친해져서 그를 집으로 초대했다. 새로운 만남은 언제나 그녀에겐 주요한 축제였다. 올가는 유명 인사들을 맹목적으로 사랑했고 그들을 보며 뿌듯해했다. 그리고 매일 밤 꿈에서 그들을 만났다. 유명 인사들을 갈망하는 올가의 욕망은 결코 채워지지 않았다. 이전 사람들이 떠나고 잊힌 후에는 새로운 사람들을 찾았다. 그러나 얼마 지나지 않아 그들에게 익숙해지거나 실망감을 느꼈다. 그리고 또다시 위대하고 새로운 얼굴을 열정적으로 찾고 또 찾았다. 무엇 때문인가?

4시가 되면 올가는 남편과 함께 집에서 식사를 한다. 남편의 단순함과 건전한 생각, 다정함은 감동과 기쁨을 안겨 주었다. 올가는 쉴 새 없이 깡충깡충 뛰다가 충동적으로 드모프의 머리를 끌어안아 키스를 퍼붓곤 한다.

“듸모프, 당신은 영리하고 고귀한 사람이야.” 그녀가 입을 열었다.

“하지만 치명적인 결점이 한 가지 있어. 예술에 전혀 관심이 없다는 거야. 음악과 회화를 부정하잖아.”

“난 예술을 이해하지 못할 뿐이야. 평생 자연 과학과 의학에 전념했다고. 예술에 관심을 가질 시간이 없었어.” 그가 온화하게 대답했다.

“하지만 그건 끔찍해, 듸모프!”

“왜? 지인들이 자연 과학과 의학을 모른다고 해서 당신이 그들을 비난하진 않잖아. 각자 자기에게 맞는 분야가 있는 법이지. 난 풍경화와 오페라를 이해하지 못하지만, 이렇게는 생각해. 몇몇 현명한 사람들은 예술에 일평생을 바치고 또 다른 현명한 사람들은 거기에 거액을 쏟아붓지. 그러니 예술은 가치가 있어. 난 예술을 이해하진 못하지만, 그게 예술 자체를 부정한다는 뜻은 아니야.”

“당신의 정직한 손을 잡게 해줘!”

식사 후에 올가 이바노브나는 지인의 집으로 갔다. 그러고 나서 극장이나 연주회에 들른 다음 자정이 넘어서야 집으로 돌아왔다. 그녀는 매일매일 그러한 생활을 반복했다.

수요일마다 올가의 집에서는 파티가 열렸다. 파티에서 여주인과 손님들이 카드놀이를 하거나 춤을 추는 건 아니었다. 그들은 주로 예술 활동을 했다. 드라마 배우는 시를 낭송했고 가수는 노래했다. 화가들은 올가가 넉넉하게 준비해 둔 앨범들에 그림을 그렸고 첼리스트는 첼로를 연주했다. 여주인도 그림을 그리거나 무언가를 만들거나 또는 노래나 반주를 했다. 낭송과 연주, 그리고 노래 중간의 쉬는 시간에 사람들은 문학, 연극, 회화를 주제로 의견을 나누었다. 부인들은 파티에 초대되지 않았다. 올가는 여배우와 재봉사를 제외한 모든 여성들이 재미없는 속물이라고 생각했기 때문이다. 파티 때마다 여주인은 초인종 소리에 몸을 떨며 의기양양한 얼굴로 "그 사람이에요!"라고 말했다. '그 사람'이란 새롭게 초대받은 유명 인사를 의미했다. 거실에 드모프는 없었다. 어느 누구도 그의 존재를 떠올리지 않았다. 그럼에도 정확히 11시 30분이 되면 식당으로 향하는 문이 열리고, 드모프가 선량한 미소를 지으며 들어와서는 손을 비비며 말한다.

"여러분, 뭐 좀 드셔야죠."

식당에 가면 식탁 위에 매번 똑같이 차려진 음식들을 볼 수 있다. 굴요리, 햄이나 송아지 고기, 정어리, 치즈, 이크라[18], 버섯, 보드카, 그리고 포도주 두 병.

"사랑스러운 나의 메트르 도텔[19]!"

올가 이바노브나는 기쁨에 겨워 손뼉을 치며 말했다.

"당신은 정말 매력적이야! 여러분, 이이의 이마를 보세요! 드모프, 옆으로 서봐. 보세요, 여러분. 벵골 호랑이의 얼굴 같지 않나요? 그렇지만 사슴처럼 선하고 사랑스럽게도 보이죠. 오, 내 사랑!"

식사를 하던 손님들은 드모프를 바라보면서 '사실 훌륭한 사람이지.'라고 생각했다. 하지만 곧 그의 존재를 잊어버리고 극장, 음악, 회화 등을 이야기하기 시작했다.

젊은 부부는 행복했고 그들의 일상은 순탄하게 흘러갔다. 하지만 신혼 3주차가 되었을 때 그들의 행복엔 문제가 생겼고 심지어 불행이 찾아왔다. 병원에서 전염병에 감염된 드모프가 엿새간 앓아누웠고, 아름답고

18) 연어나 송어 알을 소금물에 절인 러시아 요리다.

19) Maître d'hôtel. 수석 웨이터.

검은 머리카락을 전부 밀어야만 했다. 그런 모습에 올가 이바노브나는 더할 수 없이 슬퍼져 눈물을 흘렸다. 그러다 시간이 지나 듸모프의 상태가 호전되자, 그녀는 듸모프의 까까머리에 흰 수건을 씌워서 그 모습을 아라비아인처럼 그리기 시작했다. 두 사람은 언제 그랬냐는 듯 다시 유쾌해졌다. 그리고 완쾌된 듸모프가 정상적으로 병원에 근무하기 시작한 지 사흘이 지난 후, 그에게 또 다른 불행의 징후가 나타났다.

"난 운이 없어, 엄마!"

어느 날 그가 밥을 먹으며 말했다.

"오늘 시체 네 구를 해부하다가 칼에 손가락 두 개를 베였지 뭐야. 집에 와서야 눈치챈 거지만 말이야."

올가 이바노브나는 그 말에 깜짝 놀랐지만 듸모프는 웃으며 아무 일도 아니라고 말했다. 그러고는 해부할 때 손에 상처가 자주 나는 편이라고 덧붙였다.

"집중하다보면 방심하게 돼, 엄마."

불안해진 그녀는 시체 감염이 될까 봐 걱정하며 밤마다 기도했다. 하지만 다행스럽게도 모든 일은 큰 문제 없이 흘러갔다. 또다시 슬픔과 걱정이 없는 평화롭고 행복한 생활이 펼쳐졌다. 현재는 아름다웠고, 봄이 수천 개의 기쁨을 약속하며 멀리서부터 미소를 지으며 다가왔다. 행복이 끝없이 이어지는 듯했다! 4, 5, 6월에는 교외의 별장, 산책, 습작, 낚시, 꾀꼬리의 노래를 즐겼고, 7월부터 가을까지는 화가들과 볼가강으로 여행을 떠났다. 올가 이바노브나는 이 모임의 핵심 구성원으로서 여행에 참여했다. 그녀는 벌써 면으로 된 옷 두 벌을 만들었고, 이 여행에서 쓸 물감, 붓, 종이와 새로운 팔레트를 구입했다. 랴봅스끼는 올가 이바노브나의 그림이 얼마나 늘었는지 보기 위해 거의 매일 방문했다. 올가가 그림을 보여 주면 랴봅스끼는 두 손을 주머니에 깊숙이 넣고 입술을 질끈 깨물며 콧김을 내뿜은 다음 말했다.

"그러니까…… 당신 그림 속 구름이 소리를 지르고 있네요. 저녁 때 구름 같지는 않아요. 어쩐지 앞쪽 경치가 날아간 거 같은데요. 이해하겠죠……. 이건, 어딘가 좀……. 이 작은 오두막은 뭔가에 눌려 있어서 유감이라는 듯 흐느끼는 느낌이네요……. 이쪽 구석을 좀 더 어둡게 그렸다면 더 좋았겠어요. 그렇지만 전체적으로 나쁘진 않아요……. 잘했다는 이야기예요."

랴봅스끼가 모호하게 말할수록 올가는 알아듣기가 쉬웠다.

Ⅲ

성 삼위일체 주간[20]의 둘째 날, 듸모프는 식사 후에 간식과 사탕을 사 들고 아내가 있는 별장으로 향했다. 벌써 2주 동안이나 아내를 보지 못해서 너무 보고 싶었다. 기차에 앉은 그는 우거진 수풀 속에서 자신의 별장을 찾아보았다. 계속 배가 고프고 피곤했지만, 아내와 저녁 식사를 마음껏 하고 잠을 자게 되는 순간만을 꿈꾸었다. 그는 이크라, 치즈, 연어가 든 꾸러미를 바라보며 즐거워했다.

별장에 도착했을 때 해는 이미 저물고 있었다. 나이 많은 하녀는 자리를 비운 여주인이 곧 돌아올 거라고 말했다. 별장 안은 겉보기에 그다지 아름답지 않았다. 종이를 덕지덕지 덧바른 낮은 천장에 바닥은 울퉁불

20) 하느님은 본질적으로 한 분이지만 성부, 성자, 성령의 세 위격을 가진다는 신비를 기념하는 주일이다.

퉁한 데다가 쩍쩍 금이 가 있었다. 방도 고작 세 개뿐이었다. 방 하나에는 침대가 있었고, 다른 방 창가에는 의자와 캔버스, 붓, 기름종이 들과 남성용 코트, 그리고 모자가 놓여 있었다. 세 번째 방에서 듸모프는 낯선 남자 세 명과 마주쳤다. 두 남자는 턱수염을 기른 갈색 머리였고, 다른 한 남자는 뚱뚱했으며 수염이 짧았다. 얼핏 보니 배우 같았다. 식탁 위에선 사모바르가 끓고 있었다.

"뭐가 필요하신가요?" 배우가 쌀쌀맞은 태도로 듸모프를 쳐다보더니 목소리를 깔고 물었다.

"올가 이바노브나에게 볼일이 있으신가요? 기다리세요. 아마 금방 올 거예요."

듸모프는 자리에 앉아서 아내를 기다리기 시작했다. 갈색 머리 중 한 명은 졸린 듯 힘없이 그를 바라보았다. 그러고는 자기 잔에 차를 따르면서 물었다.

"차 한 잔 드릴까요?"

듸모프는 배도 고프고 목도 말랐지만 입맛을 버릴까 봐 차를 거절했다. 곧이어 발소리와 함께 익숙한 웃음소리가 들려왔다. 문이 열리자 챙이 넓은 모자를 쓴 올가 이바노브나가 상자를 든 채로 들어왔다. 그녀의 뒤로는 커다란 우산과 접이식 의자를 든 랴봅스끼가 붉은 얼굴에 유쾌한 표정을 지으며 들어왔다.

"듸모프!"

올가 이바노브나가 기쁜 나머지 함성을 질렀다.

"듸모프!"

올가는 듸모프의 가슴에 자신의 머리와 두 손을 갖다 대며 연거푸 같은 말을 했다.

"당신! 왜 이리도 오랫동안 날 찾아오지 않았어? 왜? 왜?"

"엄마, 내가 여기 올 시간이 어디 있었겠어? 언제나 바쁜걸. 시간이 될 때는 기차 시간이 맞지 않았고."

"아무튼 이렇게 당신을 보고 있으니 정말 기뻐! 당신은 매일 밤 내 꿈에 찾아왔어. 당신이 아프진 않을까 얼마나 걱정했다고. 아, 내가 얼마나 당신을 사랑하는지 당신은 모를 거야. 어쨌든 당신이 왔어! 당신은 나의 구세주가 될 거야. 당신만이 날 구원해 줄 수 있어! 내일 여기서 아주 특별한 결혼식이 열리거든."

그녀는 웃는 얼굴로 남편의 넥타이를 고쳐 매주고는 말을 이어 갔다.

"역에서 전보 기사로 일하는 치켈제예프라는 젊은이가 결혼한대. 아름다운 청년이지. 음, 똑똑한 사람이고, 얼굴에서 뭔가 강하고 곰 같은 구석이 엿보여. 그를 젊은 외국인으로 그려도 좋을 거 같아. 별장 사람들 모두가 그 결혼식에 꼭 참석하기로 약속했어……. 그는 가난하고 고독한 데다가 소심한 사람이야. 그러니 참석하지 못한다고 말하는 순간 그에게 잘못을 저지르는 느낌이 들 게 분명해. 결혼 예배가 끝나면 모든 사람이 교회를 나와 신부의 집으로 걸어갈 거야……. 숲, 새들의 노랫소리, 풀 위에 남겨진 태양의 자취를 발견할 테고, 우리는 밝은 초록 배경에 흩뿌려진 여러 색깔 점들처럼 보일 테지. 그건 프랑스 인상주의 관점에서 볼 때 아주 특별한 일이야. 그런데 듸모프, 나는 어떤 옷을 입고 가야 할까?"

올가 이바노브나는 우는 얼굴로 이렇게 말했다.

"이 집엔 아무것도 없어. 정말 말 그대로 아무것도! 드레스도, 꽃도, 하물며 장갑도 없어……. 당신이 날 구해 줘야만 해. 지금 당신이 이곳에 온 건 틀림없이 운명이 당신에게 날 구하라고 명령했기 때문이야. 여보, 열쇠 받아. 우리 집 옷걸이에 있는 장밋빛 드레스를 가져다줘. 무슨 옷인지 기억나지? 아마 제일 앞에 걸려 있을 거야……. 그러고 나서 헛간 오른쪽 바닥에 있는 종이 상자 두 개를 찾아. 겉 상자를 열면 레이스들과 이런저런 천 조각들이 나올 건데 아마 꽃은 그 아래에 있을 거야. 그 꽃들을 조심히 꺼내서 가져와 줘. 구겨지지 않도록 조심하고. 나중에도 써야 하니까……. 그리고 장갑은 새로 하나 사다 줘."

"좋아." 드모프가 말했다.

"내일 가져올게."

"내일 언제?"

올가 이바노브나가 놀란 듯 그의 얼굴을 쳐다보며 물었다.

"내일 그 일을 할 시간이 어딨어? 아침 9시에 첫 기차가 떠나는데, 결혼식은 11시야. 아니, 여보, 오늘 다녀와야만 해. 반드시 오늘! 만일 내일 당신이 오지 못하게 되면 옷만 보내 주면 돼. 음, 어서 가……. 지금 기차가 올 거야. 늦으면 안 돼."

"알겠어."

"아, 당신을 이렇게 보내다니 정말 유감이야." 올가 이바노브나는 눈가에 눈물을 글썽이며 말했다.

"왜 바보같이 전보 기사에게 그런 약속을 했을까?"

드모프는 차를 후루룩 마시고 둥근 빵을 하나 집어 들었다. 그리고 온화하게 웃으며 역으로 떠났다. 갈색 머리 신사 두 명과 뚱보가 이크라, 치즈, 연어를 우걱우걱 먹어 치웠다.

Ⅳ

달빛이 비치는 7월의 어느 고요한 밤, 올가 이바노브나는 볼가강 여객선의 갑판 위에서 강물과 아름다운 강가를 바라보면서 서 있었다. 랴봅스끼는 그녀 곁에서 물 위의 검은 그림자가 꿈이라고 말했다. 환상적인 빛을 품은 마법의 강물, 끝없이 펼쳐진 하늘, 공허한 일상, 무언가 고상하고 영원하고 복된 존재에 대해 이야기하면서 슬픔과 사색에 잠긴 강가를 바라보니 죽은 뒤 하나의 추억이 되어 잊혀도 좋겠다고 덧붙였다. 과거는 재미없게 지나가 버렸고, 미래는 보잘것없다. 인생에서 단 한 번뿐일 이 멋진 밤도 곧 끝나고 영원과 하나가 될 것이다. 왜 살아야만 하나?

하지만 올가 이바노브나는 랴봅스끼의 목소리와 밤의 적막함에 귀 기울이며 자신이 불사의 존재로서 결코 죽지 않을 거 같다고 생각했다. 그녀가 한 번도 본 적 없는 터키석 빛깔의 강물, 하늘, 강가, 검은 그림자와 영혼을 충만하게 하는 본능적인 기쁨은 그녀가 위대한 화가가 될 것임을 암시해 주었다. 달빛 너머에 끝없이 펼쳐진 저 머나먼 어둠 속에서 성공과 영예, 그리고 사람들의 사랑이 올가를 기다린다고 말하는 것 같았다……. 올가는 눈도 깜빡이지 않고 먼 곳을 바라보았다. 그와 동시에 군중과 불빛, 장엄한 음악, 환호, 그리고 사람들이 흰 드레스를 입은 자신을 향해 사방에서 던지는 꽃들을 상상하였다. 이바노브나는 팔짱을 낀 채 자신의 옆에 서 있는 위대한 인물이 천재이자 신의 선택을 받은 사람이라고 생각했다……. 랴봅스끼가 지금까지 만든 것들은 전부 아름답고 새롭고 특별했다. 그의 보기 드문 재능이 더 성숙해지면 그때부터 그의 창작물들 전부가 차츰 눈부시게 빛나고 깊이를 헤아릴 수 없을 정도로 환상적일 것이다. 이것은 랴봅스끼의 얼굴과 표현 방식, 자연을 대하는 태도에 드러나 있다. 랴봅스끼는 자신만의 특별한 언어로 그림자와 저녁의 분위기, 달빛을 묘사했기 때문에 그 말을 듣고 있으면 자연을 지배하는 그의 매력이 저절로 느껴졌다. 그는 매우 아름답고 독특한 생명체다. 독립적이고 자유로운 그의 인생은 일상 속 모든 삶과 어울리지 않았다. 어쩌면 새들의 생활과 비슷했다.

"쌀쌀해졌어요." 올가 이바노브나가 몸을 떨며 말했다.

랴봅스끼는 자신의 망토로 올가를 감싸면서 슬프게 운을 뗐다.

"당신이 날 지배해 버렸어. 난 노예라고. 당신은 오늘 왜 이리도 매력적인 거야?"

랴봅스끼는 올가에게서 한동안 눈을 떼지 않았다. 그의 눈빛이 너무 매서워서 올가는 그의 얼굴을 바라보기가 두려웠다.

"당신이 좋아 미칠 것 같아……."

랴봅스끼는 올가의 뺨에 숨을 내쉬며 속삭였다.

"내게 한 마디만 해줘. 그러면 삶을 포기하겠어. 예술마저도……."

랴봅스끼는 아주 흥분해서 중얼거렸다.

"날 사랑해 줘, 사랑해 달라고……."

"그런 말 하지 마세요."

올가 이바노브나가 눈을 감으며 말했다.

"그건 끔찍한 일이에요. 그러면 드모프는요?"

"드모프가 뭔데? 왜 여기서 드모프 얘기가 나오는 거야? 드모프와 내가 무슨 상관인데? 볼가강과 달, 아름다움 그리고 나의 사랑과 기쁨. 드모프는 여기 없어……. 아, 아무것도 모르겠어……. 내겐 과거 따위 상관없어. 시간을 조금만 내줘……. 잠깐이라도."

올가 이바노브나의 심장이 뛰었다. 올가는 애써 남편을 생각하려고 노력했다. 하지만 결혼식, 드모프, 그리고 파티들을 벌였던 과거가 작고, 보잘것없고, 희미하고, 불필요하고, 머나먼 일처럼 느껴졌다……. 정말이다. 드모프가 무엇이기에? 왜 드모프 얘기가 나왔지? 드모프와 내가 무슨 상관이람? 그는 정말 이 세상에 존재하는 사람일까? 한낱 꿈인 건 아닐까?

'단순하고 평범한 그에게는 이미 누린 행복으로도 충분해.'

올가 이바노브나는 얼굴을 손으로 가리고 생각했다.

'사람들이 날 비난하고 저주해도 놔두자. 그들이 뭐라고 하든 죄를 짓고 죽어 버릴래. 그러고 나서 죽을 거라고……. 인생의 모든 것을 경험해 봐야지. 세상에, 얼마나 무섭고 또 얼마나 멋진 일이야!'

"자, 그럼, 그럼?"

화가는 그녀를 꽉 껴안았다. 그러고는 그를 힘없이 밀치려는 손에 열정적으로 입을 맞추며 중얼거렸다.

"당신도 날 사랑하지? 그렇지? 그런 거지? 오, 아름다운 밤이여! 기적 같은 밤이여!"

"네, 멋진 밤이에요!"

올가는 눈물로 반짝이는 화가의 눈을 바라보며 중얼거렸다. 그러고 나서 주위를 슬쩍 살핀 뒤 그를 껴안고 진하게 입을 맞추었다.

"끼네시메 쪽으로 갑시다!" 갑판의 반대편에서 누군가가 말했다.

무거운 발소리가 들려왔다. 누군가가 식당에서 나와 그 옆을 지나가고 있었다.

"이봐요."

올가 이바노브나가 행복감에 젖어 울다 웃다 하며 그에게 말했다.

"여기 포도주 좀 가져다주세요."

흥분으로 얼굴이 창백해진 화가는 벤치에 앉아 숭배와 감사를 담은 눈빛으로 올가 이바노브나를 바라보았다. 그 후 눈을 감고 나른한 미소를 지으며 말했다.

"피곤해."

그러고는 머리를 뱃전에 기대었다.

V

9월 2일은 따스하고 조용하지만 흐린 날이었다. 이른 아침 볼가강 위로 가벼운 안개가 떠다니고 있었다. 9시 이후엔 비가 내리기 시작했다. 하늘이 갤 거라는 희망은 좀처럼 보이지 않았다. 차를 마시면서 랴봅스끼는 올가 이바노브나에게 회화는 가장 매력이 없고 지루한 예술이며, 자신은 화가도 아닌데 바보 같은 사람들이 자기에게 재능이 있다고 생각한다고 말했다. 그러다 별안간 칼을 쥐더니 아무 이유 없이 가장 잘된 습작을 긁어 버렸다. 차를 마시고 나서 그는 창가에 앉아 음울한 표정으로 볼가강을 바라보았다. 볼가강은 이미 그 빛을 잃은 데다 음침하고 어두워서 얼핏 보아도 차가울 것 같았다. 이 모든 변화가 우수에 차고 쓸쓸한 가을이 성큼 다가왔음을 일깨워 주었다. 녹색 양탄자가 펼쳐진 듯한 강변, 다이아몬드처럼 반짝이는 빛, 저 멀리 보이는 투명하고 푸른 곳, 세련되고 질서 정연한 자연은 이제 볼가강을 벗어났고 내년 봄까지 상자에 담겨 있을 것이다. 강 주위를 나는 갈까마귀들이 볼가강에게 "벌거숭이! 벌거숭이!"라고 약 올리는 듯했다. 랴봅스끼는 그 소리를 들으며 자신은 이미 노쇠한 데다 재능을 잃어버렸다고 생각했다. 그리고 이 세상의 모든 것은 조건적이고 상대적이며 어리석다고 생각했다. 이 여자와 사귀지 말았어야 했다……. 한마디로 말해서 그는 기분이 안 좋았고 우울했다.

올가 이바노브나는 칸막이 너머 침대에 앉아 있었다. 아름다운 금발 머리를 매만지면서 자신이 거실이나 침실, 혹은 남편의 서재에 앉아 있다고 상상해 보았다. 상상 속 그녀는 극장에 가고 재봉사나 유명한 친구들에게로 향했다. 친구들은 지금 무엇을 하고 있을까? 나를 기억하기는 할까? 벌써 공연 시즌이 시작되었으니 파티에 대해 생각해 두어야만 하는데. 그런데 디모프는? 사랑스러운 디모프! 남편은 편지에 수줍은 아이처럼 슬픈 어조로 가능한 빨리 집으로 돌아오라고 부탁했다! 그는 매달 그녀에게 75루블을 보냈고, 그녀가 편지에다 화가들에게 100루블을 빌렸다고 쓰자 곧 그 돈도 보내 주었다. 디모프는 정말 착하고 마음씨 좋은 사람이다! 여행하는 동안 올가는 피곤하고 무료해졌다. 가능한 빨리 이 남자들과 강가의 눅눅한 냄새에서 벗어나 몸이 더러워졌다는 느낌을 떨쳐 버리고 싶었다. 이 마을 저 마을 옮겨 다니면서 농가에 살게 될 때부터 계속된 감정이었다. 만일 랴봅스끼가 9월 20일까지 화가들과 이곳에서 지낼 거라고 솔직하게 말하지만 않았어도 오늘 당장 떠났을 것이다. 그랬다면 얼마나 좋았을까!

"맙소사."

랴봅스끼가 신음했다.

"태양은 언제 뜨는 거야? 태양이 없으면 태양이 있는 풍경을 그릴 수 없잖아!"

"하지만 당신에겐 구름 낀 하늘을 스케치한 그림이 있잖아요."

올가 이바노브나가 칸막이 뒤에서 나와 말했다.

"기억하시죠. 오른쪽엔 숲이 있고, 왼쪽엔 소와 오리 떼가 있는 그림 말이에요. 지금 그 그림을 끝내면 되죠."

"어휴!"

화가는 얼굴을 찌푸렸다.

"끝낼 거야! 당신은 내가 스스로 뭘 해야 할지 모르는 멍청이라고 생각하는군!"

"저를 대하는 태도가 어떻게 이렇게 바뀌었나요!"

올가 이바노브나가 한숨을 내쉬었다.

"글쎄, 좋은 일이지."

그러자 올가는 얼굴을 떨면서 벽난로에서 떨어져 울기 시작했다.

"그래. 눈물이 부족했지. 그만해! 나도 울고 싶은 이유가 수천 가지나 된다고. 하지만 울지 않잖아."

"수천 가지라고요!"

올가 이바노브나가 흐느꼈다.

"내가 벌써 부담스러워진 게 가장 큰 이유겠죠. 맞죠!"라고 말한 뒤, 또다시 엉엉 소리 내어 울었다.

"사실 당신은 그동안 우리 사랑을 창피하다고 생각해서 다른 화가들이 눈치채지 못하게 하려고 노력했었죠. 결국 숨기지 못했지만요. 이미 오래전에 다 들켰다고요."

"올가, 딱 하나만 부탁할게."

화가는 가슴에 손을 얹고 애원하듯이 말했다.

"딱 한 가지만. 날 괴롭히지 마! 당신에게 그 이상 바라는 건 없어!"

"하지만 아직 날 사랑한다고 맹세해 줘요!"

"그게 괴로운 거야!"

화가는 그 말을 이 사이로 내뱉고 자리에서 일어섰다.

"내가 볼가강에 몸을 던지거나 미쳐야 이 모든 게 끝나겠군! 날 좀 내버려 둬!"

"아악, 죽여, 날 죽이라고! 죽여 버리란 말이야!" 올가 이바노브나가 소리쳤다.

그녀는 다시 흐느끼면서 칸막이 뒤로 갔다. 짚으로 만든 지붕 위로 빗방울이 떨어지는 소리가 들렸다. 랴봅스끼는 머리를 붙잡고, 이 구석에서 저 구석으로 돌아다녔다. 그리고 누군가에게 무언가를 입증해 보이겠다는 듯 단호한 표정을 지었고, 곧 모자를 쓰고 총을 어깨에 둘러멘 채 집을 나섰다.

랴봅스끼가 나간 후에도 꽤 오랫동안 올가 이바노브나는 침대에 누운 채로 대성통곡했다. 처음에 그녀는 독약을 먹는 게 좋겠다고 생각했다. 그래야 랴봅스끼가 집으로 돌아와 죽은 자신을 보게 될 것이 아닌가. 잠시 후 올가의 상상은 남편의 거실과 서재로 그녀를 데려가 주었다. 올가는 듸모프 옆에 꼼짝 않고 앉아 육체적인 편안함과 청결함을 만끽하고 저녁이면 극장에 앉아서 마시니[21]의 음악을 듣는 자신의 모습을 그려 보았다. 그러자 문화생활과 도시의 소음, 유명 인사들에 대한 그리움에 가슴이 사무쳤다. 그때 한 노파가 집으로 들어오더니 식사 준비를 위해 유유히 난로에 불을 지피기 시작했다. 탄내가 났고 연기 때문에 공기가 푸르스름해졌다. 얼굴이 온통 비에 젖은 화가들이 더러워진 장화를 신고 들어오더니 스케치들을 보며 볼가강은 날씨가 안 좋을 때에도 자기만의

21) 이탈리아 오페라 가수이며, 《세빌리아의 이발사》에서 알마비바 백작 역으로 유명하다.

매력을 지니고 있다며 스스로를 위로했다. 벽에서 싸구려 시계가 째깍 째깍 돌아가고 있었다……. 파리들은 추웠는지 현관 구석에 놓인 성상 주위로 몰려들어 윙윙거렸다. 긴 의자 아래 깔린 두꺼운 마분지 위로 바퀴벌레가 부스럭거리는 소리도 들렸다.

랴봅스끼는 해가 지고 나서야 집으로 돌아왔다. 그는 책상 위에 모자를 내던지더니, 지친 듯 창백한 얼굴로 더러운 장화를 벗지도 않고 벤치에 누워서 눈을 감았다.

"피곤해……."라고 말한 랴봅스끼는 눈꺼풀을 들어 올리려 애쓰며 눈썹을 꿈틀거렸다. 그를 어루만지면서 화가 나지 않았음을 보여 주기 위해 올가 이바노브나는 그에게 조용히 다가가 키스했고, 그의 금발 머리를 빗으로 만져 주었다. 그의 머리를 빗겨 주고 싶은 마음도 있었다.

"뭐야?"

무언가 차가운 것이라도 몸에 닿은 듯 랴봅스끼는 몸을 부르르 떨었다. 그러고는 눈을 동그랗게 뜨고 말했다.

"대체 왜 이래? 제발 내가 편안히 있도록 내버려 둬. 부탁이야."

랴봅스끼는 이바노브나를 손으로 밀어내고는 멀어졌다. 그의 얼굴에서 혐오감과 귀찮음을 본 것 같았다. 그때 노파가 양배추 수프 접시를 두 손으로 조심히 들고서 그에게 다가왔다. 올가는 노파의 커다란 손가락이 수프 그릇에 잠겨 있는 모습을 보았다. 배가 불룩한 노파, 랴봅스끼가 걸신들린 듯 먹어 대는 양배추 수프, 농가, 그리고 이 모든 생활. 바로 저런 단순함과 예술적 혼돈 때문에 사랑스럽게 다가왔던 이 모든 게 이제는 끔찍한 모습으로 다가왔다. 문득 그녀는 모욕당했다는 느낌이 들어 냉담하게 말했다.

"당분간 우리 떨어져 있어요. 함께 있으면 무료함 때문에 크게 싸우고 말 거예요. 이 생활이 지겹기도 하고요. 전 오늘 떠나겠어요."

"뭘 타고? 빗자루라도 타고 갈 텐가?"

"오늘은 목요일이니 9시 30분에 배가 와요."

"그래? 맞네, 맞아……. 그럼 가……."

랴봅스끼는 냅킨 대신에 수건으로 입을 닦으면서 부드럽게 말했다.

"당신은 이곳 생활을 심심해하고 여기서 특별히 할 일도 없지. 그런데도 내가 당신을 붙잡는다면 너무 이기적인 거지. 집에 가는 게 좋겠어. 20일 이후에 만나자고."

올가 이바노브나는 즐거운 마음으로 짐을 챙겼다. 만족스러운 듯 그녀의 뺨은 상기되었다. 그녀는 스스로에게 물었다.

"이게 정말이야? 곧 거실에서 그림을 그리고, 침실에서 잠을 자고, 식탁보가 덮인 곳에서 식사할 수 있다는 게?"

마음이 풀어졌는지 화가에게 화를 내지도 않았다.

"랴부샤, 물감과 붓들은 당신에게 맡겨 둘게요." 그녀가 말했다.

"남은 것은 가져다주세요……. 내가 여기 없다고 게으름 피우거나 빈둥거리지 말고 일하세요. 랴부샤, 당신은 멋진 사람이에요."

9시에 랴봅스끼는 그녀에게 이별의 키스를 했다. 올가는 그가 배 위의 다른 화가들 앞에서 입 맞추지 않으려고 미리 선수 치는 것 같다고 생각했다. 그는 올가를 선착장까지 배웅해 주었다. 배가 곧 다가와 그녀를 태우고 떠났다.

올가는 이틀 반이나 걸려서 집에 도착했다. 모자와 방수 외투도 벗지 않고, 흥분해서 숨을 헐떡이며 거실로 갔다가 다시 식당으로 향했다. 디모프가 외투도 입지 않고 조끼에 단추를 채우지도 않은 상태로 식탁에 앉아 칼과 포크를 손질하고 있었다. 그의 앞 접시에는 들꿩 고기가 놓여 있었다. 올가 이바노브나는 집으로 돌아왔을 때 모든 일을 남편에게 숨겨야 한다고 생각했다. 그리고 자신에게 그러한 힘과 능력이 있다고 믿었다. 하지만 남편의 환하고 부드러우며 천진난만한 미소와 기쁨에 가득 찬 눈빛을 본 지금, 이 사람에게 모든 사실을 숨기는 것은 비열하고 역겨운 데다 불가능한 일이라고 느꼈다. 마치 자신에게 무엇을 훔치거나, 누군가를 비방하거나 죽일 힘이 없는 것처럼 말이다. 그 순간 올가는 드모프에게 모든 것을 털어놓기로 결심했다. 그녀는 남편이 자신에게 키스하고 포옹하도록 한 다음 그 앞에 무릎을 꿇고 얼굴을 가렸다.

"뭐야? 왜 그래, 엄마? 그렇게 보고 싶었어?"

드모프가 상냥하게 물어보았다.

올가는 창피해서 붉어진 얼굴을 들고 죄지은 듯이, 또 애원하듯이 그를 바라보았다. 하지만 두렵고 창피한 나머지 결국 진실을 고백하는 데 실패했다.

"아무것도 아니야……. 그러니까 내가 그렇게……." 그녀가 더듬더듬 말했다.

"앉아."

드모프는 올가를 일으켜 의자에 앉히면서 말했다.

"아 참, 그렇지……. 꿩 고기 좀 먹어. 불쌍하지, 배고플 텐데."

올가는 익숙한 공기를 실컷 들이마시며 꿩 고기를 먹었다. 드모프는 다정한 눈으로 그녀를 바라보며 행복한 미소를 지었다.

Ⅵ

아마 한겨울부터 듸모프는 자신이 속고 있다는 사실을 알아차린 듯했다. 그는 마치 자신이 죄를 지은 것처럼 아내의 눈을 똑바로 쳐다보지 못했고, 아내와 있어도 기쁘게 웃지 못했다. 아내와 단둘이 있는 시간을 최대한 줄이기 위해 친구 꼬로스텔레프를 자주 집으로 불러 함께 식사했다. 꼬로스텔레프는 키가 작고 머리가 짧으며 얼굴엔 주름이 가득한 남자였다. 그는 올가와 이야기할 때면 부끄러움으로 외투 단추를 모두 풀었다 다시 잠그거나 오른손으로 왼쪽 콧수염을 쥐어뜯곤 했다. 식사를 하면서 두 의사는 횡격막이 높이 있으면 심장 박동이 불규칙하게 뛸 수 있다거나, 최근 들어 신경염 환자가 아주 자주 발생한다거나, 어제 듸모프가 악성 빈혈로 사망한 시체를 해부하다가 췌장암을 발견했다는 등의 이야기를 했다. 그들은 올가 이바노브나가 침묵할 수 있도록, 다시 말해 거짓말을 하지 않도록 이런 의학적인 이야기를 꺼내는 듯했다. 식사 후 꼬로스텔레프는 피아노 앞에 앉았다. 듸모프는 한숨을 푹 내쉬며 그에게 "어이, 친구! 음, 뭔가 연주해 봐! 이왕이면 슬픈 곡이 좋겠어."라고 말했다.

꼬로스텔레프는 어깨를 으쓱해 보이더니 손가락을 쭉 펴서 몇 곡을 연주했고, 테너로 '러시아 남자가 고통받지 않는 은신처를 내게 가르쳐 주세요.'라는 노래를 부르기 시작했다. 그러자 듸모프는 다시 한 번 한숨을 내쉬고는 턱을 괸 채로 생각에 잠겼다.

최근에 올가 이바노브나의 행동은 너무도 부주의했다. 그녀는 매일 아침 찜찜한 상태로 잠에서 깨어 이제 더 이상 랴봅스끼가 사랑스럽지 않으며, 다행히도 모든 것이 끝났다고 생각하곤 했다. 하지만 커피를 마시고 나면 랴봅스끼가 자신에게서 남편을 빼앗아 갔고, 이제는 결국 남편도 랴봅스끼도 없이 혼자 남게 되었다고 생각하였다. 얼마 후 올가는 지인들에게 랴봅스끼가 뽈레노프[22] 풍의 풍경화와 다른 장르를 혼합한 무언가 굉장한 전시회를 준비하고 있으며, 화실에 들른 사람들에게 호평을 받았다는 이야기를 들었다. 올가가 생각하기에 이 모든 것은 랴봅스끼가 올가에게 긍정적이고 본질적인 영향을 받아 더 나은 쪽으로 발전한 덕분이었다. 만약 올가가 랴봅스끼를 그대로 놔두었다면 그는 파멸했을지도 모른다. 그녀는 그를 마지막으로 만났을 때를 회상했다. 랴봅스끼는 반점 무늬가 있는 회색 외투에 새 넥타이를 맨 차림이었고 나른하게 "나 멋져?"라고 물어보았었다. 사실 랴봅스끼는 우아했다. 긴 곱슬머리에 푸른 눈의 청년인 그는 매우 아름다웠고 (아니, 어쩌면 그렇게 보였는지도 모르겠다.) 친절했다.

많은 일을 되새기고 고민한 다음, 올가 이바노브나는 옷을 갈아입고 몹시 흥분한 상태로 랴봅스끼의 작업실로 가곤 했다. 그때마다 그녀는 그의 유쾌한 모습과, 실제로도 정말 근사한 그림 앞에서 기뻐하는 모습을 보았다. 그는 펄쩍펄쩍 뛰면서 바보같이 굴고 진지한 질문에도 농담조로 대답했다. 올가 이바노브나는 랴봅스끼의 그림을 질투하고 증오했지만 예의를 갖춰 그 앞에 5분 정도 조용히 서 있었다. 그녀는 마치 성소(聖所) 앞에서처럼 한숨을 쉬고 나서 조곤조곤 말했다.

"맞아요. 당신 그림 중에 이 작품과 비슷한 건 없었어요. 무서울 정도로 대단하군요."

그러고 나서 랴봅스끼에게 사랑해 달라고, 가엾고 불행한 자신을 동정

---

22) 바실리 뽈레노프(Vasily Polenov, 1844~1927)는 러시아의 풍경 화가이자 역사 화가로, 태양에 비친 자연의 밝은 색채 효과를 재현하려 애썼다.

해 달라고 애원하기 시작했다. 올가는 눈물을 뚝뚝 흘리며 그의 손에 입을 맞추며 사랑한다는 말을 해달라고 떼썼다. 그러고는 만일 자신의 좋은 영향이 아니었다면 랴봅스끼는 옆길로 새서 파멸했을 거라고 주장했다. 그의 좋은 기분을 망치고 나면 스스로도 수치심에 휩싸인 채로 재봉사에게 가거나 아는 여배우에게 표를 얻으러 분주히 돌아다니곤 했다.

랴봅스끼를 못 만나는 날에는 당장 찾아오지 않으면 독약을 마시겠다는 편지를 남겼다. 그러면 겁을 먹은 랴봅스끼가 그녀를 찾아와 식사 시간까지 머물렀다. 랴봅스끼는 남편이 있음에도 난처한 기색 없이 올가에게 거친 말을 해댔고, 그녀도 같은 방식으로 응답했다. 그들은 서로가 서로를 구속한다고 느끼고, 폭군이자 적이라고 생각하며 서로에게 화를 냈다. 그렇게 정신없이 화내느라 자신들의 모습이 얼마나 흉한지도 깨닫지 못했다. 짧은 머리의 꼬로스텔레프마저 모든 상황을 이해할 정도다. 식사 후에 랴봅스끼는 서둘러 작별 인사를 하고 떠났다.

"어디 가요?"

올가 이바노브나는 현관에서 증오에 가득 찬 표정으로 그를 똑바로 쳐다보며 물었다.

랴봅스끼는 얼굴을 찌푸리고 눈을 찡그리면서 모두가 알 만한 여성의 이름을 들먹였다. 올가의 질투심을 비웃고 모욕할 생각인 게 분명했다. 올가는 침대에 쓰러져 질투심, 모욕감, 분노와 수치심 때문에 베개를 물어뜯으며 큰 소리로 울기 시작했다. 드모프는 꼬로스텔레프를 거실에 남겨 두고 침실로 따라 들어왔다. 그는 정신없이 당황하면서 조용히 위로의 말을 건넸다.

"엄마, 큰 소리로 울지 마……. 우린 이 일을 조용히 넘겨야 해. 문제를 드러낼 수는 없어. 이미 돌이킬 수 없단 걸 잘 알잖아."

올가는 질투심을 어떻게 다스려야 할지 몰랐다. 질투심 때문에 관자놀이가 터질 것 같았다. 그럼에도 아직 일을 바로잡을 수 있다고 생각했다. 그녀는 샤워를 마친 뒤 눈물 자국이 남은 얼굴에 화장을 하고 나서 자신이 아는 그 부인에게 갔다. 하지만 그 집에서 랴봅스끼를 찾을 수 없자 다른 부인에게 갔고, 또 다른 세 번째 부인 집으로 갔다……. 그녀도 처음에는 이런 행동이 창피했지만 곧 익숙해졌다. 어느 날 저녁에는 랴봅스끼를 찾으러 자신이 알고 있는 부인들 집을 전부 들르기도 하였다. 그래서 모든 사람들이 올가의 방문 목적을 알게 되었다.

언젠가 그녀는 랴봅스끼에게 남편을 이렇게 말한 적이 있었다.

"그 사람은 자신의 선량함을 무기로 나를 숨 막히게 해요!"

그녀는 이 표현이 너무 마음에 들었다. 그래서 라봅스끼와의 연애사를 알고 있는 화가들을 만날 때마다 힘차게 손짓을 하며 남편에 대해 이렇게 말했다.

"그 사람은 자신의 선량함을 무기로 나를 숨 막히게 해요!"

작년과 다름없는 일상이었다. 수요일마다 파티가 열렸다. 배우는 시를 낭송하고, 화가들은 그림을 그리고, 첼리스트들은 연주를 하고, 가수는 노래를 불렀다. 11시 30분이면 어김없이 식당으로 향하는 문이 열렸고, 듸모프가 미소 지으며 말했다.

"여러분, 뭘 좀 드셔야죠."

올가 이바노브나는 이전처럼 유명 인사들을 찾아다녔고 그 사람이 만족스럽지 못하면 또다시 다른 사람들을 찾았다. 그녀는 예전처럼 매일 밤늦게 귀가했다. 하지만 듸모프는 작년처럼 잠을 자지 않고 자기 서재에서 뭔가를 하고 있었다. 그는 새벽 3시에 잠자리에 들어 8시면 일어났다.

어느 날 저녁 올가가 극장에 가기 위해 거울 앞에 있을 때, 드모프가 외투를 입고 흰 넥타이를 맨 채 침실로 들어왔다. 그는 온화한 미소를 지었고 옛날처럼 기쁜 눈으로 아내를 바라보았다. 그의 얼굴에서 광채가 뿜어져 나왔다.

"지금 막 논문이 통과되었어."

그는 자리에 앉아 무릎을 쓰다듬으며 말했다.

"정말 통과된 거예요?" 올가 이바노브나가 물어보았다.

"응!"

그는 웃으면서 거울로 아내의 얼굴을 살펴보기 위해 목을 길게 뺐었다. 그녀는 남편을 등진 채 머리를 매만지는 중이었다.

"응!" 남편은 다시 한 번 대답했다.

"곧 일반 병리학 강사 자리가 생길 거 같아. 그런 냄새가 나."

올가가 드모프의 밝고 행복에 겨운 얼굴을 눈치채고 그의 기쁨과 영광을 함께 나누었다면, 드모프는 올가의 현재와 미래의 모든 일을 용서해 주고 잊었을 것이다. 하지만 올가는 강사 자리가 무슨 뜻인지, 일반 병리학이 무슨 의미인지 이해하지 못했다. 게다가 극장에 늦을까 봐 걱정되어서 드모프에게는 아무 말도 하지 않았다.

드모프는 2분 정도 자리에 앉아 있다가 멋쩍은 듯 웃으며 나가 버렸다.

Ⅶ

너무도 정신없는 날이었다.

드모프는 머리가 너무 아팠다. 아침에 차를 마시거나 병원에 가지도 않은 채 계속 자기 방에 있는 터키식 소파에 누워만 있었다. 12시가 되자 올가 이바노브나는 평상시처럼 랴봅스끼 집으로 갔다. 자신이 그린 정물 스케치를 그에게 보여 주고 어제 자신에게 오지 않은 이유를 묻기 위해서였다. 스케치는 그녀에게 별 의미가 없었다. 그저 화가에게 들르기 위한 핑계로 그린 것이기 때문이다.

올가는 초인종도 누르지 않고 랴봅스끼의 집으로 들어갔다. 그녀가 현관에서 덧신을 벗고 있을 때 작업실에서 누군가가 바삐 움직이는 소리가 들렸다. 여성의 드레스가 움직이는 소리였다. 작업실을 재빨리 엿보는데 갈색 치맛자락이 보였다. 그 치마는 잠깐 나타났다가 이젤에 놓인 커다란 그림 뒤로 사라졌다. 그 작품은 검은 천으로 완전히 덮여 있었다. 숨은 사람은 의심할 여지 없이 여자였다. 올가 이바노브나도 얼마나 자주 저 그림 뒤로 뛰어갔던가! 그녀가 들어가자 랴봅스끼는 무척 당황한 듯 보였고, 마치 그녀의 방문으로 놀란 듯 두 손을 내밀고 억지 미소를 지으며 말했다.

"아아! 반가워. 무슨 좋은 소식이라도 있어?"

올가 이바노브나의 눈엔 눈물이 가득 고였다. 창피하고 고통스러웠다. 하지만 지금 그림 뒤에 서서 사악하게 웃고 있을 경쟁자이자 거짓말쟁이 여자 앞에서는 백만금을 준다 해도 아무 말도 할 수 없었다.

"스케치를 가져왔어요……."

그녀는 가느다란 목소리로 소심하게 말했다. 입술이 파르르 떨렸다.

"나뚜르 모르뜨[23]예요."

"아, 아, 아…… 스케치?"

---

23) '정물화'를 뜻한다.

화가는 손에 든 스케치를 훑어보며 무심한 척 다른 방으로 갔다.

올가 이바노브나는 순순히 그의 뒤를 따라갔다.

"나뚜르 모르뜨라…… 뻬르비 소르뜨[24]인데."

그는 운을 맞추며 말했다.

"꾸로르뜨…… 쵸르뜨…… 뽀르뜨[25]……."

작업실에서 서두르는 발소리와 드레스가 서걱거리는 소리가 들려왔다. 그 여자가 떠난 것이다. 올가는 크게 소리치고 싶었고, 무언가 무거운 것으로 화가의 머리를 내리친 뒤 그 자리를 떠나고도 싶었다. 하지만 눈물이 앞을 가려 아무것도 보이지 않았다. 그리고 수치심에 위축되어 자신이 올가 이바노브나도, 화가도 아닌 조그만 딱정벌레 같다고 느꼈다.

"지쳤어……."

화가는 스케치를 응시하다가 잠을 쫓기 위해 고개를 흔들었다. 곧 괴로운 듯이 말했다.

"물론, 이 그림은 훌륭해. 그런데 오늘도 스케치, 작년에도 스케치, 한 달 뒤에도 또 스케치겠지……. 당신은 지겹지도 않아? 내가 당신이라면 그림을 포기하고 음악이나 다른 일에 진지하게 매달리겠어. 당신은 화가가 아니라 음악가야. 아무튼 내가 얼마나 피곤한지 알아줬으면 해! 지금 차나 한 잔 달라고 할까…… 응?"

랴봅스끼는 방을 나갔다. 올가는 그가 하인에게 무언가를 지시하는 소리를 들었다. 작별 인사를 건네지 않기 위해, 해명하지 않기 위해, 무엇보다 울지 않기 위해 랴봅스끼가 돌아오기 전에 가능한 빨리 현관에서 덧신을 신고 거리로 나가야만 했다. 그 거리에서 올가는 가볍게 심

---

24) '1등급'을 뜻한다.

25) 차례대로 '요양소, 악마, 항구'를 뜻한다.

호흡을 했고, 랴봅스끼와 그림, 작업실, 그리고 마음을 짓누르던 무거운 수치심에서 벗어나 완전히 자유로워졌다. 모든 게 끝났다!

그녀는 재봉사에게 들렀다가 어제 막 이곳으로 돌아온 바르나이에게 갔다. 그다음에는 악보 가게에도 잠시 머물렀다. 이렇게 돌아다니는 동안 그녀는 랴봅스끼에게 보낼 특별한 편지에 어떤 식으로 냉정함과 잔인함, 넘치는 자부심을 표현할 것인지, 그리고 봄이나 여름쯤 듸모프와 크림반도로 가서 어떻게 과거와 완전히 결별하고 새로운 삶을 시작할지에 대해 생각했다.

저녁 늦게 집으로 돌아온 올가 이바노브나는 옷도 갈아입지 않은 채 거실에 앉아 편지를 쓰기 시작했다. 랴봅스끼는 올가 보고 화가가 아니라고 말했다. 올가는 그 말에 대한 앙갚음을 하기 위해 그가 매년 같은 그림만 그리고, 매일 같은 소리만 지껄인다고 쓰려 했다. 랴봅스끼는 이미 정체되어 있어, 더 이상 새로운 것이 나올 수 없다는 이야기다. 또한 그가 여러모로 자신의 긍정적인 영향을 받았다는 점도 쓰고 싶었다. 만일 랴봅스끼가 바보처럼 행동한다면 그 이유는 오늘 그림 뒤에 숨어 있던 그런 여자의 천박한 성향에 감염되었기 때문일 거라고도 쓰려 했다.

"엄마!"

듸모프는 굳게 닫힌 서재 안에서 그녀를 불렀다.

"엄마!"

"무슨 일이야?"

"엄마, 안으로 들어오지 말고 문 앞까지만 좀 와줘. 그러니까…… 사흘 전에 병원에서 디프테리아[26]에 감염됐었어. 그런데 지금…… 상태가

---

26) 발열, 호흡 곤란 등의 증세를 보이며 신경 마비, 심장 및 신장 장애 등의 후유증을 동반하는 급성 전염병이다.

안 좋아. 가능한 빨리 꼬로스텔레프를 불러 줘."

올가는 남편을 지인들을 부를 때처럼 이름으로 부르지 않고 성으로 불렀다. 그의 이름인 오시쁘는 고골의 작품 속 오시쁘와 같고 '오시쁘 아흐리쁘, 아 아르히쁘 아시쁘[27]'와 같은 말장난을 생각나게 하기 때문에, 마음에 들지 않아서였다. 그러나 지금, 올가는 그의 이름을 외쳤다.

"오시쁘, 그럴 리가 없어!"

"얼른 가! 몸이 안 좋아……."

듸모프가 문 뒤에서 말했다. 그가 소파에 털썩 눕는 소리가 들렸다.

"어서!"

그의 목소리가 희미하게 울려 퍼졌다.

'이게 무슨 일이지?'

올가 이바노브나는 공포에 질려 얼어붙은 채 생각했다.

'정말 위험해!'

그녀는 공연히 초를 들고 침실로 가서 이제 무엇을 해야 하는지 생각했다. 그러다 우연히 거울에 비친 자신의 모습을 바라보았다. 질겁해서인지 그녀의 얼굴은 창백했다. 소매가 높이 달린 외투, 가슴에 달린 노란 주름 장식, 줄무늬가 이상한 방향으로 난 치마. 자신이 끔찍하고 가증스러워 보였다. 갑자기 듸모프를 비롯해 그녀를 향한 그의 무한한 사랑과 그의 젊은 인생 그리고 오랫동안 사용하지 않은 그의 쓸쓸한 침대가 고통스러울 정도로 가엾게 여겨졌다. 듸모프의 평범하고 순종적이고 수줍은 미소가 떠올랐다. 올가는 고통스럽게 울면서 꼬로스텔레프에게 간청하는 편지를 썼다. 새벽 2시였다.

27) '오시쁘는 목이 쉬었고, 아르히쁘도 목이 쉬었어.'라는 뜻이다.

Ⅷ

아침 7시경에 올가 이바노브나는 죄지은 표정으로, 불면으로 무거워진 머리를 이끌며 침실을 빠져나왔다. 머리를 빗지도 않고 꾸미지도 않은 상태였다. 의사로 보이는 검은 턱수염을 기른 한 남자가 그녀의 옆을 지나 현관으로 들어섰다. 약 냄새가 났다. 서재로 들어가는 문 옆에는 꼬로스텔레프가 서 있었다. 그는 오른손으로 왼쪽 콧수염을 잡아당기고 있었다.

"죄송하지만 당신을 그의 방에 들여보낼 수 없습니다."

그는 음울한 표정으로 올가 이바노브나에게 말했다.

"감염될 수 있어요. 사실 들어가도 소용없고요. 그는 의식이 없어요."

"정말 디프테리아에 걸렸나요?"

올가 이바노브나가 속삭이듯 물어보았다.

"무모한 사람들은 정말로 심판을 받아야 해."

꼬로스텔레프는 올가 이바노브나의 질문에는 답하지 않고 중얼댔다.

"그가 감염된 이유를 들으셨나요? 화요일에 어떤 소년의 디프테리아균을 관으로 빨아내다가 저렇게 된 것입니다. 대체 왜 그랬을까요? 어리석어요……. 정말 바보같이……."

"위독한가요? 아주?"

올가 이바노브나가 재차 물었다.

"네. 다들 그의 상태를 부정적으로 보네요. 솔직히 사람을 시켜 슈레끄를 부르는 게 최선일 듯합니다."

맨 먼저 키가 작고 코가 길고 붉은 머리에 유대인 억양을 쓰는 사람이 들어왔고, 뒤를 이어 성직자처럼 보이는 큰 키에 등이 굽고 털이 많은 사람이 다녀갔다. 그다음으로 아주 덩치가 좋고 얼굴이 붉고 안경을 쓴 젊은이가 왔다. 그들은 모두 친구 옆을 지키기 위해 온 의사들이었다. 꼬로스텔레프는 자신의 교대 시간을 넘기고도 듸모프 옆을 지켰으며 집으로 가지 않고 남아서 그림자처럼 여러 방들을 배회했다. 하녀는 의사들에게 차를 가져다주고 약국에도 종종 다녀와야 해서 방을 청소할 사람이 없었다. 조용하고 침울했다.

침실에 앉아 있던 올가 이바노브나는 그녀가 남편을 배신해서 하느님이 벌주는 거라고 생각했다. 말수도 적고 불평도 못하고 이해받지도 못했던 존재, 온순한 성격 탓에 개성도 없고, 지나치게 착해서 결단력마저 없던 연약한 존재가 소파 어딘가에서 아무 소리도 못 내고 투정조차 하지 못한 채 고통받고 있는 것이다. 듸모프가 헛소리로라도 불평했다면 당직 의사들은 이번 사건의 원인이 오직 디프테리아만이 아니라는 사실을 알아챘을 수도 있다. 그러면 그들은 꼬로스텔레프에게 물어보았을 것이다. 왜냐하면 그는 모든 것을 알고 있었고, 디프테리아는 공모자일 뿐 그녀가 가장 중요하고 실질적인 악인이라는 듯한 눈빛으로 친구의 아내를 바라보았기 때문이다. 올가는 이미 볼가강에 달빛이 비추던 밤도, 사랑 고백도, 농가 생활도 기억나지 않았다. 자신의 단순한 변덕과 장난 때문에 더럽고 끈적이는 어딘가에 빠져서 손발 모두가 아예 씻기지 않을 거라고 생각했다…….

'아, 얼마나 끔찍한 거짓말을 했던가!' 그녀는 랴봅스끼와 나누었던 불안한 사랑을 떠올렸다.

'모든 것이 저주스러워!'

올가는 4시에 꼬로스텔레프와 함께 식사했다. 그는 얼굴을 찌푸린 채 아무것도 먹지 않고 적포도주만 마셨다. 올가 역시 하나도 먹지 못했으며, 생각에 잠겨 기도했다. 만일 듸모프가 건강해진다면 다시 그를 사랑하고 영원히 그의 아내로 남겠노라고 하느님께 맹세했다. 그러다가도 잠시 넋을 놓고 꼬로스텔레프를 바라보며, '저렇게 피곤한 얼굴을 하고 바보처럼 평범하고 조금도 뛰어나지 않은 데다 유명하지도 않은 인간으로 살면 심심하지 않을까? 주름진 얼굴과 바보 같은 태도는 또 어떻고.' 라고 생각했다. 또 올가는 전염이 두려워서 남편의 서재에 한 번도 들어가지 않은 것을 이유로 하느님이 당장이라도 자신을 죽일 것 같다고 느꼈다. 그때 그녀의 마음속에서는 어리석음과 나약함이 자라고 있었고, 이미 망가진 이 인생을 복구할 수 없다는 확신도 자리 잡고 있었다…….

식사 후 날이 어두워졌다. 올가 이바노브나가 거실로 갔을 때 꼬로스텔레프는 금실로 수놓아진 실크 베개를 베고 소파에서 자고 있었다. 그는 드르렁드르렁하며 코를 골고 있었다.

병석을 지키기 위해 왔다 가는 의사들은 이 무질서를 알아차리지 못했다. 거실에서 코까지 골며 자는 외간 남자, 벽에 걸린 스케치, 기묘한 세간, 머리도 빗지 않고 옷도 단정치 못하게 입고 있는 여주인. 그럼에도 이 모든 것은 아무런 관심을 끌지 못했다. 의사들 중 한 명이 어떤 일 때문에 웃기 시작했다. 그 웃음은 기묘하고 초조하게 들려 잔인하게까지 느껴졌다.

조금 후 올가 이바노브나가 거실로 나왔을 때 잠에서 깬 꼬로스텔레프가 자리에 앉아서 담배를 피우고 있었다.

"디프테리아가 비강(鼻腔)까지 전이되었어요."

그가 작은 목소리로 말했다.

"이미 심장 박동이 약해졌어요. 사실 상황이 안 좋아요."

"슈레끄를 불러 주세요." 올가 이바노브나가 말했다.

"이미 다녀갔어요. 디프테리아가 코로 전이된 걸 그가 발견했죠. 음,

슈레끄가 다 무슨 소용입니까! 사실상 슈레끄도 별수 없어요. 그는 슈레끄고 저는 꼬로스텔레프일 뿐 그 이상은 아닙니다."

시간은 무섭게도 천천히 흘러갔다. 올가는 옷을 입고 아침부터 정돈하지 못한 침대에 누워서 깜빡 졸았다. 꿈속에서 집은 바닥부터 천장까지 온통 커다란 쇳조각들로 채워져 있었고, 그것들을 밖으로 꺼내 놓아야만 사람들이 모두 유쾌하고 행복해질 듯했다. 잠에서 깬 올가는 그것이 쇳조각이 아니라 드모프의 병이라는 사실을 깨달았다.

'나뚜르 모르뜨, 뽀르뜨…….'

그녀는 잊어버렸다는 듯이 재차 중얼거렸다.

'스뽀르뜨[28]…… 꾸로르뜨…… 슈레끄는 어떨까? 슈레끄, 그레끄[29], 브레끄[30], 끄레끄[31]……. 그런데 내 친구들은 지금 어디 있는 거지? 우리가 고통 속에 있다는 건 알까? 하느님, 구원해 주세요……. 살려 주세요. 슈레끄, 그레끄…….'

그리고 다시 쇳조각……. 시간은 느리게 갔다. 하지만 아래층에 있는 시계는 자주 울렸다. 이러저러한 일 때문에 초인종이 울려 댔고 의사들이 다녀갔다……. 하녀가 빈 잔이 놓인 쟁반을 들고 들어와 물어보았다.

"마님, 잠자리를 준비 할까요?"

하녀는 대답을 듣지 못하고 나가야 했다. 아래층에서 시계가 종을 쳤다. 그녀는 꿈에서 비 내리는 볼가강을 보았다. 누군가가 다시 침실로 들어왔다. 낯선 사람 같았다. 올가 이바노브나는 깜짝 놀라 자리에서 일

28) '운동'을 뜻한다.
29) '그리스인'을 뜻한다.
30) '난파선'를 뜻한다.
31) '틈'을 뜻한다.

어났고, 그가 꼬로스텔레프임을 알아챘다.

"몇 시죠?" 그녀가 물어보았다.

"3시쯤이에요."

"어떤가요?"

"어떻긴요! 전 그가 죽었다는 걸 알리러 온 겁니다……."

그는 흐느끼면서 올가 옆 침대에 풀썩 주저앉아 소매로 눈물을 훔쳤다. 그녀는 상황을 곧장 이해하지 못했고, 한기를 느끼며 천천히 십자가를 긋기 시작했다.

"죽었다고요……."

그는 가느다란 목소리로 같은 말을 되뇌다가 다시 울음을 터뜨렸다.

"자신을 희생했기 때문에 죽은 겁니다……. 학계에도 엄청난 손실이에요!"

그는 고통스럽게 말했다.

"그 누구와 비교해도 위대하고 대단한 사람이었어요! 재능이 엄청났죠! 드모프가 우리 모두에게 얼마나 큰 희망을 가져다줬는지!"

꼬로스텔레프는 손을 내저으며 말을 이었다.

"하느님 맙소사, 아무리 찾으려 해도 찾을 수 없는 학자예요. 오시까 드모프, 오시까 드모프, 자네 무슨 짓을 한 거야! 아, 아, 맙소사!"

꼬로스텔레프는 슬픔에 젖어 두 손으로 얼굴을 가린 채 고개를 절레절레 흔들었다.

"그리고 그 고결함!"

그는 누군가에 대한 악의가 점점 더 커진 듯이 말을 계속했다.

"드모프는 선하고 깨끗하고 사랑스러운 영혼을 갖고 있었어요. 인간이 아니라 유리 같았죠! 학문에 충실했고 그 때문에 죽었죠. 황소처럼 밤

낯으로 일했지만, 어느 누구도 그를 소중히 여기질 않았죠. 젊은 학자이자 미래의 교수로서 진료에 매달리고, 밤엔 번역 일에 매달려서…… 이 더러운 누더기를 사기 위해 돈을 벌었지!"

꼬로스텔레프는 증오 어린 표정으로 올가 이바노브나를 바라보았다. 그와 동시에 마치 시트가 무슨 잘못이라도 한 양 씩씩대면서 두 손으로 시트를 움켜잡고 찢어 버렸다.

"그는 자신을 소중히 여기지 않았고, 사람들도 그를 소중히 여기지 않았죠. 아, 바로 그 점이 중요해!"

"그래, 그는 흔치 않은 사람이었지!"

누군가가 거실에서 낮은 목소리로 말했다.

올가 이바노브나는 디모프와 함께했던 모든 순간들을 처음부터 끝까지 하나하나 떠올려 보았다. 그러다가 자신이 알고 있는 이들과 비교해도 디모프가 정말 특별하고 보기 드물게 훌륭하다는 사실을 깨달았다. 문득 돌아가신 아버지와 남편의 동료 의사들이 그를 어떻게 대했는지 떠올랐다. 그리고 그들이 남편에게서 미래의 유명 인사를 발견했다는 사실도 깨달았다. 벽과 천장, 전등과 바닥의 양탄자가 '당신은 놓쳤어! 놓쳤지!'라고 말하며 비웃는 듯했다. 울면서 침실을 빠져나간 올가는 거실에 있는 어떤 낯선 신사 옆을 재빨리 지나 남편의 서재로 들어갔다. 그는 허리까지 담요를 덮은 채 미동도 없이 터키식 소파에 누워 있었다. 그의 얼굴은 끔찍할 정도로 야위어 있었고, 누런 회색빛을 띤 상태였다. 살아 있는 사람들에게는 결코 발견할 수 없는 색이었다. 이마와 검은 눈썹, 익숙한 미소만이 그가 디모프라는 사실을 알려 주었다. 올가 이바노브나는 그의 가슴과 이마와 손을 만져 보았다. 가슴은 아직 따스했지만 이마와 손은 기분 나쁠 정도로 차가웠다. 반쯤 뜬 눈은 올가 이바노브나가 아니라 담요를 향해 있었다.

"드모프!"

그녀는 큰 소리로 외쳤다.

"드모프!"

올가는 드모프에게 말하고 싶었다. 무언가 실수가 있었다고. 모든 것을 아직 다 잃지는 않았다고. 인생은 아직 아름답고 행복해질 수 있다고. 그는 평범한 사람이 아니라 보기 드물게 훌륭한 사람이라고. 평생 그에게 감사하며 살겠다고. 또 기도하며 거룩한 경외감을 느끼며 살겠다고…….

"드모프!"

이바노브나는 드모프의 어깨를 붙들고 그가 더 이상 깨어날 수 없다는 사실을 믿지 못하겠다는 듯이 목 놓아 그를 불렀다.

"드모프, 드모프!"

꼬로스텔레프는 거실에서 하녀에게 말했다.

"물어볼 게 뭐가 있나? 교회 문지기에게 가서 양로원 노파들이 어디 사는지나 물어봐. 그 사람들이 시신을 씻기고 옮겨 줄 거야. 그 외에 필요한 일도 전부 해줄 거고."

공포 — 내 친구의 이야기

Скажите мне, дорогой мой, почему это, когда мы хотим рассказать
что-нибудь страшное, таинственное и фантастическое,
то черпаем материал не из жизни.
а непременно из мира превидений и загровных теней?

"이보게, 왜 우리는 비밀스럽고 환상적이고 무서운 이야기를 할 때마다
이승이 아닌 저승이나 유령의 세계에서 화제를 가져오는지 말해 주겠나?"

드미뜨리 뻬뜨로비치 실린은 대학을 졸업하고 페테르부르크에서 일했다. 하지만 서른 살이 되면서 그 일을 그만두고 농사를 짓기 시작했다. 농사는 그럭저럭 잘되었다. 하지만 나는 왠지 그곳이 드미뜨리의 자리가 아닌 것 같았다. 그가 페테르부르크로 돌아가면 더 좋은 기회를 잡을 수 있을 것 같다는 생각도 들었다. 정문이나 현관 근처에서 마주친 그는 언제나 햇볕에 그을리고 먼지를 뒤집어쓴 채 농사일에 지친 표정을 지었다. 그리고 저녁 식사를 마치면 졸음과 싸우다가 아이처럼 아

내에게 이끌려 잠자리에 들기도 했다. 가끔 드미뜨리가 잠을 이기고 부드럽고 심금을 울리면서도 호소력 짙은 목소리로 멋진 생각들을 쏟아낼 때가 있었는데, 그럴 때면 난 그의 내면에서 농장주나 농부가 아닌 피곤에 찌든 인간을 발견하곤 했다. 맙소사, 그는 농장 일을 걱정하는 농부라기보다는 그저 하루가 무사히 지난 것에 감사하는 남자에 불과했다.

난 드미뜨리의 집에 놀러가는 걸 좋아했고 2, 3일씩 그곳에 머물기도 했다. 그의 저택과 공원, 커다란 과수원과 강, 그리고 조금은 진부하고 수사적이지만 확실한 그의 철학이 좋았다. 지금까지도 그 당시의 내 감정이 무엇이었는지 확실히 알 수 없기 때문에 확신할 수 없지만 나는 그런 그의 모습을 매우 좋아했다. 드미뜨리는 똑똑하고 착한 데다 재미있고 진실하기까지 한 사람이었다. 하지만 그가 자신의 은밀한 비밀들을 나에게 털어놓고 우리의 관계를 우정이라 말했을 때 기분 나쁘고 불편했던 기억은 지금도 생생하다. 나를 향한 그의 우정은 왠지 모르게 불편했고 조금은 거북했다. 나는 평범한 친구 사이가 훨씬 더 좋았다.

사실 난 그의 아내인 마리야 세르게예브나에게 끌렸다. 그렇다고 그녀와 사랑에 빠진 건 아니었다. 그저 그녀의 얼굴과 눈동자, 목소리, 걸음걸이가 좋았을 뿐이다. 오랫동안 그녀를 보지 못할 때면 그녀가 그리웠다. 당시에 나는 드미뜨리의 아내만큼 젊고 아름다운 데다 우아한 여성을 상상할 수 없었다. 그렇다고 해서 분명한 의도가 있었던 건 아니다. 특별한 일을 꿈꾸지도 않았다. 그럼에도 그녀와 단둘이 있을 때면 나를 친구로 생각하는 드미뜨리 때문에 불편한 마음이 들었다. 그녀가 내가 가장 좋아하는 가곡을 피아노로 연주하거나 무언가 재미있는 이야기를 들려줄 때면 난 기꺼이 그녀에게 집중했다. 그러면서 동시에 마리야 세르게예브나가 남편을 사랑하며 그녀의 남편은 나의 친구라는 사실과 그녀도 나를 남편의 친구로 받아들인다는 점을 떠올렸다. 그때마다 난 기분을 잡쳐서 몸에 힘이 빠지는 데다 모든 일이 어색하고 지겨워질 뿐이었다. 마리야 세르게예브나는 이러한 나의 변화를 알아차릴 때면 이렇게 말하곤 했다.

"친구가 없어서 심심해하는군요. 사람을 보내서 들판에 나간 그이를 불러와야겠네요."

드미뜨리 뻬뜨로비치가 들어오면 그녀는 이렇게 덧붙였다.

"자, 여기 친구가 왔네요. 기쁘겠어요."

그렇게 1년 반이란 시간이 지나갔다.

7월의 어느 일요일, 딱히 할 일이 없었던 나와 드미뜨리 뻬뜨로비치는 저녁 식사에 곁들일 전채를 사러 끌루시노라는 큰 마을에 갔다. 우리가 가게를 돌아다니는 동안 어느덧 해가 지고 저녁이 되었다. 그날 저녁은 결코 잊을 수 없다. 우리는 비누처럼 생긴 치즈와 타르 냄새가 풍기는 평범한 깔바사[32]를 산 뒤 맥주가 있는지 물어보기 위해 술집에 들렀다. 마부는 말굽에 징을 박으러 대장간에 갔다. 그에게 교회 근처에서 기다리겠다고 말한 다음 우리는 주변을 돌아다니며 이야기를 나눴다. 간혹 구입한 물건들을 살펴보며 웃기도 했다. 그런데 어떤 사나이가 스파이처럼 수상한 표정으로 우리를 뒤따라오는 게 아닌가. 우리 마을에서 '소로끄 무체니꼬프[33]'라는 너무도 이상한 이름으로 불리는 사내였다. 그자는 다름 아닌 가브릴라 세베로프, 아니 간단히 가브루슈까였다. 우리 집에서 잠깐 하인으로 일하다 술버릇이 고약해서 쫓겨났

32) 소시지 모양의 서양식 순대를 말한다.

33) '40명의 수난자'를 뜻한다.

었다. 드미뜨리 뻬뜨로비치 집에서 일하다가도 똑같은 이유로 쫓겨났다. 그는 고약한 술주정뱅이였으며 탕자(蕩子) 그 자체였지만, 그의 아버지는 성직자였고 어머니는 귀족이었다. 다시 말해 출신 성분으로 보면 특권층에 속해 있는 셈이었다. 그러나 그의 반듯하지만 여위고 언제나 땀에 젖은 얼굴, 벌써 하얗게 세어 가는 붉은 수염, 다 해지고 초라한 외투와 밖으로 삐져나온 빨간 셔츠에서 우리 사회 특권층의 흔적을 찾는 건 불가능했다. 그는 교양인임을 자처했다. 신학교에서 공부했지만 담배를 피우다가 걸려 퇴학당했기 때문에 교육 과정을 다 마치지 못했다고 덧붙였다. 그곳을 나와서는 주교(主敎)가 관할하는 합창단에서 노래했었고, 2년 정도는 수도원에서 살았는데 그때는 흡연 때문이 아니라 '허약함' 때문에 쫓겨났다고 했다. 또 두 개 주(州)를 걸어 다니면서 주교가 감독하는 기관을 비롯한 여러 관청에 청원서를 제출했고, 네 번이나 법정에 섰었다고 밝혔다. 그리고 마침내 우리 마을에 머물면서 하인, 산림지기, 사냥개지기, 교회 수위로 일하게 되었다는 것이다. 그러다 미망인이 된 요리사와 결혼했고, 결국은 인생이 진흙탕에 빠져서 더럽고 자질구레한 일들에 익숙해진 상태였다. 이제는 스스로도 특별한 출신에 대해 말할 때면 그 이야기가 신화처럼 느껴지는지 반신반의할 정도였다. 이런 이야기를 하던 시기에 소로끄 무체니꼬프는 자신을 돌팔이 의사이자 사냥꾼이라 떠벌리며 방랑 생활을 하고 있었고, 그사이 그의 아내는 아무 소식도 남기지 않고 어딘가로 사라져 버렸다.

우리는 술집을 나와 교회로 갔고, 입구에 앉아 마부를 기다렸다. 소로끄 무체니꼬프는 우리와 조금 떨어진 곳에 서 있었는데, 필요한 경우 공손함을 나타내기 위해 기침을 할 때마다 손으로 입을 가리곤 했다. 벌써 날이 어둑어둑해졌고, 저녁 이슬 냄새가 강하게 풍겨 왔다. 달이 떠오르려는 참이었다. 구름 두 덩이가 바로 우리 머리 위 별이 뜬 맑은 하늘에 걸려 있었다. 하나는 크고 다른 하나는 좀 작았다. 외로워 보이는 구름들은 마치 엄마와 아이 같았다. 두 개의 구름은 저녁노을이 불타는 곳으로 사이좋게 흘러가고 있었다. 드미뜨리 뻬뜨로비치가 입을 열었다.

"축복받은 날씨야."

"정말로요……."

소로끄 무체니꼬프도 동의하면서 손으로 입을 가리고 기침했다.

"드미뜨리 뻬뜨로비치, 이곳엔 어떻게 오게 되신 겁니까?"

그는 함께 대화하고 싶은 듯 아첨하는 목소리로 질문했다.

드미뜨리 뻬뜨로비치는 아무 대답도 하지 않았다. 소로끄 무체니꼬프는 한숨을 푹 내쉰 뒤 우리 쪽을 쳐다보지 않고 조용히 말을 이었다.

"전능하신 하느님께 응답해야 한다는 이유로 전 고통받고 있어요. 의심할 여지 없이 전 가망 없고 무능한 인간이지요. 하지만 믿어 주세요. 양심을 걸고 말씀드리지만 제겐 빵 한 조각도 없어요. 개만도 못하지요……. 용서하세요. 드미뜨리 뻬뜨로비치!"

실린은 그의 말을 듣지 않았으며, 주먹으로 머리를 받친 채 골똘히 생각에 빠져 있었다. 교회는 길이 끝나는 지점에 자리 잡은 높은 강둑에 서 있었다. 격자무늬 울타리 사이로 강, 한쪽에 펼쳐진 축축한 풀밭, 선명한 적자색 모닥불, 모닥불 주위에 서성이는 사람들과 말들의 검은 형상이 보였다. 모닥불 너머 저 멀리에서 불빛이 반짝였다. 마을 같았다……. 거기서 사람들이 노래를 부르고 있었다.

강 위, 그리고 풀밭 여기저기에서 안개가 피어올랐다. 우유처럼 새하얀 안개 무리는 좁고 길게 뻗어 별빛을 가리기도 하고 버들가지에 매달리기도 하면서 강 위를 떠다녔다. 안개는 매 순간 모양을 바꾸었다. 어떤 것은 서로 포옹하는 모양이었고, 어떤 것은 인사하는 모양이었으며, 또 다른 것은 넓은 소맷부리 사이로 하늘을 향해 모은 사제의 손 같기도 했다……. 아마도 드미뜨리 뻬뜨로비치는 그 안개를 보며 유령과 망자에 대해 생각한 듯했다. 그가 내게로 얼굴을 돌려 슬픈 미소를 띤 채 이렇게 물어보았기 때문이다.

"이보게, 왜 우리는 비밀스럽고 환상적이고 무서운 이야기를 할 때마다 이승이 아닌 저승이나 유령의 세계에서 화제를 가져오는지 말해 주겠나?"

"우리는 이해할 수 없는 걸 두려워하니까."

"그런데 자네는 인생을 제대로 이해하고 있다고 생각하나? 저승보다 이승의 삶을 더 잘 알고 있나?"

드미뜨리 뻬뜨로비치가 내 옆에 바싹 붙어 앉은 탓에 볼에서 그의 숨결이 느껴졌다. 창백하고 마른 얼굴은 저녁노을을 받아 더욱더 창백해 보였고 검은 수염은 그을음보다 더욱더 검게 보였다. 드미뜨리의 눈동자는 슬퍼 보였다. 진실한 빛을 띤 얼굴은 무언가 끔찍한 사실을 말하려는 것처럼 조금은 겁에 질린 듯이 보였다. 그는 내 눈을 바라보며 특유의 호소력 있는 목소리로 말했다.

"이승이나 저승의 삶 모두 이해할 수 없고 끔찍해. 누군가 유령이 무섭다고 한다면 그 사람은 나를 포함해서 저 불빛들과 하늘까지 무서워해야 해. 잘 생각해 보면 그것들이 저승의 유령보다 더 이해하기 힘들고 기이하니까. 햄릿 왕자는 자살하지 않았지. 죽은 뒤 꿈속에 찾아올 망령의 환상을 너무나 두려워했기 때문이야. 그의 유명한 독백이 좋긴 하지만 솔직히 내 마음을 감동시키진 못했어. 친구인 자네에게만 고백하는 거지만, 나는 우울해질 때면 내 죽음을 상상해 본다네. 여러 환상들이 음울한 환영들을 끊임없이 만들어 내. 그때 나는 고통스러운 흥분과 악몽을 경험하지. 하지만 그 순간들이 현실보다 덜 끔찍하다는 건 확실해. 더 말할 것도 없이 저승은 끔찍하지만 현실의 삶도 끔찍하다는 말이지. 여보게, 나는 삶 자체가 이해되지 않아. 오히려 무서워. 어쩌면 내가 환자, 아니 미친 사람인지도 모르겠어. 정상적이고 건강한 사람들은 자신이 보고 듣는 모든 것을 이해한다고 생각하잖아. 나는 바로 그 생각, 즉 '이해한 것 같다'는 생각을 믿지 못하고 나날이 공포에 질려 가고 있지. 탁 트인 곳을 병적으로 무서워하는 사람들처럼 난 삶 자체가 무서운 거야. 풀밭에 누워서, 어제 갓 태어나 아무것도 모르는 작은 염소를 바라보노라면 저 미물의 삶이란 두려움으로 가득한 것 같아. 그리고 그 안에서 나 자신을 발견한다네."

"정확히 뭐가 무서운 건가?" 내가 물었다.

"모든 것이 끔찍해. 천성적으로 심오하게 고민하는 사람은 아닌지라 저승이나 인류의 운명 같은 문제에는 큰 관심이 없어. 현실보다 공상의 세계에 더 신경을 쓰는 경우도 거의 없고. 무엇보다 끔찍한 건 평범함이야. 우리들 중 어느 누구도 피할 수 없는 것들 말일세. 그리고 내 행동 중에서 무엇이 옳고 그른지 분간할 수 없다는 게 괴로워. 삶의 조건들과 교육은 거짓이란 좁은 울타리에 날 가두었어. 덕분에 내 삶은 나 자신과 다른 사람들을 기만하고 이를 모른 체하느라 바쁘지. 이 굴레에서 벗어날 수 없다는 생각에 매일매일 걱정만 해. 죽을 때까지 이러한 허위로부터 빠져나올 수 없다는 생각에 미치겠어. 오늘 뭔가를 했다가도 내일이면 왜 그랬는지 이해하지 못해. 나는 페테르부르크에 일하러 갔다가 그런 생활에 겁에 질려 이곳에 농사를 지으러 왔는데, 여기서도 마찬가지야……. 우리는 아는 게 부족해서 매일매일 실수하고 정의롭지 못하고 누군가를 비방하고 다른 사람의 시간을 잡아먹어. 필요도 없고 삶에 방해만 되는 헛된 일에 힘을 낭비하고 있는 것 같아. 이게 내겐 가장 두려운 일이야. 이 모든 일이 무엇을 위해, 누구를 위해 필요한 건지 알 수 없으니까. 친구, 난 사람들을 잘 모르고 그들이 두렵기도 하다네. 농부들을 바라보고 있으면 두려워져. 그들이 어떤 고귀한 목적 때문에 고통받는지도, 무엇을 위해 사는지도 모르겠어. 만일 인생의 목적이 위안이라면 그들은 불필요한 잉여 인간들인 셈이야. 그리고 인생의 목적과 의미가 결핍과 완전히 절망적인 무지에 있다면 이 고문 같은 재판이 무엇을 위해, 또 누구를 위해 필요한 것인지 모르겠어. 어느 누구도, 그 무엇도 난 이해되지 않아. 여기 있는 이 사람을 이해해 보게나!"

그는 소로끄 무체니꼬프를 가리키면서 말했다.

"잘 생각해 보라고!"

소로끄 무체니꼬프는 우리가 바라보고 있다는 사실을 깨닫자 입에 주먹을 댄 예의 바른 태도로 기침을 했다.

"훌륭한 주인님들 아래서 전 늘 하인으로서 충실했어요. 하지만 술이 문제였죠. 저를 불쌍히 여기시어 너그러운 마음으로 일자리를 마련해 주신다면 성상에다 입을 맞추겠습니다. 진심입니다!"

지나가던 교회 수위가 의심쩍은 눈초리로 우릴 흘끗거리더니 밧줄을 잡아당기기 시작했다. 그러자 저녁의 적막을 깨고 10시를 알리는 교회 종이 천천히 울렸다.

"그건 그렇고 벌써 10시군!" 드미뜨리 뻬뜨로비치가 말했다.

"벌써 가야 할 시간인데, 친구."

그는 한숨을 내쉬었다.

"내가 어떤 끔찍한 일을 두려워하는 게 아니라 평범하고 일반적인 생각을 아주 많이 두려워한다는 걸 자네가 알아주었으면 좋겠어. 생각을 하지 않으려고 일하는 데 정신을 집중하고, 밤에 푹 자려고 몸을 혹사시키곤 해. 다른 사람들에게는 자식들과 아내가 평범한 존재겠지만 나를 얼마나 무겁게 짓누르는지, 친구!"

그는 손으로 얼굴을 문지른 다음 목을 가다듬고 웃기 시작했다.

"그간 내가 얼마나 바보같이 살아왔는지 자네에게 말할 수만 있다면!" 그가 계속 말했다.

"모두들 내가 상냥한 아내와 사랑스러운 아이들을 거느린 훌륭한 가장이라고 말해. 그들은 내가 정말 행복하다고 생각하고 날 부러워하지. 음, 그렇다면 내가 자네에게만 비밀을 말해 주겠네. 행복한 나의 가정생활은 한낱 서글픈 오해일 뿐이야. 그리고 난 그 생활이 두렵다네."

드미뜨리 뻬뜨로비치의 창백한 얼굴은 억지 미소 때문에 일그러지기 시작했다. 그는 내 허리에 팔을 두르더니 낮은 목소리로 이야기했다.

"난 자네를 진정한 친구라고 생각한다네. 그래서 자네를 믿고 진심으로 존경해. 하늘은 우리에게 우정을 선사했어. 이건 서로에게 서로의 생각을 털어놓고 자신을 구속하는 비밀에 갇혀 살지 말라는 하늘의 뜻이야. 이 우정에 기대어 내 이야기를 고백할 테니 잘 들어 주게나. 자네 눈에 행복해 보이는 내 가정생활은 사실 가장 큰 불행이자 공포야. 내 결혼은 아주 이상하고 어리석은 방식으로 성사됐다네. 마샤에게 푹 빠진 나는 그녀를 2년이나 쫓아다녔어. 하지만 다섯 번이나 차였지. 아예 마샤가 나한테 관심이 없었던 거야. 내가 사랑에 몸이 달아 그녀 앞에 자비를 구하듯 무릎을 꿇었던 여섯 번째 청혼에서야 그녀는 비로소 나를 받아들였지……. 마샤는 '당신을 사랑하진 않지만 성실한 아내가 될게요.'라고 말했어……. 난 그 조건을 흔쾌히 받아들였어. 그때는 그 말을 이해했거든. 하지만 하느님께 맹세컨대 지금은 그게 무슨 뜻인지 도무지 모르겠어. '당신을 사랑하진 않지만 성실한 아내가 될게요.'라니, 이게 무슨 말이야? 이 말은 안개처럼 모호해……. 물론 아직도 결혼 첫날처럼 아내가 좋아. 하지만 그때나 지금이나 아내는 내게 관심이 없는 것 같아. 그뿐 아니라 내가 집을 나서면 기뻐하는 것 같아. 가끔은 날 사랑하는지 아닌지 짐작이 안 가. 아니, 모르겠어. 모르겠다고. 그래도 우린 한 지붕 아래 살면서 서로 '여보'라고 부르고, 함께 잠을 자고, 아이까지 낳았다고. 재산도 공동으로 소유하고 말이야……. 이것이 무얼 의미할까? 이러한 일들은 다 뭐냐고? 여보게, 자네는 뭔가 좀 이해가 되나? 이 생활은 잔혹한 고문이야! 난 이 부부 관계가 하나도 이해되지 않아. 그녀가 밉다가도, 다시 내가 미워지고. 그러다가 둘 다 미워하게 돼. 모든 게 머릿속에서 엉망이야. 나는 나 자신을 고문하며 점점 멍청해지는데 그녀는 날 비웃기라도 하는 것처럼 날마다 더 예뻐지고 아름다워지지……. 아내의 머리카락은 비단결 같고, 미소도 다른 여자들처럼 평범하지 않아. 아내에 대한 사랑은 여전하지만 내가 희망 없는 사랑을 하고 있다는 것도 알아. 이 여자를 향한 절망적인 사랑이 내게 두 아이를 선물했지! 이 모든 사실이 이해가 되고 무섭지 않은가? 정말 이런 일들이 유령보다 덜 무섭단 말인가?"

드미뜨리는 이러한 기분으로 한참을 더 이야기하고 싶어 하는 눈치였지만, 다행히도 그때 마부의 목소리가 들려왔다. 말이 도착한 것이다. 우리가 마차에 앉으려고 하자 소로끄 무체니꼬프는 모자를 벗고 마치 아주 오랫동안 우리의 귀중한 신체와 접촉하길 기다렸다는 표정으로 우리 두 사람을 마차에 태워 주었다.

"드미뜨리 뻬뜨로비치, 당신 집으로 가는 걸 허락해 주세요."

그는 눈을 심하게 깜빡거리고 머리를 옆으로 기울이면서 말했다.

"제게 자비의 손길을 내밀어 주세요! 굶어 죽을 것 같아요, 나리!"

"음, 좋아."

실린이 말했다.

"와서 사흘만 살아 봐. 그 뒤에 나중 일을 생각해 보자고."

"그렇게 하겠습니다. 나리! 오늘 당장 가겠습니다."

소로끄 무체니꼬프는 뛸 듯이 기뻐했다.

집까지의 거리는 6베르스따 정도였다. 드미뜨리 뻬뜨로비치는 마침내 내게 모든 것을 털어놓았다는 사실에 만족하며, 계속 내 허리에 팔을 두르고 있었다. 그는 내게 모든 집안일이 잘 해결된다면 페테르부르크로 가서 공부를 더 하고 싶다는 말을 했다. 괴롭고 불안한 기색은 찾을 수 없었고 오히려 즐거워 보였다. 그는 지난날 재능 있는 젊은이들을 시골로 내몰았던 풍조는 정말 슬픈 일이라고 말했다. 그리고 우리 러시아에는 호밀과 밀이 많지만 교양 있는 사람들은 전혀 없어서 재능 있고 건강한 젊은이들이 학문과 예술, 정치에 전념해야지 그렇지 않으면 낭비라고 덧붙였다. 그는 기쁨에 들떠 사색하다가 내일 아침 목재 경매에 가야 하기 때문에 나와 일찍 헤어져야 하는 것이 유감이라고 말했다.

난 한 사람을 속이고 있다는 생각에 불편하고 우울했다. 하지만 동시에 기쁜 마음도 들었다. 두둥실 떠오르는 붉은 달을 바라보며 큰 키에 날씬한 금발 머리 여인을 떠올려 보았다. 늘 옷을 잘 차려입고 얼굴이 창백하고 몸에선 머스크 향과 비슷한 독특한 향기가 나는 여인. 이러저러한 이유로 그녀가 자기 남편을 사랑하지 않는다는 생각은 나를 즐겁게 했다.

집으로 돌아와서 우리는 저녁 식사를 했다. 마리야 세르게예브나는 우리가 사온 음식들로 식사를 대접했다. 그녀의 머릿결은 정말로 고왔고, 어떤 여성에게도 볼 수 없는 미소를 짓고 있었다. 나는 그녀에게서 한시도 눈을 뗄 수가 없었다. 마리야 세르게예브나의 모든 행동과 눈빛 속에서 남편을 사랑하지 않는다는 사실을 발견하고 싶었다. 그리고 정말 그렇게 보였다.

드미뜨리 뻬뜨로비치는 머지않아 잠과 사투를 벌였다. 저녁 식사 후 우리와 함께 10여 분 동안 앉아 있던 그가 입을 열었다.

"당신이랑 자네는 편히 있게. 난 내일 새벽 3시에 일어나야 해서 먼저 자리를 떠야겠어."

그는 아내에게 부드럽게 키스했다. 그리고 내게로 와서 고맙다며 손을 꽉 잡았고, 다음 주에 반드시 오겠다는 약속까지 받아 냈다. 그러고는 내일 늦게 일어나지 않도록 서둘러 곁채 쪽으로 갔다.

마리야 세르게예브나는 페테르부르크식으로 밤늦게 잠자리에 드는 편이었다. 그리고 왠지 난 그 사실이 기뻤다.

"자, 그럼, 뭐라도 좋으니 한 곡 연주해 주세요."

그녀와 단둘이 남았을 때 난 이렇게 말했다.

딱히 음악을 듣고 싶진 않았지만 어떻게 대화를 시작해야 할지 몰랐다. 마리야 세르게예브나가 피아노로 어떤 곡을 연주했는데 무엇이었는지 기억나지 않는다. 나는 그녀의 곁에 앉아 희고 통통한 손을 바라보았고, 차갑고 무심한 얼굴에서 뭔가를 읽어 내려고 노력했다. 그러자 그녀는 무엇 때문인지 갑자기 미소를 지으며 나를 바라보았다.

"친구가 없어서 심심한가 보네요." 그녀가 말했다.

난 웃음을 터뜨렸다.

"우정 때문이라면 이곳에 한 달에 한 번 오는 것만으로도 충분합니다. 그런데 전 매주, 아니 그 이상으로 자주 이곳에 오지요."

난 이 말을 내뱉고 난 뒤 자리에서 일어났다. 그러고는 초조하게 방 안 이 구석 저 구석을 걸어 다녔다. 그녀 또한 자리에서 일어나 벽난로 쪽을 향해 걸어갔다.

"제게 이런 말을 하는 이유가 뭐죠?"

그녀는 나를 향해 커다란 눈동자를 반짝이며 물었다.

난 아무 대답도 하지 못했다.

"당신은 거짓말을 했어요."

그녀는 잠시 생각을 한 뒤 입을 열었다.

"당신은 오직 드미뜨리 뻬뜨로비치를 위해 이곳에 오죠. 음, 어떤 이유든 당신이 오는 게 전 기뻐요. 이 시대에 그런 우정은 드무니까요."

'흐흠!'

난 잠깐 생각해 보았지만 적당한 말이 떠오르지 않아 이렇게 질문했다.

"정원에 나가지 않을래요?"

"아니요."

난 테라스로 나갔다. 머릿속에 개미들이 기어 다니는 것 같았고 흥분으로 몸이 떨렸다. 나는 우리의 대화가 무척 보잘것없으며, 서로에게 어떤 특별한 말도 꺼낼 수 없으리라고 확신했다. 하지만 오늘 밤, 감히 내가 꿈조차 꾸지 못했던 일 또한 반드시 일어나리라 확신했다. 반드시 오늘 밤이어야만 한다. 오늘이 아니라면 그 일은 결코 이루어지지 않을 것이다.

"정말 좋은 날씨네요!"

내가 큰 소리로 말했다.

"제겐 별로 중요하지 않은 일이에요."

그녀의 대답이 들려왔다.

난 거실로 들어갔다. 마리야 세르게예브나는 조금 전처럼 벽난로 주위에서 손을 뒤로 한 채 서 있었다. 그리고 무언가를 생각하는 듯 한곳을 물끄러미 바라보고 있었다.

"왜 그 사실이 중요하지 않죠?" 내가 물어보았다.

"지루하기 때문이죠. 당신은 친구가 없을 때에만 지루하지만 전 언제나 지루해요. 뭐, 제 상태가 어떻든…… 당신에게 흥미로운 일은 아닐 테지만요."

나는 다음 말을 기다리면서 피아노 앞에 앉아 화음 몇 개를 연주해 보았다.

"저기, 제발 격식을 차리진 마세요."

화가 난 그녀는 나를 바라보며, 울화를 이기지 못해 터져 나오려는 눈물을 꾹꾹 눌러 참는 목소리로 말했다.

"자고 싶으면 가서 주무세요. 만일 당신이 드미뜨리 뻬뜨로비치의 친구이기 때문에 저를 지루하지 않게 해줘야 한다는 생각이라면 그만두세요. 당신에게 희생을 강요하고 싶진 않아요. 가시라고요."

물론 난 떠나지 않았다. 마리야 세르게예브나는 테라스로 나갔고, 난 거실에 남아서 5분 정도 피아노를 두드리다 자리를 떠났다. 우리는 커튼이 만든 그늘 아래 나란히 서 있었다. 우리 아래쪽 계단은 달빛에 물들어 있었다. 꽃들이 피어 있는 화단 너머 오솔길의 노란 모래를 따라 검은 나무 그림자가 드리워져 있었다.

"저도 내일 떠나야 할 거 같아요." 내가 다시 입을 열었다.

"그러시겠죠. 남편이 집에 없으니 당신이 머물 이유는 없겠죠."

그녀는 코웃음 치며 말했다.

“만일 당신이 저를 사랑했다면 얼마나 불행해졌을지 상상이 돼요! 두고 보세요. 제가 언젠가 당신의 목에 매달리게 되면…… 당신이 얼마나 끔찍한 표정으로 저를 떠나갈지 지켜보겠어요. 정말 흥미롭겠군요.”

마리야 세르게예브나의 말과 창백한 얼굴에는 분노가 깃들어 있었지만, 눈빛만은 부드럽고 열정적인 사랑으로 가득 차 있었다. 난 이 아름다운 존재가 이미 나의 소유물이라도 되는 듯 바라보았다. 나는 그녀의 눈썹이 지금까지 한 번도 본 적 없는 황금빛이라는 것을 깨달았다. 지금 당장이라도 그녀를 내 품으로 끌어당겨 어루만지고, 아름다운 저 머리카락을 쓰다듬을 수 있다는 사실이 기적처럼 느껴졌다. 그래서 그만 웃음을 터뜨리며 눈을 감아 버렸다.

“하지만 벌써 잘 시간이네요……. 안녕히 주무세요.” 그녀가 말했다.

“편안히 잠들고 싶지 않아요…….”

나는 웃으며 그녀의 뒤를 따르다가 거실에 들어서며 입을 열었다.

“만일 오늘 밤이 평안하다면, 난 이 밤을 저주할 겁니다.”

난 그녀의 손을 꽉 잡은 채 문까지 배웅했고, 그녀의 얼굴을 지그시 바라보았다. 난 그녀의 얼굴에서 그녀가 날 이해하고 기뻐한다는 사실을 읽었다. 나 또한 그녀를 이해했다.

난 내 방으로 향했다. 책상 위 책 옆에는 드미뜨리 뻬뜨로비치의 모자가 놓여 있었다. 모자를 보니 그와의 우정이 떠올랐다. 난 지팡이를 들고 정원으로 나갔다. 그곳에도 안개가 피어 있었다. 아까 강가에서 보았던 키 크고 멋진 환영들이 나무와 관목림 근처를 휘감으며 떠다녔다. 저 환영들과 이야기를 나눌 수 없다는 사실이 유감이었다!

이상할 정도로 투명한 공기 중으로 나뭇잎과 이슬이 뚜렷하게 도드라져 보였다. 적막 속에서 이 모든 것들이 잠에 취한 채 내게 미소 짓고 있었다. 녹색 벤치 옆을 지나가면서 나는 셰익스피어 희곡의 대사 하나를 떠올렸다.

달빛은 이 벤치 위에서 얼마나 달콤하게 빛나고 있는가!

정원에는 작은 언덕이 있었고, 난 그 위에 올라가서 앉았다. 곧 매혹적인 느낌에 괴로워졌다. 아마도 난 그때 내가 마리야 세르게예브나를 끌어안고, 그녀의 우아한 몸에 기대어 황금빛 눈썹에 입 맞추리라 예상했던 듯하다. 그러나 그 사실을 믿고 싶지 않았고, 내 자신을 자극하고 싶지도 않았다. 그녀가 나를 별로 괴롭히지도 않았는데 이렇게 금방 항복해 버린 게 유감스러웠다.

그런데 갑자기 둔탁한 발소리가 울려 퍼졌다. 오솔길에 중간 키의 남자가 나타났다. 대번에 소로끄 무체니꼬프임을 알아차렸다. 그는 벤치에 앉아 한숨을 깊이 내쉰 뒤 세 번 성호를 긋고 자리에 누웠다. 1분 후 그는 몸을 일으켜 다른 쪽으로 돌아누웠다. 모기들과 밤이슬이 그의 수면을 방해하는 모양이었다.

"아, 인생! 불행하고 씁쓸한 인생이야!"

말라비틀어지고 구부러진 그의 몸을 보고 그가 목이 쉰 채 내쉬는 무거운 한숨 소리를 들으니, 오늘 들은 또 하나의 불행하고 씁쓸한 인생이 떠올랐다. 그러자 나의 이 행복한 상황이 돌연 무섭고 끔찍해졌다. 언덕을 내려와 집으로 가면서 이런 생각을 했다.

'드미뜨리의 생각대로라면 인생은 끔찍한 거야. 그러니 격식을 갖춰 살려 하지 말자. 그 생각을 뒤흔들어야 해. 인생이 나를 짓밟지 않는 동

안 인생에서 얻을 수 있는 모든 것을 가져가겠어.'

마리야 세르게예브나는 테라스에 서 있었다. 나는 그녀를 조용히 끌어안아 그녀의 눈썹, 관자놀이, 그리고 목에 입을 맞추었다…….

그녀는 내 방에서 이미 오래전부터, 적어도 1년 이상 날 사랑해 왔다고 말했다. 마리야 세르게예브나는 내게 사랑을 고백하며 울었고, 자신을 데려가 달라고 부탁했다. 달빛에 비친 그녀의 얼굴이 보고 싶어져 그녀를 창가로 이끌었다. 그녀가 마치 아름다운 꿈처럼 보였다. 서둘러 그녀를 품에 안아 지금이 현실이라는 걸 느끼고 싶었다. 이미 오래전부터 나는 그런 희열을 맛보지 못하고 있었다……. 하지만 내 영혼 깊은 곳 어딘가에서 거북함이 밀려왔고 불안해지기도 했다. 나를 향한 그녀의 사랑 안에는 드미뜨리 뻬뜨로비치의 우정과 마찬가지로 불편하고 부담스러운 무언가가 담겨 있었다. 그것은 눈물과 맹세가 담긴 커다랗고 진지한 사랑이었다. 하지만 난 그 사랑 안에서 어떤 진지함도 바라지 않았다. 눈물도, 맹세도, 미래에 대한 어떤 대화도 없길 바랐다. 달이 뜬 그날 밤이 밝은 운석처럼 우리의 삶을 반짝 비추길 바랐다. 그것이면 충분했다.

3시 정각에 마리야 세르게예브나는 내 방에서 나갔다. 문가에 서서 그녀의 뒷모습을 바라보고 있는데, 복도 끝에서 갑자기 드미뜨리 뻬뜨로비치가 나타났다. 남편과 마주친 그녀는 몸을 떨면서 그에게 길을 비켜 주었다. 그녀의 몸 전체에서 혐오감이 뿜어져 나왔다. 드미뜨리는 이상한 미소를 지으며 기침을 했고, 곧 내 방으로 들어왔다.

"어제 여기에 모자를 놓고 가서 말이야……."

그는 나를 쳐다보지 않고 중얼거렸다.

드미뜨리는 모자를 찾고는 두 손으로 집어 들어 머리에 썼다. 그 후에 당혹스러워하는 내 얼굴과 신발을 훑어보며 평소 목소리가 아닌, 어딘가 이상하고 쉰 목소리로 말했다.

"아무것도 이해할 수 없는 것이 내 운명인 모양이야. 만약 자네가 뭔가를 이해한다면, 그건…… 축하할 일이군. 내 눈에는 모든 게 암흑으로 보여."

그러더니 드미뜨리는 기침을 하면서 밖으로 나갔다. 잠시 후 나는 마구간 근처에서 직접 말에 마구를 씌우는 친구를 유리창으로 바라보았다. 그는 손을 떨었고 떠나기 위해 서두르다가 잠시 집 쪽을 바라보았다. 아마도 끔찍했을 것이다. 그는 이상한 표정을 짓더니 마차에 앉아서 추격당할까 두려워하는 사람처럼 말을 채찍질했다.

잠시 뒤 나는 집을 나왔다. 벌써 해가 떠오르는 중이었고, 어제의 안개는 관목 숲과 언덕으로 수줍은 듯이 모여들었다. 소로끄 무체니꼬프는 마부석에 앉아 있었다. 그는 벌써 어디선가 술을 한잔 마시고 주정을 부리는 모양이었다.

"난 자유인이라고!"

그는 말에게 소리쳤다.

"아, 요놈들, 이 귀여운 것들아! 난 뼛속부터 명예로운 시민이야. 알기나 해!"

내 머릿속에서 떠나지 않던 드미뜨리 뻬뜨로비치의 공포가 내게 스며들었다. 이미 벌어진 일들을 곰곰이 생각해 봤지만 아무것도 이해할 수 없었다. 까마귀들이 날아가는 모습을 보며 이상하고 끔찍하다고 느꼈다.

"왜 그런 짓을 저질렀을까?"

난 당혹감에 빠져 절망스럽게 자문했다.

"왜 하필 이런 식으로 일이 발생한 걸까? 왜 다른 방식으로 일어나지 않았을까? 누구를 위해, 그리고 무엇을 위해 나를 향한 그녀의 사랑은 그토록 진지했으며 그는 내 방에 모자를 가지러 와야만 했나? 이 일과 모자가 무슨 상관이 있을까?"

그날 난 페테르부르크로 떠났다. 그 이후로 드미뜨리 뻬뜨로비치와 그의 아내를 한 번도 만나지 않았다. 그들은 여전히 함께 산다고 한다.

주교(主教)

Он веровал, но все же не все было ясно,
чего-то еще недоставало, не хотелось умирать.

믿음도 있었다. 하지만 모든 것이 명확하지 않았다.
아직 이루지 못한 일이 남아 있었고 죽고 싶지 않았다.

I

성지 주일(聖枝主日)[34] 전날 스따로뻬뜨롭스끼 수도원에서 저녁 예배가 진행되고 있었다. 사람들이 종려나무 가지를 받고 출구로 나올 쯤엔 이미 10시가 가까웠다. 촛불은 희미해졌고 심지는 다 타들어 간 상태였다. 모든 것이 안개 속에 잠겨 있는 듯했다. 교회의 어둠 속에서 군중들

34) 하느님이 베다니아에서 어린 나귀를 타고 예루살렘으로 입성한 날을 기념하는 주일이다. 이때 신도들이 길에 종려나무를 깔았는데, 이를 기념하여 교회에서 종려나무 가지를 나눠 준다.

은 바다처럼 출렁거렸고, 벌써 사흘째 몸이 좋지 않은 뾰뜨르 주교에게는 모든 사람들, 그러니까 남녀노소 할 것 없이 모든 얼굴들이 비슷해 보였다. 종려나무 가지를 받으러 다가오는 사람들은 전부 똑같은 눈빛이었다. 안개 속에서는 문도 보이지 않았다. 군중들은 계속 움직였고 그 끝이 보이지 않았다. 아니 앞으로도 끝나지 않을 것만 같았다. 여성 성가대가 찬양했고 여사제가 교리를 읽었다.

이 얼마나 답답한가! 그리고 얼마나 숨 막히는 더위인가! 저녁 예배는 얼마나 오래 계속되고 있는가! 뾰뜨르 주교는 피곤해졌다. 숨이 가빠 헐떡였고 목도 말랐다. 피로 때문인지 어깨가 뻐근했다. 다리도 떨려 왔다. 합창단에서 이따금 들려오는 유로디비의 목소리가 그의 신경을 마구 긁어 댔다. 그런데 갑자기 꿈인지 환상인지 모르게 뾰뜨르 주교 앞에 친어머니 마리야 찌모페예브나가 나타났다. 벌써 9년이나 만나지 못했던 어머니가 군중들을 헤치고 자신에게로 다가오는 것이었다. 어쩌면 어머니와 닮은 노파일지도 모를 그 여인은 그에게서 종려나무 가지를 받아 든 뒤 멀어졌고, 군중 속에 자리 잡기 전까지 계속 선량하고 기쁜 미소를 띠며 그를 유쾌하게 바라보았다. 어쩐 일인지 눈물이 그의 얼굴을 타고 흘러내린다. 그의 영혼은 평안했고 모든 것이 순조로웠지만 그는 저녁 안개 때문에 그 누구도 분간할 수 없는 왼쪽 찬양대석을 끈질기게 바라보며 눈물을 흘리고 있었다. 그곳에서 사람들이 찬양을 하고 있었다. 주교의 얼굴과 턱수염에서 눈물이 반짝거렸다. 그와 가까이 서 있는 누군가가 울기 시작했고 그 후엔 멀리 있는 누군가가, 그리고 그보다 더 나중엔 또 다른 사람이 울기 시작하면서 교회 안은 조금씩 조용한 흐느낌으로 물들었고 이내 눈물로 가득 찼다. 그로부터 5분 정도가 지나자 수도원 성가대가 찬양을 시작했다. 사람들은 이제 더 이상 울지 않았고 모든 것이 다 조금 전과 같아졌다.

곧이어 예배가 끝났다. 주교가 집으로 가기 위해 마차에 오르자 무겁고 진귀한 종들이 내는 유쾌하고 아름다운 소리가 달빛에 물든 정원 가득히 울려 퍼졌다. 흰색 벽과 무덤 위의 흰색 십자가, 흰색 자작나무들과 검은 그림자, 수도원 바로 위 높은 하늘에 떠 있는 달, 이 모든 것들은 인간과 비슷하지만, 그러면서도 또 인간은 이해할 수 없는 특별한 삶을 사는 듯했다. 4월 초였다. 따스한 봄날의 낮이 지나가자 다시 쌀쌀해졌다. 살짝 언 곳도 있었다. 하지만 부드럽고 차가운 공기 속에서도 봄기운은 느껴졌다. 수도원에서 도시로 가는 길은 모래로 덮여 있었기 때문에 말은 천천히 걸어야만 했다. 순례자들이 투명하고 고요한 달빛을 받으며 마차 양쪽에 깔린 모랫길을 따라 걷는 중이었다. 모두들 생각에 잠긴 듯이 아무 말도 하지 않았다. 주위의 모든 것은 유쾌하고 싱그럽고 친근하였다. 나무들도, 하늘도, 심지어 달조차도 그랬다. 그리고 이 모든 게 영원히 똑같을 거라고 믿고 싶었다.

마침내 도시로 들어선 마차는 덜컹거리며 큰길을 지나가고 있었다. 가게들은 이미 문을 닫았지만, 백만장자 에라낀네 가게에만은 시험 삼아 달아 놓은 전기 조명이 강한 빛을 내며 깜박이고 있었다. 그 주위로는 사람들이 가득했다. 다음으로는 인적이 드물고 컴컴한 대로가 차례로 이어지는가 싶더니, 곧 시골의 신작로와 들판이 나타났다. 거기선 솔향기가 났다. 갑자기 눈앞에 톱니 모양의 흰색 벽이 나타났다. 그 뒤로 빛을 흠뻑 받고 있는 높은 종루(鐘樓)가 서 있었다. 종루 옆에는 황금빛으로 반짝이는 커다란 지붕이 다섯 개 있었다. 바로 뾰뜨르 주교가 살고 있는 빤끄라찌예프스끼 수도원이었다. 사색에 잠긴 달이 수도원 위를 고요하게 비추고 있었다. 문 안으로 들어서자 마차가 모래 위에서 삐걱거렸고, 달빛 속 어딘가에서 수도승들의 검은 형상이 어른거렸다. 그들이 돌바닥 위를 걷는 소리도 들려왔다…….

"주교님께서 자리를 비우신 사이 어머님께서 다녀가셨습니다."

주교가 수도원으로 들어설 때 평수사가 보고했다.

"어머니가? 언제 오셨나?"

"저녁 예배 전에요. 주교님이 어디로 가셨는지 묻더니 여자 수도원으로 가셨습니다."

"그러니까 내가 조금 전 교회에서 본 분이 정말 어머니라는 이야기군. 오, 하느님!"

주교는 기뻐서 웃기 시작했다.

"주교님께 전해 달라는 말씀이 있었어요." 평수사는 말을 이었다.

"내일 오겠다고 하셨어요. 아마 손녀인 듯한 소녀도 같이요. 그분들께선 오브샤니꼬프 여관에 머물고 계십니다."

"지금 몇 시인가?"

"11시가 지났습니다."

"아, 이런 안타까운 일이!"

주교는 지금이 늦은 밤이라는 사실을 믿을 수 없는지 생각에 잠겨 거실에 잠시 앉았다. 팔다리가 쑤셨고 뒷목이 뻐근했다. 덥고 불편했다. 휴식을 마치고 침실로 자리를 옮긴 그는 어머니 생각에 빠져 있었다. 평수사가 떠나고 난 뒤 벽 너머로 수도 사제인 시소이 신부의 기침 소리가 들려왔다. 연이어 11시 15분을 알리는 수도원 시계 소리가 났다.

주교는 옷을 갈아입고 나서 취침 기도문을 읽기 시작했다. 이미 오래전부터 읽어 익숙해진 옛 기도문을 주의 깊게 보던 중에도 그는 어머니를 떠올렸다. 어머니는 아홉 명의 자식과 약 마흔 명의 손주들을 두었다. 일찍이 가난한 마을에서 보제(補祭)[35]인 남편과 사셨는데, 어머니가 열일곱일 때부터 예순이 될 때까지니 꽤 긴 시간을 함께하신 셈이었다. 주교는 어린 시절, 그러니까 세 살 무렵부터 자신이 어머니를 기억하고 있으며 또 어머니를 얼마나 사랑했는지 기억하고 있다! 사랑스럽고 소중하며 잊을 수 없는 어린 시절이여! 완전히 지나가 버려 다시는 돌아오지 않기 때문에 실제보다 더 밝고 풍요로운 축제처럼 느껴지는 것일까? 아이일 때부터 청년이 될 때까지 그는 병치레가 잦았다. 그때마다 어머니의 손길은 얼마나 상냥하고 섬세했던가! 그리고 이제, 그의 기도는 추억과 뒤섞여 불꽃처럼 선명하게 떠올랐다. 그럼에도 그 기도는 어머니에 대한 생각을 방해하지는 않았다.

기도가 끝나자 주교는 옷을 벗고 잠자리에 들었다. 주위가 어두워지자마자 돌아가신 아버지, 어머니, 그리고 레소뽈리예 고향 마을이 새록새록 떠올랐다……. 삐걱대는 바퀴 소리, 양 우는 소리, 청명한 여름 아침에 울려 퍼지는 교회 종소리, 창가에 서성이는 집시들. 오, 이런 회상들이 얼마나 유쾌한지! 레소뽈리예 마을 성직자인 시메온 신부도 떠올랐다. 점잖고 유하며 선한 분이셨다. 그분은 작고 왜소했던 반면, 신학생인 그의 아들은 덩치가 컸고 굵직한 중저음의 목소리를 냈다. 언젠가 신부의 아들이 요리사에게 화를 내며 "아, 이 예구질로프의 당나귀 같은 인간!"이라고 비난을 퍼부은 일이 있었다. 그 말을 들은 시메온 신부는 당황할 뿐 별다른 말을 하지 못했다. 왜냐하면 성경의 어느 구절에 그러한 이름의 당나귀가 나오는지 기억할 수 없었기 때문이다. 그분 다음으로 레소뽈리예 마을에 온 사제는 데미얀 신부님이었다. 그는 일단 마시

35) 주교를 도와 관할 구역의 예배 및 행정 업무를 담당하는 성직자이다.

기 시작하면 술독에 빠진 듯 과음을 하는 습관이 있어 '술꾼 데미얀'이 라는 별명이 붙었다. 레소뽈리예의 교사는 마뜨베이 니꼴라이치라는 신학생이었는데, 선량하고 지혜로웠지만 그 또한 술고래였다. 한 번도 학생들을 때린 적이 없는데도 무슨 이유인지 그의 방 벽에는 언제나 자작나무 회초리 한 묶음이 걸려 있었다. 그 아래에는 '베툴라 킨더발사미카 세쿠타[36]'라는 엉터리 라틴어 구절이 쓰여 있었다. 그는 털이 복슬복슬한 검둥개 한 마리를 키웠는데, 그 개의 이름은 '신딱시스[37]'였다.

주교는 웃기 시작했다. 레소뽈리예 마을에서 8베르스따 떨어진 오브니노 마을에는 기적의 성상이 있었다. 여름이면 그 마을 사람들은 오브니노에서부터 그 성상을 이고 십자가를 든 채로 행진했다. 그들은 이웃 마을을 돌아다니며 하루 종일 종을 울리곤 했는데, 그 소리가 주교에게는 마치 대기 중에 울려 퍼지는 기쁨처럼 들렸다. 그는(그 당시에 주교는 빠블루샤라고 불렸다.) 모자도 쓰지 않고 맨발로 성상의 뒤를 따라갔다. 순진한 믿음과 천진한 미소만으로 영원히 행복할 것 같던 순간이었다. 지금 생각해 보면 오브니노 마을엔 언제나 사람들이 많았다. 그 마을 사제였던 알렉세이 신부는 봉헌 기도에 늦지 않기 위해 자신의 귀머거리 조카인 일라리온에게 성찬식의 기도문인 〈건강에 대해〉와 〈안식을 위하여〉를 읽으라고 했다. 일라리온은 가끔씩 기도문을 읽는 대가로 5꼬뻬이까 혹은 10꼬뻬이까를 받곤 했다. 그리고 시간이 흘러서 머리가 빠지고 흰머리가 났을 때쯤 일라리온은 갑자기 '일라리온, 넌 바보야!'라고 쓰인 종이를 발견하였다. 열다섯이 되기 전까지 빠블루샤는 미숙한데다 공부도 잘 못했기에 사람들은 그가 신학교를 그만두고 가게에 나

---

36) 여러 외국어를 조합해 놓은 말로 대략 '아이들을 치유하기 위해 사용하는 자작나무'란 뜻이다.

37) '통사론'을 뜻한다.

가길 바랐다. 어느 날엔가 편지를 부치기 위해 오브니노 마을 우체국에 갔을 때, 그는 오랫동안 직원들을 쳐다보다가 "아저씨는 보수를 매달 받나요, 아니면 매일 받나요?"라고 물어보기도 했다.

주교는 성호를 긋고 나서 더 이상 이런저런 생각을 하지 않기로 했다. 그리고 잠을 청하기 위해 다른 쪽으로 돌아누웠다.

"어머니가 오셨다니……." 그가 기억을 더듬으며 웃기 시작했다.

유리창에 달빛이 비치자 바닥이 환해졌다가 곧 그림자가 드리워졌다. 귀뚜라미가 울고 있었다. 벽 너머 옆방에서 시소이 신부가 코를 골고 있었다. 노인의 콧소리에서 뭔가 고독하고 외로운 방랑의 기운이 느껴진다. 시소이 신부가 한때 관할 구역 대주교의 사무장이었다는 이유로 지금도 사람들은 그를 '전직 사무장 신부님'이라 부른다. 그는 일흔 살이고, 도시에서 16베르스따 떨어진 수도원에 살고 있지만 필요에 따라서 도시에 나와 머물기도 한다. 사흘 전에는 빤끄라찌예프스끼 수도원에 들렀다고 했다. 주교는 업무나 고장 풍습에 대한 이런저런 이야기를 나누기 위해 그에게 시간이 되면 자기 집에 머물라고 했다…….

시계가 1시 반을 가리켰다. 시소이 신부가 기침을 하더니 불만에 가득 찬 목소리로 뭐라고 중얼거렸다. 그 후 자리에서 일어나 맨발로 방안을 돌아다니는 소리가 들렸다.

"시소이 신부님!"

주교가 그를 불렀다.

시소이 신부는 자기 방에 잠깐 들어가더니 초를 들고 장화를 신은 모습으로 나타났다. 그는 속옷 위에 법의를 걸쳤고 머리에는 오래되어 색이 바랜 사제모를 쓰고 있었다.

"잠이 오지 않는군요."

주교가 자리에 앉아서 말을 계속했다.

"분명 제 건강에 문제가 생긴 듯합니다. 몸 상태가 어떤지 잘은 모르겠지만요. 열이 나는 것만은 알겠네요!"

"세상에, 틀림없이 감기일 거예요. 양초 기름으로 마사지하시죠."

시소이 신부는 잠시 서 있다가 하품을 했다.

"오, 하느님, 죄 많은 절 용서해 주소서!"

"에라낀네 집에서는 지금 전기를 쓴다더군요. 영 마음에 들지 않아요!" 그가 말했다.

시소이 신부는 등이 굽고 왜소한 노인이었는데, 언제나 뭔가에 대해 불평하는 경향이 있었다. 그의 눈은 화를 품고 있었고 게처럼 튀어나와 있었다.

"맘에 들지 않아!" 그는 떠나면서 같은 말을 반복했다.

"맘에 들지 않아. 하느님께서 영원히 함께하시길!"

Ⅱ

주교는 다음 날 교회에서 성지 주일 낮 예배를 드렸다. 그 후에 관할 구역의 대주교에게 갔다가, 어느 장군의 미망인이자 지금은 몸이 좋지 않은 노부인을 방문한 뒤에야 집으로 돌아왔다. 1시에 집에서 귀한 손님들과 식사를 함께했다. 바로 나이 든 어머니와 여덟 살배기 조카 까쨔였다. 식사하는 내내 봄 햇살이 뜰과 유리창을 비춰 주었고, 흰색 식탁보와 까쨔의 붉은 머리도 기분 좋게 밝혀 주었다. 이중창 사이로 정원에서 갈까마귀들이 우는 소리와 찌르레기의 노랫소리가 들려왔다.

“우리가 만나지 못한 지 벌써 9년이 다 되었습니다.” 어머니가 먼저 입을 열었다.

“어제 수도원에서 뵀었죠. 맙소사! 어쩜 하나도 변하지 않으셨군요. 전보다 마르고, 수염만 더 길어졌을 뿐이네요. 천주님, 성모님! 저녁 미사에서 모두들 참지 못하고 울더군요. 저도 주교님을 보자 이유는 모르겠지만 갑자기 울음이 터져 버렸습니다. 아마 하느님의 성스러운 뜻이겠지요!”

말투에서는 상냥함이 풍겨 왔지만 망설임이 느껴졌다. 어머니는 주교를 편하게 불러야 할지 당신이라고 높여 불러야 할지, 웃어야 할지 말아야 할지 모르는 듯했다. 그녀는 주교의 어머니가 아닌 그저 보제 아내의 입장에서 그를 대하는 듯했다. 그런데 까쨔는 눈 하나 깜짝하지 않고 주교라는 저 삼촌이 대체 어떠한 사람인지 알아내려는 듯이 그를 빤히 쳐다보았다. 조카의 머리카락은 머리핀과 비로드 리본 때문에 마치 후광처럼 위로 솟아 있었고, 높은 코에다 눈에는 간교한 빛이 가득했다. 식탁에 앉기도 전에 까쨔가 컵을 하나 깨버린 참이어서 할머니는 이야기 도중에 아이 앞에서 유리잔과 컵을 치웠다. 주교는 어머니의 이야기를 들으면서 언젠가 아주 오래전에 그녀가 자신을 비롯한 형제자매들을 부유해 보이는 친척 집에 데려갔던 일을 떠올렸다. 그때는 자식들을 놓고 애를 쓰더니, 이제는 손주들의 순서인 모양이다. 까쨔도 그래서 지금 함께 온 모양이고…….

“주교님의 동생 바렌까는 네 아이의 엄마랍니다.” 그녀가 말했다.

“까쨔가 큰애고요. 사위 이반은 아무 이유 없이 앓다가 성모 승천일 사흘 전에 그만 세상을 떠나고 말았어요. 하느님만이 그 이유를 아시겠지요. 우리 바렌까는 홀로 이 세상을 어떻게 살아가야 할까요.”

"니까노르 형님은 어떻게 지내요?"

주교는 형님의 안부를 물어보았다.

"다행히 별일 없어요. 아무 일 없이 살아가게 해주시는 하느님께 감사드려야지요. 사실 일이 하나 있긴 합니다. 아들인 니꼴라샤가, 그러니까 손자 녀석이 성직자의 길을 거부하고 의과 대학에 갔거든요. 그 아이는 의사가 더 나은 직업이라고 생각하지만 누가 알겠어요! 하느님의 신성한 뜻이지요."

"니꼴라샤 오빠는 죽은 사람들 배를 가른대요."라고 말하며 까쨔는 자기 무릎에 물을 엎질렀다.

"얘야, 가만히 앉아 있어. 침착해야지."

할머니가 조용히 이야기하면서 아이의 손에서 컵을 빼앗았다.

"먹기 전에는 기도하고."

"얼마나 오랫동안 못 만났던 겁니까!" 주교가 이런 말을 꺼내면서 어머니의 어깨와 손을 부드럽게 어루만졌다.

"어머니, 외국에 있는 동안 어머니가 그리웠습니다. 정말 보고 싶었어요."

"우리는 늘 고마워한답니다."

"저녁이면 혼자 창가에 앉아 있곤 했는데 그때마다 밖에서 음악 소리가 들려왔어요. 그러면 갑자기 고향에 대한 그리움이 온몸에 사무쳤죠. 집으로 돌아가 어머니를 볼 수만 있다면 모두 다 포기할 수 있을 거 같았어요……."

어머니는 미소를 머금고 밝은 표정을 지어 보였다. 하지만 이내 진지한 표정으로 바꾸며 말했다.

"우리는 감사하고 있어요."

삽시간에 주교의 기분이 변했다. 그는 어머니를 바라보면서, 저 순종적이고 수줍은 표정과 목소리가 어디서 나오는지 알아보려 애썼다. 왜 그러시는 건지 주교는 도무지 이해할 수 없었다. 슬프고 화가 난 데다가 아직도 어제처럼 머리가 지끈거렸다. 다리가 몹시 떨렸다. 생선은 신선했지만 맛이 없었고 계속 목이 탔다…….

점심 식사 후 부유한 귀족 부인 두 명이 찾아와 한 시간 반 동안 말도 없이 뚱한 표정으로 앉아 있다만 갔다. 그다음에는 말수가 적고 귀가 먹은 수도원장이 업무상 문제로 다녀갔다. 멀리서 저녁 예배를 알리는 종이 울리기 시작했다. 태양은 숲 너머로 저물고 있었다. 낮이 끝나 가고 있었다. 주교는 교회에서 돌아온 후 서둘러 기도를 끝내고 침대에 누웠다. 그러고는 최대한 따뜻하도록 이불로 몸을 감쌌다.

점심 식사 때 먹은 생선을 떠올리니 기분이 나빠졌다. 달빛이 그의 잠을 방해했다. 곧 두런거리는 소리가 들려왔다. 옆방, 그러니까 거실에서 시소이 신부가 정치에 대해 이야기하고 있음에 틀림없었다.

"지금 일본 사람들은 전쟁 중입니다. 싸우고 있다는 얘기죠. 맙소사, 일본 사람들은 몬테네그로인과 같은 종족이에요. 둘 다 터키의 지배를 받은 적이 있죠.[38)]"

그 이후엔 마리야 찌모페예브나의 목소리가 들려왔다.

"그러니까 하느님께 기도드리고 차를 마신 뒤, 그러니까 우리는 노보하뜨노예에 있는 이고리 신부에게 갔어요. 그러니까……."

'차를 마시고 나서' 혹은 '차를 마시면서'라는 말이 계속해서 들렸다. 마치 어머니는 자신의 인생에서 차를 마신 사실만 기억하는 듯했다. 주

---

38) 북방계 몽골리안 민족에는 터키인, 한국인, 일본인, 몽골인 등이 있으며, 여기서 터키의 지배란 13세기 오스만 튀르크 제국이 여러 나라를 통치했던 사실을 염두에 둔 말이다.

교는 신학교와 학술원에 대한 기억을 희미하게 떠올렸다. 그는 신학교에서 3년 동안 그리스어 교사로 일했다. 그때도 안경을 끼지 않고는 책을 볼 수 없었다. 그 후에 수도원에 들어가기 위해 머리를 깎았고 얼마 안 되어 장학관이 되었다. 그런 다음 학위를 땄다. 서른두 살엔 신학교 강사가, 시간이 더 흐른 뒤엔 수도원장이 되었다. 그 당시에는 인생이 가볍고 유쾌했으며, 너무 길어서 그 끝이 까마득히 멀어 보였다. 그러다 쇠약해지면서 계속 말라 갔고, 앞을 거의 보지 못할 정도로 눈도 나빠졌다. 결국 의사의 충고에 따라 모든 것을 다 버리고 해외로 가야만 했다.

"그래서 다음에는요?"

옆방에서 시소이 신부가 물어보았다.

"그 후에는 차를 마셨죠……."

마리야 찌모페예브나가 대답했다.

"신부님, 수염이 초록색이에요!"

갑자기 까쨔가 깜짝 놀란 목소리로 말하더니 깔깔거리기 시작했다. 주교는 머리가 희끗희끗한 시소이 신부의 수염이 정말로 초록색이었던 것을 떠올리며 웃기 시작했다.

"맙소사, 천벌받을 소리!"

시소이 신부는 화가 났는지 버럭 소리를 질렀다.

"장난이 심하구나! 얌전히 있어!"

주교는 외국에 살면서 자신이 일했던, 새로 지은 흰색 교회를 떠올렸다. 따스한 바닷가의 소리도 기억났다. 숙소에는 크고 밝은 방이 다섯 개 있었으며, 서재에는 새 책상이 있었고 장서가 가득했다. 그때 그는 책을 많이 읽었고 편지도 자주 썼다. 조국을 간절히 그리던 때였다. 그는 가난한 장님이 사랑 노래를 부르며 기타를 연주하면 창가에 기대어

듣던 일을 떠올렸다. 그 음악을 들을 때면 웬일인지 매번 옛일이 생각나곤 했다. 하지만 그로부터 벌써 8년이 지났다. 그는 러시아로 돌아왔고, 이제는 부주교(副主教)가 되었다. 모든 과거가 마치 꿈처럼 머나먼 안개 속으로 사라져 버렸다…….

시소이 신부가 초를 들고 침실로 들어와서는 화들짝 놀랐다.

"아이코, 주교님, 벌써 주무세요?"

"무슨 일이죠?"

"아직 시간이 일러요. 10시밖에 안 된걸요. 아니, 10시도 안 된 거 같아요. 방금 초를 사왔어요. 양초 기름으로 마사지를 해드리려고요."

"열이 있어서……."라고 말하면서 주교는 자리에 앉았다.

"사실 뭔가가 필요하긴 해요. 머리가 지끈거리거든요……."

시소이 신부는 그의 셔츠를 벗겨서 가슴과 등을 양초 기름으로 문지르기 시작했다.

"이렇게…… 이렇게……." 그가 말했다.

"예수 그리스도여……, 됐군요. 전 오늘 시내에 다녀왔어요. 그 사람을 만났어요, 어떻게 말해야 할까요? 사제장 시돈스끼 말이에요……. 그와 차를 마셨어요……. 그 사람은 저랑 안 맞아요! 예수 그리스도여…… 그러니까…… 맘에 안 든다고요!"

Ⅲ

이 지역을 관할하는 주교는 나이가 많은 데다가 뚱뚱해서 류머티즘과 통풍을 앓고 있었고, 벌써 한 달째 자리보전하는 신세였다. 뽀뜨르 주교는 거의 매일 그분께 보고를 드리고, 그를 대신해서 청원자들을 맞이했다. 그런데 지금 자신의 건강이 좋지 않은 이 시점에서 사람들이 그에게 부탁하고 눈물을 흘렸던 모든 일들이 얼마나 공허하고 보잘것없는지 생각해 보면 놀라울 따름이었다. 대중들의 미성숙함과 소심함이 그의 화를 돋우었다. 그들은 작고 불필요한 일들로 주교를 괴롭혔다. 그제야 젊은 시절에 《의지의 자유에 관한 가르침》이란 책까지 썼던 이 지역 관할 주교가 왜 지금은 모든 일을 사소하게 여기고, 모든 것을 잊어버려 이제는 신마저도 잊은 듯한 삶을 사는지 이해할 수 있을 것 같았다. 외국에서는 러시아식 생활을 버려야만 했다. 그 일이 주교에게 쉬운 일은 아니었다. 사람들은 무지해 보였고, 청원하는 여인들은 재미없고 어리석어 보였다. 신학생들과 선생들도 교양이 없고 때로는 거칠게까지 보였다. 들어오고 나가는 서류들이 수만 개는 되는 것 같았다. 얼마나 많던지! 관할 구역에 있는 모든 보직 신부들은 나이에 상관없이 신학생들과 그들의 아내, 자녀들에게 행실 점수를 매겨 주었다. 5점이나 4점, 때론 3점을 주기도 했다. 그는 이 일에 관한 진지한 문건들을 보고하고 읽고 써야만 했다. 자유 시간은 단 1분도 없었다. 하루 종일 영혼이 흔들렸다. 뾰뜨르 주교는 교회에 있을 때에만 마음이 평온했다.

주교는 자신의 조용하고 온순한 성품과는 무관한, 또 원하지 않아도 자신이 사람들에게 불러일으키는 두려움에 결코 익숙해질 수 없었다. 그가 마을 사람들을 바라보면 그들은 깜짝 놀라며 수그러들었고 죄지은 사람처럼 굴었다. 그가 있으면 모든 사람들, 심지어 대사제장들까지도 그의 발아래 '쿵' 하며 엎드렸다. 얼마 전에는 나이가 지긋한 시골 사제의 아내가 청원을 하러 왔다가 무서워서 한 마디 말도 못 꺼내고 소득 없이 떠나야 했다. 설교 중에 주교는 불쌍한 신도들에게 독한 소리를 하거나 혼을 내는 일이 결코 없었지만, 청원을 받을 때면 이성을 잃고 화를 낼 때도 있었고 심지어 청원서를 바닥에 내던진 일도 있었다. 그가 이곳에 있는 동안 어느 누구도 그와 진실하고 소박하고 인간적인 이야기를 나누지 않았다. 심지어 할머니가 된 어머니도 예전 같지 않았다. 어머니는 아주 다른 사람이 되어 있었다! 왜 시소이와는 쉴 새 없이 이야기하고 웃으면서, 아들인 자신과 있을 때는 뭔가 맞지 않는 듯 난처해하며 입을 다물고 심각하게 구는 걸까? 주교에게 하고 싶은 말을 하고 거침없이 행동하는 사람은 시소이 신부뿐이었다. 시소이 신부는 평생을 대주교들 아래서 일하면서 열한 명의 대주교들을 겪었다. 그래서인지 호전적이고 대하기 어려운 사람이었음에도 늘 그를 편안하게 했다.

화요일 낮 예배를 마친 주교는 대주교의 집으로 가서 청원자들을 맞이했다. 그러면서 흥분하여 화를 내고 나서야 집으로 돌아올 수 있었다. 여전히 몸이 편치 않았던 그는 침대에 붙어 있었다. 그러나 그가 막 자기 방에 들어왔을 때, 사람들이 젊은 상인이자 후원자인 에라낀이 중요한 일로 찾아왔다고 알려 주었다. 주교는 그를 맞이해야만 했다. 에라낀은 한 시간 정도 앉아서 거의 비명을 지르는 수준으로 고래고래 떠들었다. 덕분에 주교는 그의 말을 전혀 이해할 수 없었다. 에라낀은 마지막 한마디를 남기고는 자리를 떴다.

"제발! 반드시! 상황에 맞춰서요. 전능하신 주교님! 그렇게 되길 원합니다!"

그다음에는 멀리 떨어진 수도원의 여자 수도원장이 찾아왔다. 그녀가 떠나자 저녁 종이 울렸다. 이제는 교회에 가야 할 시간이었다.

그날 저녁 수도승들은 정갈하게 줄 맞춰 서서 영감에 가득 찬 찬양을 했다. 검은 턱수염을 기른 젊은 수도 사제가 예배를 도왔다. 주교는 '밤

중에 찾아온 약혼자와 아름다운 궁전에 관한 노래'를 들으면서 죄에 대한 회개나 비탄이 아닌 영혼의 안정과 고요를 느꼈다. 동시에 머나먼 과거, 약혼자와 궁전에 대해 찬양했던 어린 시절과 청년 시절에 대한 회상에 빠져들었다. 실제로는 절대 그렇지 않았을 그때가 아주 생생하고 아름답고 기쁘게 느껴졌다. 저승에서 우리는 바로 이런 마음으로 머나먼 과거이자 이승에 살던 때를 떠올리게 될지도 모른다. 누가 알겠는가! 주교는 제단에 앉아 있었고 그곳은 어두웠다. 눈물이 그의 얼굴을 타고 흘러내렸다. 그는 인간으로서 자신의 상황에서 도달할 수 있는 모든 목표를 이루었다고 생각했고, 믿음도 있었다. 하지만 모든 것이 명확하지 않았다. 아직 이루지 못한 일이 남아 있었고 죽고 싶지 않았다. 한때 가장 중요하게 생각하고 희미하게 꿈꾸었던 무언가를 지금은 잃어버린 기분이었다. 어린 시절에, 그리고 신학교와 외국에 머물렀던 때에 꿈꾸었던 미래에 대한 희망이 지금 그를 괴롭혔다. 주교는 찬양에 귀를 기울이면서 생각했다.

'오늘 찬양은 정말 수준이 높구나! 이 얼마나 좋은가!'

Ⅳ

목요일에 주교는 교회에서 예배를 집전하고 세족식을 거행했다. 교회에서 예배를 마치고 사람들이 집으로 뿔뿔이 흩어지자 따스하고 유쾌한 해가 비쳐 왔다. 도랑물이 졸졸거리는 소리와 교외의 벌판에서 날아온 종달새의 부드러운 노랫소리가 평온함을 선사했다. 나무들은 벌써 잠에서 깨어 반갑게 미소 지었고, 그 위로는 어느 누구도 그 끝을 알 수 없는 넓고 푸른 하늘이 펼쳐져 있었다.

집으로 돌아온 뾰뜨르 주교는 차를 마시고, 옷을 갈아입었다. 그는 침대에 누워 평수사에게 유리창의 덧문을 닫으라고 명령했다. 침실은 어두워졌다. 그런데 피곤함과 무겁고 서늘한 팔다리의 통증, 그리고 귓가에 맴도는 소음은 다 뭐란 말인가! 그는 오래도록 잠들지 못했다. 꽤 긴 시간이 지난 듯했다. 지극히 사소한 일 때문에 그는 잠들 수가 없었다. 눈을 감자마자 그 일이 머릿속에 어른거렸다. 어제와 마찬가지로 옆방의 벽을 통해서 이런저런 목소리, 컵과 찻숟가락이 부딪치는 소리가 들렸다……. 마리야 찌모페예브나는 시소이 신부에게 속담을 써가며 무언가에 대해 즐겁게 이야기하고 있었다. 그러자 신부는 쓸쓸하고 불만족한 목소리로 대답했다.

"음! 어디요! 어디예요!"

이 모습에 주교는 다시 화가 났다. 어머니는 다른 사람들은 아무렇지도 않게 평범하게 대했다. 그런데 아들인 자신에게는 수줍어하며 말 자체를 거의 안 할뿐더러, 원하는 것을 말하지도 못했다. 심지어 요사이 앉아 있기가 불편한 사람처럼 그와 있을 때면 자리를 뜰 핑계만 찾았다. 그렇다면 아버지는 어떤가? 아마도 살아 계셨더라면 그 앞에서 꿀 먹은 벙어리처럼 앉아 계셨을 것이다…….

옆방에서 무언가 바닥에 떨어져서 깨지는 소리가 났다. 시소이 신부가 갑자기 벌컥 화를 내며 말하는 걸 보니 까쨔가 찻잔이나 접시를 땅에 떨어뜨린 게 틀림없다.

"정말 성가신 아이군요! 하느님, 용서하세요. 저 아이가 더 이상 아무것도 건드리지 않았으면 좋겠네요!"

얼마 있으니 조용해졌고 뜰에서 나는 소리만 들려왔다. 주교가 눈을 떴을 때, 방에서 미동도 없이 서서 자신을 바라보고 있는 까쨔를 발견했다. 평상시처럼 까쨔의 붉은 머리카락은 머리핀 때문에 후광처럼 위로 올라가 있었다.

"까쨔니? 아래층에서 문을 여닫는 사람은 누구니?" 그가 물었다.

"아무 소리도 안 나요." 까쨔가 대답하고 귀를 기울였다.

"지금 누군가가 지나갔잖아."

"삼촌, 그건 삼촌 배에서 나는 소리예요!"

주교는 미소 지으며 아이의 머리를 쓰다듬어 주었다.

"그러니까 니꼴라샤가 시체의 배를 가른다고 했던가?"

잠시 입을 다물었던 그의 입에서 나온 질문이었다.

"네. 오빠는 그걸 배운댔어요."

"그런데 오빠는 착하니?"

"그럼요. 착해요. 근데 가끔씩 보드카를 엄청 빨리 마셔요."

"아빠는 무슨 병으로 돌아가셨니?"

"아빠는 약하고 말랐었는데, 갑자기 목이 아프댔어요. 그때 저도 병이 났어요. 그리고 페쨔 오빠랑 다른 사람들도 모두 목이 아프다고 그랬어요. 삼촌, 아빠가 돌아가신 뒤 우리는 건강해졌어요."

까쨔의 턱이 떨렸고 그렁그렁 맺혔던 눈물이 뺨을 타고 흘러내렸다.

"주교님."

까쨔는 서럽게 울면서 가느다란 목소리로 말했다.

"삼촌이랑 나랑 엄마는 불행해요……. 우리한테 돈을 조금만 나눠 주세요……. 제발 자비를…… 사랑하는 삼촌!"

주교 역시 눈물을 흘렸다. 감정이 격해져서 아무런 말도 내뱉지 못했다. 잠시 후에 그가 아이의 머리를 쓰다듬고 어깨를 어루만지며 말했다.

"좋아, 좋아, 얘야. 부활절이 되면 그때 이야기해 보자……. 도와줄게…… 도와주고말고……."

어머니가 조용하고 수줍게 들어와서 성상을 보며 기도했다. 그녀는 잠들지 않은 아들에게 물었다.

"수프 좀 먹겠어요?"

"아니요. 감사합니다만…… 생각이 없네요." 그가 대답했다.

"얼핏 봐도 안색이 별로에요……. 어떻게 병에 걸리지 않을 수 있겠어요! 하루 종일 서 있으신데, 하루 종일. 맙소사, 주교님을 바라보는 것만도 힘이 듭니다. 성령님은 고통 중에 오시지 않는답니다. 쉬어요. 하느님께서 평안을 내려 주실 겁니다. 그때 이야기해요. 지금은 제 일로 주교님을 괴롭히지 않겠습니다. 가자, 까쨔야. 주교님이 눈 좀 붙이게."

그리고 곧 그는 자신이 소년이었던 아주 오래전, 어머니가 지금과 마찬가지로 장난스러우면서도 정중한 어조로 성직자들과 이야기했던 일을 떠올렸다……. 오직 방을 나서면서 언뜻 비추었던 수줍고 근심 어린 시선과 이상할 정도로 선한 눈동자만으로 그녀가 자신의 어머니라는 걸 짐작할 수 있었다. 그는 눈을 감고 잠을 청했으나 시계가 2시를 치는 소리와 시소이 신부가 벽 뒤에서 기침하는 소리가 들렸다. 다시 한 번 어머니가 방으로 들어와 그를 조심스레 쳐다보았다. 누군가가 현관으로 다가서는 소리가 들렸다. 들어 보니 마차 혹은 짐수레인 듯했다. 갑자기 누군가가 문을 두드렸다. 문이 쾅 열리더니, 곧 평수사가 침실로 들어왔다.

"주교님!"

그가 소리쳤다.

"왜?"

"말이 준비되었어요. '예수 그리스도 수난' 예배에 가셔야 할 시간입니다."

"몇 신데?"

"7시 15분입니다."

그는 옷을 입고 교회로 갔다. 복음 성가 열두 곡을 노래하는 동안 그는 교회 중앙에 움직이지 않고 서 있어야만 했다. 그는 가장 길고 아름다운 첫 번째 곡을 직접 불렀다. 건강하고 원기 왕성해진 기분이었다. 첫 번째 곡은 '이제 인간의 아들을 찬양하도다.'라는 내용이었다. 외우고 있는 노래였으므로, 그는 그 곡을 부르면서 이따금 눈을 들어 양쪽에서 일렁이는 빛의 물결을 바라보았고, 초들이 타들어 가는 소리를 들었다. 하지만 예전처럼 사람들이 보이지는 않았다. 그들 모두가 그의 유년 시절과 청년 시절에도 있던 사람들이며, 앞으로도 매년 만나게 될 사람들 같았다. 언제까지가 될지는 신만이 아시리라.

그의 아버지는 보제였고, 할아버지는 신부, 증조할아버지도 보제였다. 그의 가문은 러시아에 정교가 들어온 이래로 아마도 계속해서 성직자 집안이었을 것이다. 교회의 예식과 성직, 종소리에 대한 그의 사랑은 뿌리 깊고 심오한 데다 선천적이기까지 했던 것이었다. 특히 교회 예배에 참여할 때면 그 자신이 역동적이고 활기가 넘치며 행복하다고 느꼈다. 지금도 그러했다. 여덟 번째 노래를 부를 때쯤 목소리가 약해지는 게 느껴졌다. 기침 소리조차 들리지 않았다. 머리가 너무 아파 왔다. 쓰러지지 않을까 하는 두려움이 그를 괴롭히기 시작했다. 그리고 정말로 다리가 완전히 마비되어서 점차 감각이 느껴지지 않았다. 그는 자신이 어디에 어떻게 서 있고 왜 넘어지지 않는지 이해할 수 없었다…….

의식을 마쳤을 때는 11시 45분이었다. 집에 돌아와서 주교는 옷을 벗고 하느님께 기도도 올리지 않은 채 자리에 누웠다. 이제는 말도 할 수 없었고, 더 이상 서 있는 것도 무리인 듯했다. 담요로 몸을 감싸자 갑자기 외국으로 떠나고 싶은 마음이 샘솟았다! 삶이 더 주어진다면 이 초라하고 값싼 덧문들과 낮은 천장들을 보지 않게 되길 바랐다. 그리고 무거운 수도원의 공기도 느끼지 않았으면 했다. 단 한 명이라도 이야기를 나눌 수 있는 사람이 있다면 그는 자신의 영혼을 내어 줄 것이다!

오랫동안 옆방에서 누군가의 발소리가 들려왔다. 주교는 그 발소리가 누구의 것인지 도무지 기억해 낼 수가 없었다. 마침내 문이 열리더니 시소이가 손에 양초와 찻잔을 들고 찾아왔다.

"주교님, 벌써 누우셨어요?" 그가 물었다.

"식초를 넣은 보드카를 몸에 발라 드리려고 왔어요. 잘 문지르기만 하면 효과가 있어요. 예수 그리스도…… 그러니까 이렇게…… 자…… 전 아까 우리 수도원에 다녀왔어요……. 도무지 맘에 들지 않아요! 내일 멀리 떠나겠어요. 더 이상 바라는 것도 없어요. 예수 그리스도여…… 그렇게……."

시소이는 원체 한군데 오래 있지 못하는 성격인데 빤끄라찌예프스끼 수도원에서는 벌써 1년이나 있었다. 그럼에도 그의 말로는 파악할 수 없는 것들이 있었다. 그의 주소와 그가 사랑하는 사람 혹은 무언가, 그리고 그가 신앙심을 가졌는지 등……. 시소이 본인도 왜 수도사가 되었는지 이해하지 못했는데, 사실은 그 문제를 생각해 본 적도 없는 듯했다. 그가 머리를 잘랐을 때의 일은 이미 오래전에 기억 저편으로 사라진 듯했다. 마치 그는 처음부터 수도사로 태어난 사람 같았다.

"내일 떠날 겁니다. 하느님의 은총이 함께하시길!"

"당신께 드릴 말씀이 있어요……. 언제나 시간이 안 되었지만."

주교는 힘을 짜내어 조용히 말했다.

“전 이곳에 아는 사람도 아는 것도 없어요.”

“일요일까지만 머무르겠습니다. 더는 안 되겠어요. 할 수 없어요!”

“전 어떠한 주교인가요?” 주교는 이러한 질문을 던진 후 조곤조곤 말을 이었다.

“전 시골의 사제나 보제가 되어야 했어요……. 아니면 평범한 수도사가 되거나…… 모든 것들이 날 짓눌러요…… 짓눌러…….”

“뭐라고요? 예수 그리스도여……. 그렇게…… 음, 주교님, 주무세요! 아니, 시골이 다 뭡니까? 시골이라니요! 안녕히 주무세요!”

주교는 밤새 잠을 이루지 못했다. 아침 8시 내장 출혈이 발생했다. 놀란 평수사는 먼저 수도원장에게 달려갔고, 그다음에는 시내에 사는 수도원 소속 의사 이반 안드레이치에게 이 소식을 알렸다. 회색 수염을 길게 기른 뚱뚱한 의사는 주교를 오랫동안 살펴보다 고개를 저으며 얼굴을 찌푸렸고 이렇게 말했다.

“주교님, 알고 계셨나요? 장티푸스입니다!”

시간이 흐르자 출혈 때문에 주교는 급격히 수척해지고 창백해졌다. 살이 빠지자 얼굴에는 주름이 지고 눈은 더 커졌다. 더 늙어 보였으며 키는 더 작아진 듯했다. 그는 자신이 이 세상 그 무엇보다도 마르고 약하고 하찮은 존재라 생각했다. 그래서 아주 먼 어딘가로 떠나 버린 모든 것이 모두 이제 더 이상 반복되지도 계속되지도 않을 듯했다.

‘얼마나 좋아! 얼마나 좋으냐고!’

어머니가 들어왔다. 아들의 주름진 얼굴과 커다란 눈을 본 뒤 깜짝 놀란 그녀는 침대 앞에 무릎을 꿇었다. 그러고는 그의 얼굴, 어깨, 손에 입을 맞추기 시작했다. 그녀도 그가 이전보다 더 마르고 약하고 누구보다 무력해 보인다고 생각했다. 그녀는 아들이 주교라는 걸 까맣게 잊고, 각별한 피붙이에게 하듯 그에게 입을 맞추고는 입을 열었다.

"사랑하는 빠블루치까, 내 아가! 내 아들! 어쩌다 이렇게 되었니? 빠블루슈까, 대답 좀 해봐!"

까쨔가 창백한 얼굴을 찡그리고서 할머니 곁에 서 있었다. 삼촌에게 무슨 일이 일어났는지, 할머니가 왜 저리 고통스러워하는지, 그리고 할머니가 왜 저렇게 가슴을 울리는 슬픈 말을 하는지 이해하지 못하는 얼굴이었다. 그는 이제 더 이상 입을 떼지도, 무언가를 이해하지도 못했다. 그는 평범한 사람이 되어 지팡이를 가볍게 두드리며 들판을 빠르고 즐겁게 걸어 다니는 자신의 모습을 상상해 보았다. 그 위로는 태양빛에 물든 하늘이 광활하게 펼쳐져 있었다. 그는 이제 새처럼 어디든 자유롭게 날아갈 수 있었다! 어머니가 말했다.

"빠블루슈까, 아들아, 대답 좀 해봐! 어찌 된 일이니? 아가야!"

"주교님을 깨우지 마세요."

시소이 신부가 방을 돌아다니다가 왈칵 화를 냈다.

"좀 더 주무시게 하세요……. 이제 더는 방법이 없어요……. 소용없다고요!"

의사 세 명이 와서 이런저런 상의를 하더니 곧 떠났다. 낮은 믿기 힘들 정도로 길었다. 밤이 찾아오고 나서도 시간은 아주 천천히 흘러갔다. 토요일 아침, 평수사가 거실 소파에 누워 있던 어머니에게 침실로 가보라고 했다. 주교가 사망했다.

다음 날은 부활절이었다. 도시에 있는 마흔두 개 교회와 여섯 개 수도원에서 기쁨의 종소리가 은은하게 퍼져 나와 아침부터 저녁까지 쉬지 않고 봄의 대기를 흔들었다. 새들은 노래하고 태양은 밝게 빛났다. 커다란 시장 안의 광장은 떠들썩했다. 사람들이 그네를 타고 샤르만까를 연주했다. 아코디언 소리와 술 취한 사람들의 목소리가 울려 퍼졌다. 오후에는 큰길에서 경마가 시작되었다. 한마디로 흥겨웠고 모든 것이 만족스러웠다. 작년과 꼭 같았다. 틀림없이 앞으로도 마찬가지일 것이다.

한 달 뒤 새로운 대리 주교가 임명되었다. 어느 누구도 뾰뜨르 주교를 떠올리지 않았다. 다만 고인의 어머니만이 지금은 시골 벽지에 자리 잡은 보제 사위의 집에 살면서 저녁에 암소를 데리러 나가 다른 여인들과 만나면 자기에게는 아이들과 손자 손녀들이 있고 주교인 아들도 있었다고 말하곤 했다. 그녀는 그런 말을 할 때마다 사람들이 자신의 말을 믿지 않을까 봐 조심스러워했다…….

실제로 모든 사람들이 다 그녀의 말을 믿은 건 아니었다.

해설편

| 안톤 파블로비치 체호프(1898)
안톤 체호프는 러시아의 대표 소설가이자 희곡 작가이며, 유수의 단편 소설들과 희곡들에 유머와 풍자를 녹여 냈다. 19세기 말 러시아 문학계를 주름 잡던 인물로, '황혼의 작가' 또는 '가을의 작가'라는 애칭으로도 불린다.

평범함 속에 숨은 삶의 진실을 찾아서

Ⅰ. 체호프의 삶과 작품 세계

안톤 파블로비치 체호프(Anton Pavlovich Chekhov, 1860~1904)는 1860년 1월 17일 러시아 남부 도시 타간로크에서 7남매 중 셋째 아들로 태어났다. 체호프의 할아버지는 지주에게 예속되어 경작하던 농노(農奴)[1]였으나 재산을 모아 자유로운 몸이 되었다. 체호프의 아버지는 타간로크에서 식료품 가게를 운영하는 상인이었고, 어린 체호프에게 가게 일을 돕도록 했다. 이러한 아버지의 형상은 〈3년 Три года〉 안에서 라쁘쩨프의 아버지에게 투영되어 나타난다.

그런데 타간로크에 기차역이 생겨 새로운 가게들이 들어섬에 따라 체호프의 집안 상황이 어려워졌고, 아버지는 체호프에게 가게 운영을 맡긴 채 다른 가족들을 데리고 모스크바로 이주했다. 타간로크에 머물며 중등학교를 다녔던 체호프는 9년제 학교를 10년 만에 어렵게 졸업했다. 1879년에는 모스크바 의과 대학에 입학하게 되어서 모스크바로 주거지를 옮기면서 가족과 재회하였다. 비좁은 지하 방에서 가족들과 함께한 때부터 그는 학업과 생계를 유지하기 위해서 잡지사에 여러 단편 소설들을 기고하기 시작했다. 아버지는 형편없는 보수를 받고 있었고, 두 형은

---

1) 러시아에서 농노제는 1861년에 공식적으로 폐지되었으나 그 이후에도 과중한 토지 상환금이 부과되는 등 많은 사회 문제들을 발생시켰다.

각각 저널리스트와 예술가였는데 방랑의 길을 떠나 재정적인 도움을 줄 수 없었기 때문이다. 이를 통해 알 수 있듯이 체호프의 초창기 집필은 현실적 목적이 강했다.

1884년 의사 자격을 취득한 그는 직업적 성향을 소설에도 불어넣었고, 그의 글에는 정확하고 객관적이며 간결하다는 특징이 있다. 체호프는 평범한 일상 속에서 강렬한 인상을 주는 상황이나 사건들을 예리하고 재미있게 풍자함으로써 많은 인기를 누릴 수 있었다. 체호프는 이러한 특성을 살려 7년 동안 300여 편의 작품을 써냈다. 체호프의 또 다른 특징은 단편 소설을 주로 썼다는 점인데, 이로 인해 에드거 앨런 포(Edgar Allan Poe, 1809~1849), 기 드 모파상(Guy de Maupassant, 1850~1893)과 함께 세계 3대 단편 소설 작가로 손꼽힌다.

한편 체호프의 재능을 눈여겨보았던 비평가 드미트리 그리고로비치(Dmitrii Grigorovich, 1822~1899)는 체호프에게 진지하게 집필에 매진해 볼 것을 권유한다. 이 조언은 체호프가 작가로서 각성하는 계기가 되었으며, 그는 1887년 희곡 〈이바노프 Иванов〉, 1889년 소설 〈대초원 Степь〉 등을 발표하며 작가 생활을 이어 나갔다.

30세가 되던 해 체호프는 작가로서의 삶을 돌아보기 위해 3개월 동안 사할린 섬에 머물렀다. 그곳에서 죄수들의 비인간적인 삶, 비참함 등을 목격하고 인간에 대한 견해를 기록하였다. 이 경험을 바탕으로 〈사할린섬 Остров Сахалин〉 등을 집필했다. 이때의 경험은 체호프에게 작가로서의 매너리즘을 극복하게 해주었고, 하나의 터닝 포인트가 되었다. 다시 러시아로 돌아온 그는 모스크바 근교 멜리호보에 영지를 사서 집을 짓고, 직접 식물을 가꾸며 가난한 자들을 위해 무료 진료를 하면서 수많은 중단편 소설과 〈갈매기 Чайка〉, 〈바냐 아저씨 Дядя Ваня〉, 〈세 자매 Три

Сестры〉, 〈벚꽃 동산 Вишнёвый Сад〉 등의 희곡을 썼다. 체호프의 희곡들은 극적이지 않지만 소소한 일상과 인간의 심리가 세밀하게 그려지면서 소통의 단절, 고독과 소외, 우수, 절망 등이 섬세한 대화로 전개된다는 특징이 있다. 그로 인해 그의 작품은 '새로운 언어로 쓰인 연극', '분위기 연극' 등의 평가를 받는다.

이렇게 승승장구하던 체호프도 실패를 경험한 적이 있다. 1896년 알렉산드린스끼 극장에서의 〈갈매기〉 초연이 실패로 끝난 것이다. 너무 실망한 나머지 그는 더 이상 희극(喜劇)을 쓰지 않겠다고 결심한다.[2] 그로부터 3년 뒤 모스크바 예술 극장에서의 〈갈매기〉 공연이 다행히 큰 성공을 거둔 후에야 그 결심은 사라졌다. 이때의 성공적인 공연은 체호프가 다시 희극을 집필하게 되는 힘으로 작용했으며 1901년 아내가 되는 여배우 올가 끄니뻬르(Olga Knipper, 1868~1959)도 만나게 해주었다. 하지만 행복한 생활은 오래가지 못했다. 젊은 시절 가족을 위해 희생하느라 자신의 건강을 돌보지 못했던 체호프는 객혈을 할 정도로 몸이 쇠약해진 상태였다. 결국 이미 상태가 나쁜 폐가 악화되면서 체호프는 1904년 44세의 나이로 독일 요양지 바덴바일러의 호텔에서 짧은 생을 마감했다.

체호프의 활동 시기는 러시아의 격동기와 맞물린다. 19세기 말 러시아는 이전 사회 제도들이 무너지고 근대적인 사회 제도들을 받아들이는 과정에 있었다. 이때를 제정 러시아 시기라고 부르며, 지식인들은 구식 제도들을 없애기 위해 혁명을 일으키기도 했다. 1870년대 행했던 브나로드 운동[3]이 대표적이었는데, 운동의 실패로 많은 젊은 지식인들이 좌절

---

2) 〈갈매기〉, 〈세 자매〉, 〈벚꽃 동산〉, 〈바냐 아저씨〉를 체호프의 4대 희극이라고 부른다.

3) 러시아 지식인들이 사회 변혁, 절대 왕정 타파, 농촌 계몽을 위해 전개한 운동으로, 정부의 강력한 탄압과 농민들의 비협조로 결국 실패했다.

| 알렉산드린스끼 극장
〈갈매기〉가 초연되었던 극장이다.

| 모스크바 예술 극장에서 〈갈매기〉를 읽는 체호프와 배우들(1899)
가운데에 책을 들고 있는 이가 바로 체호프이다.

을 경험했다. 또한 아나키즘[4]이 유행하게 되면서 사회는 매우 혼란스러워졌다. 체호프는 이런 사회 흐름에 직접 뛰어들지 않았다는 이유로 문단의 비난을 받기도 한다. 체호프는 문학의 역할이 현실을 정확하게 진단하는 것이라 생각했고, 직접 행동하기보다는 제정 러시아 말기 지식인의 절망과 무기력, 체념, 그리고 그들의 사랑을 예리한 필치로 자신의 작품 속에 담아내는 데 힘을 쏟았다.

체호프가 작품 속에 담으려 했던 모습은 인간 사이의 근본적인 단절, 소외, 상호 소통의 부재, 고독과 우수, 염세주의, 인간과 삶에 대한 수동적인 태도 등 당시의 어두운 단면들이다. 따라서 작품들의 분위기는 대체로 어둡고 암울하며, 등장인물들은 소소한 일상 속에 매몰되거나 문제를 극복하기 위해 발버둥 치지만 끝내 극복하지 못하는 비극적인 결말을 맞이한다. 이들의 모습은 잿빛 일상을 살아가며 현실과 타협하거나 혹은 평범한 현실을 거부하려 몸부림치는 현대인들을 떠올리게 한다.

Ⅱ. 또 다른 삶을 꿈꾸는 평범한 소시민들

경계 너머의 삶

거울은 문학 속에서 현실과 허구의 세계를 구분 짓는 경계에 놓인 물건으로 자주 쓰인다. 거울을 통해 우리는 또 다른 세계를 상상하거나 만날 수 있다. 이 소설은 시간적인 배경도 의도적으로 섣달그믐으로 설정

4) Anarchism. 사회적, 정치적, 경제적 지배자가 없는 아나키의 상태를 만들려는 사상이다. 흔히 '무정부주의'라고 알려져 있지만 아나키즘은 정부뿐만 아니라 모든 형태의 지배를 거부한다. 대표적인 사상가로는 피에르조제프 프루동(Pierre-Joseph Proudhon, 1809~1865)과 미하일 바쿠닌(Mikhail Bakunin, 1814~1876)이 있다.

해 놓는다. 왜냐하면 이 작품의 중요한 요소인 현실과의 경계를 표현할 시간으로 섣달그믐이 제격이기 때문이다.

넬리는 섣달그믐날 손에 거울을 든 채 비몽사몽인 상태에서 꿈을 꾼다. 꿈에서 그녀는 티푸스에 걸린 남편을 위해 의사를 데려오지만 그 역시 티푸스에 걸려 쓰러지고 남편은 치료를 받지 못해 결국 숨을 거둔다. 남편을 살리기 위한 노력, 즉 티푸스에 걸린 의사를 설득 끝에 집으로 데려온 일과 병에 걸린 두 남자를 바라보며 느꼈던 자신의 고통까지. 이 모든 일들이 죽음에 대한 서막이라 생각하자 억울한 마음도 샘솟는다. 소설의 마지막에 넬리는 손에 든 거울을 바닥에 떨어뜨리며 현실로 돌아온다. 그리고 이내 안도의 한숨을 내쉰다.

하지만 그녀가 안도하며 내쉬는 한숨은 무의미하다. '거울 속'이라는 허구의 세계에서는 빠져나왔지만 현실에서도 거울에서 봤던 세계를 만날 수밖에 없기 때문이다. 조금 더 풀어서 말하면 자신도, 그녀가 사랑하는 가족도 언젠가는 꿈에서처럼 죽음을 비켜 갈 수 없다는 이야기다. 결국 그녀는 겪어야 할 일을 미리 본 것이다.

이처럼 우리 모두는 거울을 마주하고 삶의 이면에 존재할 수도 있는 행복의 가능성을 꿈꾸며 살아간다. 그렇다면 우리가 바라봐야 하는 것은 실제 삶일까? 아니면 거울 속에 있는 꿈속의 삶일까?

우연과 필연의 이중주

체호프는 〈어느 관리의 죽음〉이라는 소설을 통해 19세기 말 페테르부르크의 관료 사회[5]를 강하게 비판하고 풍자한다. 그리고 그 안에서 개

5) 러시아 관료 제도는 총 14등급으로 구성되어 있었고 등급에 따라 존칭을 다르게 부를 정도로 엄격한 위계질서가 잡혀 있었다. 니콜라이 고골(Nikolai Gogol, 1809~1852) 역시 〈광인일기〉에서 관료 사회를 비판한다.

인의 존재 의미를 찾아보라는 질문을 던진다.

독자는 소설을 읽기 전 제목을 통해 소설이 누군가의 사망과 연관된 내용으로 전개될 것임을 예상하고, 자연스럽게 죽음의 원인을 찾는 데 주목하게 된다. 뜻밖에도 죽음의 원인은 생리 현상인 재채기였다. 더 자세히 말하면 체르뱌꼬프가 상관에게 재채기한 데 대한 사과가 수용되지 않고, 인격적으로 무시당한 일에 내적 압박을 받아 죽었다는 것이다. 즉, 죽음의 원인은 우연(재채기)에 대해 필사적으로 해명한 것이 수용되지 않은 상황인 셈이다.

체호프는 이 작품 속에서 여러 장치를 대비시킨다. 아르카디아(이상향) 극장과 재채기를 한 관리 체르뱌꼬프(구더기)[6], 웅장한 배경과 소소한 사건, 체르뱌꼬프의 최대한 예의를 갖춘 어법과 상관인 브리잘로프의 막말. 이러한 대비를 통해 체호프는 체르뱌꼬프의 삶을 더욱더 비참하게, 그리고 그의 죽음을 허무하게 만든다.

체호프는 이러한 대비를 통해 눈에 보이지는 않지만 관료 사회의 엄격한 신분 시스템이 인간을 얼마나 구더기처럼 초라하고 비참하게 만드는지 잘 보여 준다. 현대 사회에도 체르뱌꼬프들은 보이지 않는 계급의 무고한 희생양이 되고 있지 않은지 다시 한 번 생각해 보게 된다.

드라마보다 더 드라마틱한

필자에게 체호프가 쓴 단편 소설 중 가장 파격적이고 충격적인 작품을 꼽으라고 한다면 단연코 〈드라마〉를 뽑을 것이다. 이 소설에서 비평

6) 등장인물의 이름을 특징을 나타내는 일반 명사로 대체하는 기법을 환칭이라고 하는데, 이는 러시아 문학에서 종종 쓰이는 기법이다. 예를 들어 〈드라마〉의 무라슈끼나는 빠벨의 관점에서 보면 하찮은 용무를 보러 온 사람이기 때문에 무라(번잡하고 하찮은 용무)라는 단어를 이름에 넣었음을 추측해 볼 수 있다.

가 빠벨과 드라마 작가를 꿈꾸는 평범한 무라슈끼나의 태도는 극명하게 대비된다.

무라슈끼나는 자신이 공들여 쓴 드라마에 대한 평가를 받고자 비평가 빠벨 바실리예비치의 집을 찾아 전전긍긍한다. 하지만 빠벨은 그런 그녀의 태도에도 자신의 일만 생각하고 자질구레한 일들로 분주하다. 아니 분주한 척을 한다. 그녀의 드라마는 제대로 듣지 않고, 아내의 심부름을 기억해 내고 걱정하며 하품을 한다. 다시 말해 빠벨은 무라슈끼나의 드라마 낭송을 듣고 싶지도, 작품에 대해 비평하고 싶지도 않은 것이다. 애초부터 할 마음이 없었다. 이런 상황에서 길게 이어지는 드라마 낭송은 그에게 고문일 뿐이다. 결국 무라슈끼나를 죽임으로써 비평가이기를 거부한다. 어쩌면 지리멸렬하고 진부한 예술을 거부하는 것일지도 모른다.

마지막에 빠벨이 무라슈끼나를 사망에 이르게 하는 장면은 두 가지 상징적 의미로 해석할 수 있다. 첫째, 비평가는 늘 살인을 저지를 수 있는 존재라는 점이다. 비평가는 말 한마디로 문인들을 살리기도 하고 반대로 죽이기도 한다. 체호프는 비평가의 직업적 특성을 무라슈끼나의 죽음이라는 상징적인 사건을 통해 분명하게 제시한다. 둘째, 비평가라 해도 늘 예술 세계에 갇혀 있지 않으며 그도 평범한 일상을 살아가는 지극히 평범한 인간이라는 점이다. 비평가도 자신의 건강을 걱정하고, 지루하면 하품을 하고, 아내의 심부름에 신경 쓰는 보통 사람인 것이다. 이를 통해 체호프는 비평가라는 직업에 대해 조금이나 알려 주고 싶었던 게 아닐까?

관계의 굴레

체호프 소설의 특징으로, 남녀 관계에서 남자가 여자에 비해 우유부단하다는 점을 들 수 있다. 몇 가지 예를 들자면 〈공포〉에서 '나'는 친구의 아내를 사랑하지만 그녀를 두고 떠나 버리며 〈사랑에 관하여〉의 빠벨 역시 친구 아내인 안나를 사랑하지만 붙잡지 못하고 떠나보내고 〈아리아드나〉에서 알레힌은 사랑하는 아리아드나에게 이용당하고 끌려다닐 뿐이다. 반면, 여성들은 먼저 사랑을 고백하는 등 두 사람의 관계를 변화시키는 데 남성들보다 더 적극적이다. 〈베로치까〉에서도 마찬가지로 이별 앞에서 마음을 표현하는 건 베로치까이다.

오그녜프와 베로치까는 서로에게 호감이 있었지만 오그녜프의 이사로 멀어지게 된다. 그때 베로치까는 숨겨 둔 마음을 고백한다. 하지만 오그녜프는 사랑 고백을 받고 난처해한다. 그녀의 사랑을 받아 줄 수도 없고, 그렇다고 단박에 거절할 수도 없었기 때문이다. 결국에는 그녀의 마음을 밀어낸다.

> "베라 가브릴로브나, 정말 고마워요. 전 당신의 호의를 받을 만한 자격이 없는데……. 당신 입장에서 보면…… 특히 감정적인 측면에서 보면 더 그래요. 그리고 정직하게 말씀드려야겠다는 생각이 드네요……. 행복은 평등을 토대로 해요. 즉 두 사람이…… 똑같이 사랑해야 한다는 이야기죠……."

체호프는 이 남녀의 모습을 통해 상식적이고 진실한 인간도 가까운 사람에게 자신의 선의에 반하여 이유 없는 고통을 줄 수 있음을 말하고 있다. 동시에 힘든 현실에 지친 사람은 사랑을 할 만한 마음의 여유가 없다는 점도 함께 지적하고 있다.

오그녜프는 자신이 베로치까를 거절한 이유를 냉정함에서 찾는다. 이

냉정함은 무기력함, 아름다움에 대한 몰지각 등을 통틀어 말한다. 또한 이런 감정의 냉각은 19세기 말 러시아 지식인 젊은이들에게 널리 퍼져 있던 병(病)이기도 했다. 당시 젊은이들에겐 희망이 없었다. 귀족 사회, 전제 정치 등의 구(舊)질서가 붕괴되었지만 새 사회는 곧바로 찾아오지 않았고, 혼란스러운 현실에서 그들의 사회 변혁 의지는 펼쳐지기 전에 대부분 꺾이고 말았다. 사회는 젊은이들을 지치게 만들었고, 또 냉소적으로 만들었다. 체호프는 자신의 소설을 통해 당대 젊은이들의 상처를 정확하고 예리하게 그려 내고 있다.

인간적인, 아니 본능적인

인간이면 질병에서 자유로울 수 없다. 그리고 병에 걸리면 누구나 나약해지고 자신을 지켜 줄 누군가를 찾게 된다. 티푸스에 걸린 끌리모프는 열이 펄펄 끓자 사랑하는 여동생 까쨔를 그리워한다. 마침내 귀향한 뒤 그토록 간절히 원하던 여동생과의 상봉이 이뤄지지만 까쨔는 그에게 티푸스가 전염되어 세상을 떠나고 만다. 여동생의 빈자리가 크지만 끌리모프는 회복기 환자 특유의 모습인 삶에 대한 강한 애착을 보이며, 본능적으로 먹을 것을 달라고 애처럼 투정을 부린다.

끌리모프의 이러한 모습은 삶에 대한 인간의 본능적인 애착을 보여 준다. 병이 다 낫고 나서야 끌리모프는 일상의 권태와 상실감, 슬픔을 느끼기 시작한다.

독자들은 〈티푸스〉를 읽고 인간의 삶을 지배하는 본질이 무엇인가를 다시 한번 생각할 것이다. 인간이라면 누구나 다 끌리모프처럼 질병, 죽음, 상실감과 슬픔 앞에서도 본능적으로 살려고 노력하는 심신이 연약한 존재일 뿐이기 때문이다.

부자유한 돈이냐, 자유로운 진리냐, 그것이 문제로다

독자들은 〈내기〉에서 2백만 루블을 대가로 감금되어 15년간 살아가는 변호사와 내기를 하는 늙은 은행원을 마주하게 된다. 갇혀 있는 내내 고독하고 무료한 삶을 살던 변호사는 술, 담배, 독서, 음악, 종교 등에 심취하여 15년 동안 감금 생활을 성공적으로 수행하는 듯하다. 하지만 그는 내기가 끝나기 다섯 시간 전에 돌연 탈출을 감행했고, 2백만 루블을 받을 수 없게 되었다. 은행원의 입장에서는 돈을 아끼기 위해 계획했던 살인을 하지 않아도 되었기 때문에 다행스러운 일이지만 그는 변호사의 탈출 동기를 쉽게 납득할 수 없었다.

사실 은행원은 전날 밤 돈을 주지 않기 위해 변호사를 죽이러 갔다가 편지를 한 통 읽게 되었는데, 그는 그 편지를 읽으며 자괴감과 자기 혐오감을 느꼈다. 왜냐하면 변호사가 거부한 삶은 바로 자신이 살아가는 모습이었기 때문이다. 변호사는 편지에 다음과 적었다.

> 당신들은 미쳤고 잘못된 길을 향해 걸어가고 있다. 거짓을 진실로, 추악함을 아름다움으로 받아들인다. 만일 어떠한 환경의 영향으로 사과나무와 오렌지 나무에서 갑자기 열매 대신 개구리와 도마뱀이 열리고, 장미꽃에서 땀범벅이 된 말 냄새가 난다면 당신들은 놀랄 것이다. 마찬가지로 나도 하늘과 땅을 바꿔 놓은 당신들의 행태에 놀랐다. 당신들을 이해하고 싶지 않다.
> 당신들이 살아가면서 의존하는 모든 것에 대한 경멸을 보여 주기 위해 나는 2백만 루블을 거절한다. 한때는 천국을 꿈꾸듯 그 돈을 바랐었다. 나는 그 돈에 대한 권리를 포기하기 위해 정해진 기한을 다섯 시간 남긴 채 이곳을 빠져나감으로써 계약을 파기할 것이다…….

변호사는 수감된 동안 인생의 진리를 깨달았으며, 이 세상에 돈보다 더 소중한 것이 있음을 발견했다. 그래서 경제적 이익을 포기하고 용감하게 떠나갔던 것이다.

슬프지만 아름다운, 아름답지만 슬픈

체호프가 〈베로치까〉에서 오그녜프를 통해 아름다움을 지각하지 못하는 무능력을 비판적으로 제시하였다면, 〈미인들〉에서는 미(美)의 특징을 제시하고 있다. 작품은 '나'가 여행을 하는 도중에 우연히 만난 아름다운 미녀 두 명에 대한 이야기를 담고 있다.

먼저 '나'는 할아버지와 함께 여행하던 중 우연히 들른 집에서 아르메니아 미인 마샤를 만나게 된다. 그녀를 보자 '나'는 까닭 모를 우수에 잠기며 묘한 감정을 느낀다.

> 그녀가 아름다운 모습으로 내 눈앞에 나타날 때마다 내 슬픔은 점점 더 커져 갔다. 나 자신도, 소녀도, 그리고 소녀가 왕겨의 먼지를 헤치고 짐마차로 뛰어가는 모습을 매번 슬픈 눈으로 바라보는 우크라이나인도 가엾다는 생각이 들었다. 내 마음속에 소녀의 아름다움에 대한 질투심이 일기라도 한 걸까. 아니면 그녀가 내 사람이 아니고, 앞으로도 그럴 수 없으며, 그녀에게는 내가 타인일 뿐이라는 사실이 그냥 유감스러운 걸까. 그것도 아니면 소녀의 보기 드문 아름다움이 지상의 모든 것처럼 우연적이고 불필요하며 영원하지 않다고 느꼈던 것일까. 어쩌면 내 슬픔은 인간이 진정한 아름다움에 대해 생각할 때 느끼는 묘한 감정이었을 수도 있다. 누가 알겠는가!

두 번째로 '나'는 기차역에서 우연히 러시아 미인을 만나게 된다. 그녀는 외모가 뛰어난 건 아니지만 우아한 동작, 아름다운 미소와 표정 등을 지니고 있었다. 하지만 이런 아름다움도 갑자기 시들어 버리고 변덕스러운 꽃가루처럼 흩어져 버린다는 생각에 서글픔을 느끼게 한다. 그리고 마샤를 만나고 나서 집으로 돌아가던 길에 느꼈던 허망함이 떠올랐다. 이 두 경험을 통해 '나'는 아름다움 역시 소멸한다는 사실을 깨달았다. 체호프는 두 미인들을 보고 감상에 젖는 '나'를 통해 어떠한 아름다움도 언젠가는 사라지고 말 운명이라는 점을 우리에게 전하고 있다.

서글픈 방랑의 끝에서 마주한 진실

체호프의 단편 중 가장 풍자적이며 조소적인 성격의 소설을 꼽으라면 아마 많은 이들이 〈메뚜기 같은 여자〉를 언급할 것이다. 왜냐하면 체호프가 올가 이바노브나 듸모프[7]에 대한 조소적인 입장을 소설의 제목과 듸모프라는 주인공 부부의 성(姓)에 반영하고 있기 때문이다.

제목처럼 올가는 한 사람에게 정착하지 못하고 목적 없이 이 사람 저 사람에게로 옮겨 다닌다. 그녀는 성실하고 순진한 남편 듸모프를 두고 화가 랴봅스끼와 그림 여행을 떠난다거나 다른 여인이 생긴 랴봅스끼와의 관계를 청산하지 못하는 등의 모습을 보인다. 또한 올가는 남편을 이해하려고 노력하지 않는다. 자신과 달리 예술에 관심이 없는 남편을 이상하게 여길 뿐이며, 그가 논문 심사에 통과해서 기뻐할 때조차 그에게 동조해 주지 않는다. 남편이 디프테리아로 죽어 갈 때야 올가는 눈물을 흘리며 이런 자신의 삶을 후회한다.

> 올가는 듸모프에게 말하고 싶었다. 무언가 실수가 있었다고. 모든 것을 아직 다 잃지는 않았다고. 인생은 아직 아름답고 행복해질 수 있다고. 그는 평범한 사람이 아니라 보기 드물게 훌륭한 사람이라고. 평생 그에게 감사하며 살겠다고. 또 기도하며 거룩한 경외감을 느끼며 살겠다고…….

---

7) 듸모프의 어원 'дым'은 연기(煙氣)라는 뜻이다.

"듸모프!"
이바노브나는 듸모프의 어깨를 붙들고 그가 더 이상 깨어날 수 없다는 사실을 믿지 못하겠다는 듯이 목 놓아 그를 불렀다.
"듸모프, 듸모프!"

앞에서 언급했듯이 남편의 성인 듸모프는 연기라는 단어에서 비롯되었다. 이러한 이름에서 유추할 수 있듯이, 듸모프는 지상에서 연기처럼 사라졌다. 올가의 몸부림은 이미 사라진 연기를 붙잡으려는 헛된 몸짓이라고 볼 수 있다.

이 작품을 통해 체호프는 사랑은 자신의 관심사를 강요하는 것이 아니라 상대방이 무엇에 관심이 있는지 알아 가는 과정이며, 사랑하는 동안 메뚜기처럼 여러 사람에게 눈길을 돌리지 말고 사랑하는 이와 끝까지 함께해야 한다고 말하고 있다.

익숙함과 평범함의 공포

아마 독자 대부분은 어느 장면이 '공포'스러운지 찾으며 작품을 읽을 것이다. 그런데 소설 속에서 드미뜨리 뻬뜨로비치가 말하는 공포는 뚜렷하게 드러나지 않는다. 그는 저승, 현실, 지루함 등에 무서움을 느낀다.

드미뜨리는 저승뿐만 아니라 이승도 무서워한다. 그는 보고 듣는 사실을 믿지 못하고 현실 자체를 두려워한다. 그 결과 드미뜨리는 아내를 비롯한 삶에 대해 정확히 알지 못한다고, 또 그 모든 게 끔찍하다고 생각한다. 이런 그의 이야기를 들으면서도 '나'는 그의 공포에 동감하지 못한다. 그런데 드미뜨리의 아내 마리야와 부적절한 관계에 놓이고 그 상황을 드미뜨리에게 들키게 되었을 때, 드미뜨리가 말하던 공포를 '나'도 느낀다.

BELAYA DACHA
A.P. CHEKHOV'S MEMORIAL ESTATE
1 ENTRANCE
2 BENCH OF MAXIM GORKY
3 SPRING
4 WELL
5 BAMBOO GROVE
6 ATLASS CEDARS
7 WATER VESSELS
8 WHITE DACHA (BELAYA DACHA)
9 WING (KITCHEN)
10 UPPER COURT
11 CHEKHOV'S MEMORIAL CYPRESS
A.CHEKHOV
MEMORIAL MUSEUM
IN YALTA

체호프 박물관 지도

"우리는 아는 게 부족해서 매일매일 실수하고 정의롭지 못하고 누군가를 비방하고 다른 사람의 시간을 잡아먹어. 필요도 없고 삶에 방해만 되는 헛된 일에 힘을 낭비하고 있는 것 같아. 이게 내겐 가장 두려운 일이야. 이 모든 일이 무엇을 위해, 누구를 위해 필요한 건지 알 수 없으니까. 친구, 난 사람들을 잘 모르고 그들이 두렵기도 하다네."

드미뜨리는 삶이 어떻게 진행될지 모른 채 살아가야 한다는 데에서 공포를 느낀 것이다. 이런 감정은 지극히 평범한 일상에서 우리 모두가 느끼는 존재론적이자 근원적인 공포다.

영원히 반복되는 삶의 무한궤도 속 고독한 영성의 비극

작가인 동시에 의사인 체호프는 소설들에서 질병 때문에 죽어 가는 주인공을 묘사하면서 삶의 전반적인 의미를 죽음 앞에서 재조명하곤 하는데, 〈주교〉는 그러한 특징을 잘 살린 작품이다.

주교도 보통의 인간처럼 영생(永生)을 추구한다. 언뜻 보면 주교는 종교적인 힘으로 죽음을 극복할 수 있는 강인한 존재인 것 같지만 그는 우리와 같은 평범한 인간이고 질병과 죽음으로부터 자유로울 수 없다. 게다가 육체적인 피로와 여러 사람들로부터의 시달림 또한 극복할 수 없는 연약한 노인이다. 또한 주교 이전에 한 인간으로서 외롭고 힘든 삶을 살았으며, 어린아이처럼 어머니의 사랑을 그리워한다. 그래서 주교로서의 정체성을 고민할 때 그의 모습은 더욱더 비극적으로 보인다.

집에 돌아와서 주교는 옷을 벗고 하느님께 기도도 올리지 않은 채 자리에 누웠다. 이제는 말도 할 수 없었고, 더 이상 서 있는 것도 무리인 듯했다. 담요로 몸을 감싸자 갑자기 외국으로 떠나고 싶은 마음이 샘솟았다! 삶이 더 주어진다면 이 초라하고 값싼 덧문들과 낮은 천장들을 보지 않게 되길 바랐다. 그리고 무거운 수도원의 공기도 느끼지 않았으면 했다. 단 한 명이라도 이야기를 나눌 수 있는 사람이 있다면 그는 자신의 영혼을 내어 줄 것이다!

주교이기에 그의 어깨에 지워졌던 많은 짐들은 그가 죽고 나서야 사라진다. 그리고 늘 그렇듯 사람들은 곧 주교를 잊어버리고 아무 일도 없었던 듯 이전과 같은 일상을 살아간다. 다만 그의 어머니만이 아들에 대한 기억을 간직한 채 시간과 싸워 나간다. 반드시 죽을 수밖에 없는 연약한 인간은 사랑하는 이의 기억 속에서만 영원한 삶을 누릴 수 있는 것이다.

주교의 죽음은 작품 속에서 일상의 궤도를 벗어나는 사건으로 그려진다. 하지만 한 인간의 죽음과 세상의 순환은 무관하다. 누군가가 삶의 궤도에서 사라져도 일상은 반복된다는 것은 주교의 죽음을 더욱 비극적으로 보이게 한다.

– 조혜경

토론·논술 문제편

학 습
목 표

평범함 속에 숨은 진실을 그려내는 안톤 체호프의 작품을 접해 보도록 한다.

1. 환몽구조 소설의 구조 및 현실의 실체를 대하는 태도를 생각해 본다.
2. 우연한 재채기가 관리를 죽음으로 이끈 요인과 사회적 배경을 추론해 본다.
3. 창작자와 비평가들의 소통 현장에서 발생하는 문제에 대하여 생각해 본다.
4. 돈이 지니는 의미를 개인이 추구해야 할 삶의 질과 관련시켜 생각해 본다.
5. 삶을 불행으로 이끄는 인간의 어리석음에 대하여 생각해 본다.
6. 체호프의 작품에서 드러난 '관계 단절 양상'에 대하여 논술해 본다.

○-○ 이해하기

거울

1_ 다음 상황에 어울리는 사자성어를 골라 봅시다.

> 그 후 넬리는 회색 배경 속에서 남편의 모습을 본다. 남편은 영지를 저당 잡혀 가면서 빌린 은행 대출금의 이자를 갚기 위해 매년 봄마다 돈을 구하러 다닌다. 차압을 피할 방법을 찾아내려고 그녀도 남편도 잠을 설쳐 가며 고통스럽게 머리를 굴려 본다.
>
> 이번에는 아이들을 바라본다. 감기와 성홍열, 디프테리아, 성적 부진, 그리고 이별 때문에 끊임없이 괴로워한다. 아이들 대여섯 중에 한 명은 틀림없이 죽고 말 것이다.

① 근묵자흑(近墨者黑)　② 역지사지(易地思之)　③ 설상가상(雪上加霜)
④ 고진감래(苦盡甘來)　⑤ 학수고대(鶴首苦待)

어느 관리의 죽음

2_ 체르뱌꼬프의 심리 상태로 적절한 것을 골라 봅시다.

> 체르뱌꼬프는 생각에 잠겼다.
>
> '저분께 침이 튀었나 보군! 직속상관도 아니고 남이긴 하지만 맘이 불편하니 꼭 사과해야겠어.'
>
> 체르뱌꼬프는 헛기침을 한 뒤 몸을 앞으로 숙여 5등 문관의 귀에 대고 속삭였다.
>
> "각하, 죄송합니다. 침을 튀겨 버렸네요……. 본의 아니게……."
>
> "괜찮아요. 괜찮습니다……."

① 직속상관도 아니고 남인데, 사과를 하다니 참 귀찮군.
② 타인을 불편하게 했으니 사과하는 건 예의라고 봐야지.
③ 재채기야 누구나 하는 건데, 그냥 넘어가도 되겠지.
④ 사과를 하는데도 받아주지 않는 걸 보니 참 사람이 별로군.
⑤ 작은 소리로 사과를 해서 싫어하는 걸 보니 사과는 큰 소리로 하는 거로군.

드라마

3_ 빈 칸에 들어갈 적절한 문장을 채워 봅시다.

> 무라슈끼나는 잔뜩 긴장했는지 붙잡힌 새처럼 바들거렸고, 원피스 이곳저곳을 뒤지더니 기름때가 묻은 크고 두꺼운 공책을 꺼냈다.
>
> (   ). 읽거나 들어야만 하는 남의 글들은 마치 자신의 얼굴에 겨누어진 대포 같았다. 그는 화들짝 놀라 공책을 쳐다보며 서둘러 말했다.
>
> "좋습니다. 놓고 가세요……. 읽어 볼게요."

베로치까

4_ 다음 상황에 대한 설명으로 바르지 않은 것을 골라 봅시다.

> 지난 4월 말 오그네프는 이곳 N지방으로 왔다. 가난하고, 여행과 사람들과의 만남에 익숙하지 않았던 그는 이곳으로의 이동이 내키지 않았다. 왜냐하면 이곳에서 무료함과 고독, 그리고 통계학에(그가 볼 때는 지금 모든 학문을 통틀어 통계학이 가장 전망이 밝다.) 대한 무관심과 맞닥뜨릴 것 같았기 때문이다. (중략)
>
> "이곳에서는 언제나 이런 공기를 마실 수 있는 걸까? 내가 오늘 도착해서 이렇게 느끼는 걸까?"
>
> (중략) 처음에 노인은 왜 이 젊은이와 통계학이 의회에 필요한 건지 이해할 수 없어서 이마를 찡그렸다. 하지만 젊은이가 노인에게 통계학 자료가 무엇이며 자료를 어디서 수집하였는지 자세히 설명하자 가브릴 뻬뜨로비치는 생기를 되찾고 미소까지 짓더니 아이처럼 호기심 어린 눈으로 그의 공책을 들여다보기 시작했다…….

① 오그네프는 N지방이 통계학에 무관심할 걸로 예상하고 이동이 내키지 않았다.
② N지방의 경치와 자연환경은 오그네프의 놀람과 경탄을 불러일으켰다.
③ 가브릴 뻬뜨로비치는 의회 의장으로서 처음부터 오그네프에게 호의를 보이고 환영했다.
④ 가난했던 오그네프에게 다른 지방으로 간다는 사실은 썩 내키지 않는 일이었다.
⑤ 오그네프의 태도에 가브릴 뻬뜨로비치는 호의적인 반응을 보이기 시작했다.

티푸스

5_ 끌리모프가 다음과 같은 환각 증상을 보이는 이유를 골라 봅시다.

> 장교는 전반적으로 자신의 상태가 별로라고 느꼈다. 소파가 몸을 받쳐 주고 있지만 그의 팔다리와는 맞지 않는 듯 어딘지 모르게 불편했다. 입은 말라붙어 끈적였고 머릿속은 짙은 안개로 가득한 듯했다. 생각이 머릿속뿐만 아니라 밤안개에 젖은 사람들과 소파 사이 그 어딘가를 떠돌아다니는 것 같았다. 사람들의 웅성거림과 바퀴가 부딪치는 소리, 문을 여닫는 소리가 머릿속에서 마치 꿈처럼 뒤섞였다. 종소리, 역무원의 호각 소리, 그리고 사람들이 정거장에서 뛰어가는 소리가 평상시보다 더 자주 들려왔다. 어느새 시간이 빠르게 지나갔다.

① 마음에 들지 않는 근무지인 모스크바로 이동하는 중이라서
② 맞은편에 앉은 핀란드인이 불편해서
③ 객실의 공기가 후텁하고 답답해서
④ 생계를 책임져야 할 가족들을 만나기가 불편해서
⑤ 자신도 모르는 사이에 티푸스에 감염되어서

내기

6_ 다음 빈칸에 들어갈 단어의 연결이 바른 것을 골라 봅시다.

> "(㉠)도 (㉡)도 겪어 보진 않았지만, 선험적으로 판단한다는 가정 아래 (㉠)이 (㉡)보다는 더 윤리적이고 인간적일 듯합니다. (㉠) 제도는 사람을 단칼에 죽이지만 (㉡)은 천천히 죽이는 셈이니까요. 어떠한 형벌이 더 인간적일까요? 당신을 몇 분 만에 죽이는 쪽일까요, 아니면 긴 시간 동안 생명만 연명하게 해주는 쪽일까요?"
> "둘 다 비윤리적입니다." 손님들 중 누군가가 말했다.

① 사형–종신형 ② 종신형–사형 ③사형–감금형
④ 유배형–사형 ⑤ 유배형–감금형

미인들

7_ 다음 상황에서 서술자가 느낀 감정으로 가장 가까운 것을 골라 봅시다.

> 그녀가 아름다운 모습으로 내 눈앞에 나타날 때마다 내 슬픔은 점점 더 커져 갔다. 나 자신도, 소녀도, 그리고 소녀가 왕겨의 먼지를 헤치고 짐마차로 뛰어가는 모습을 매번 슬픈 눈으로 바라보는 우크라이나인도 가엾다는 생각이 들었다. 내 마음속에 소녀의 아름다움에 대한 질투심이 일기라도 한 걸까. 아니면 그녀가 내 사람이 아니고, 앞으로도 그럴 수 없으며, 그녀에게는 내가 타인일 뿐이라는 사실이 그냥 유감스러운 걸까. 그것도 아니면 소녀의 보기 드문 아름다움이 지상의 모든 것처럼 우연적이고 불필요하며 영원하지 않다고 느꼈던 것일까. 어쩌면 내 슬픔은 인간이 진정한 아름다움에 대해 생각할 때 느끼는 묘한 감정이었을 수도 있다. 누가 알겠는가!

① 미녀를 만난 사실에 대한 경탄
② 소년이 소녀를 만났을 때 느끼는 호기심
③ 까닭 모를 우수와 슬픔
④ 헤어지면 다시 볼 수 없다는 아쉬움
⑤ 소녀의 아름다움에 대한 부러움

메뚜기 같은 여자

8_ 이 작품을 감상한 후의 반응 중 〈보기〉의 관점과 거리가 먼 것을 골라 봅시다.

> 보기
>
> 소설은 특정한 인물이 경험하는 사건에 대해 서술하지만 그것을 통해 말하고자 하는 것은 인간과 사회의 보편적인 모습이다.

① 일상의 소소한 가치를 놓치면 안 되겠군.
② 인생에서 소중한 것이 무엇인지 생각해 봐야겠군.
③ 주변의 평판이나 판단에 너무 연연하면 안 되겠군.
④ 오래전 러시아를 배경으로 한 작품이라 공감이 어렵군.
⑤ 때늦은 후회를 하지 않도록 지금의 삶에 충실해야겠군.

공포

9_ 제시문의 상황에 어울리는 사자성어를 골라 봅시다.

> 내 머릿속에서 떠나지 않던 드미트리 뻬뜨로비치의 공포가 내게 스며들었다. 이미 벌어진 일들을 곰곰이 생각해 봤지만 아무것도 이해할 수 없었다. 까마귀들이 날아가는 모습을 보며 이상하고 끔찍하다고 느꼈다.
>
> "왜 그런 짓을 저질렀을까?"
>
> 난 당혹감에 빠져 절망스럽게 자문했다. "왜 하필 이런 식으로 일이 발생한 걸까? 왜 다른 방식으로 일어나지 않았을까? 누구를 위해, 그리고 무엇을 위해 나를 향한 그녀의 사랑은 그토록 진지했으며 그는 내 방에 모자를 가지러 와야만 했나? 이 일과 모자가 무슨 상관이 있을까?"

① 불가사의(不可思議) ② 심사숙고(深思熟考) ③ 천려일실(千慮一失)
④ 구우일모(九牛一毛) ⑤ 결자해지(結者解之)

주교

10_ 다음 장면에서 드러나는 주교의 심리를 서술해 봅시다.

> "주교님께서 자리를 비우신 사이 어머님께서 다녀가셨습니다."
>
> 주교가 수도원으로 들어설 때 평수사가 보고했다.
>
> "어머니가? 언제 오셨나?"
>
> "저녁 예배 전에요. 주교님이 어디로 가셨는지 묻더니 여자 수도원으로 가셨습니다."
>
> "그러니까 내가 조금 전 교회에서 본 분이 정말 어머니라는 이야기군. 오, 하느님!"
>
> 주교는 기뻐서 웃기 시작했다.

① 피곤하고 힘든 상황의 방문이 주는 귀찮음
② 서먹한 어머니에 대한 불편함
③ 부양을 해야 한다는 의무감과 부담감
④ 오랜만에 본 어머니에 대한 반가움
⑤ 자신을 피해 여관으로 간 서운함

생각하기

Step 1 삶의 이면 [거울]

제시문을 읽고, 물음에 답해 봅시다.

가-1 그녀가 제일 먼저 본 건 매력 넘치는 누군가의 부드러운 미소와 눈짓이다. 흔들리는 회색 배경 속에 머리 모양, 얼굴, 눈썹, 턱수염이 차례로 선명해진다. 그 사람은 바로 오랫동안 꿈꾸고 바라 왔던, 하늘이 정해 준 짝이다. 그 운명의 남자는 넬리에게 삶의 의미를 비롯해 개인의 행복, 출세, 운명 등 모든 것을 결정해 준 존재다. 만약 그가 없다면 넬리의 인생은 거울 속 회색 배경처럼 어두컴컴하고 공허하며 무의미해질 것이다. 따라서 자신에게 살며시 미소 짓는 아름다운 얼굴을 바라보면서 형언할 수 없는 달콤한 꿈을 꾸고 행복감을 느끼는 건 이상한 일이 아니다. 그 꿈은 말이나 글로 결코 표현할 수 없다. 더 나아가 그의 목소리를 들으며 그와 함께 한 지붕 아래에 살면서 자신과 그의 인생이 하나가 되는 모습을 상상해 본다. 회색 배경 속에서 달(月)이 지나가고 해(年)가 넘어간다……. <u>그런 식으로 넬리는 자신의 미래에 벌어질 모든 일을 상세하게 그려 본다.</u>

가-2 다시 어둠과 차가운 칼바람을 헤치고 얼어붙은 언덕을 달려가야만 한다. 몸과 마음이 모두 괴롭다. 자연은 이러한 고통에 대해 보상도, 기만도 하지 않는 사기꾼 같다…….

그 후 넬리는 회색 배경 속에서 남편의 모습을 본다. 남편은 영지를 저당잡혀 가면서 빌린 은행 대출금의 이자를 갚기 위해 매년 봄마다 돈을 구하러 다닌다. 차압을 피할 방법을 찾아내려고 그녀도 남편도 잠을 설쳐 가며 고통스럽게 머리를 굴려 본다.

이번에는 아이들을 바라본다. 감기와 성홍열, 디프테리아, 성적 부진, 그리고 이별 때문에 끊임없이 괴로워한다. 아이들 대여섯 중에 한 명은 틀림없이 죽고 말 것이다.

회색 배경은 죽음으로부터 자유롭지 못하다. 그 사실을 이해할 수는 있다. 남편과 아내가 동시에 죽어서는 안 된다. 둘 중 한 명은 무슨 일이 있어도 다른 이의 장례식을 치러 줘야만 한다. 넬리는 남편의 죽음을 지켜본다. 이 끔찍한 불행은 그녀의 모든 일상에 세세하게 스며든다. 무덤, 양초, 목사님, 그리고 무덤 앞에 남은 발자국까지 바라본다.

– 안톤 파블로비치 체호프, 조혜경 옮김, 〈거울〉

나 조신은 장원에 이르러 태수 김흔의 딸을 깊이 연모하게 되었다. 여러 번 낙산사의 관음보살 앞에 나가 남몰래 인연을 맺게 해 달라고 빌었으나 몇 년 뒤 그 여자에게 배필이 생겼다. 조신은 다시 관음 앞에 나아가 관음보살이 자기의 뜻을 이루어 주지 않았다고 원망하며 날이 저물도록 슬피 울었다. 그렇게 그리워하다 지쳐 얼마 뒤 선잠이 들었다. 꿈에 갑자기 김 씨의 딸이 기쁜 모습으로 문으로 들어오더니, 활짝 웃으며 말했다.

"저는 일찍이 스님의 얼굴을 본 뒤로 사모하게 되어 한순간도 잊은 적이 없었습니다. 부모의 명을 어기지 못해 억지로 다른 사람의 아내가 되었지만, 이제 같은 무덤에 묻힐 벗이 되고 싶어서 왔습니다."

조신은 기뻐서 어쩔 줄을 모르며 함께 고향으로 돌아가 사십여 년을 살면서 자식 다섯을 두었다. 그러나 집이라곤 네 벽뿐이요, 콩잎이나 명아줏국 같은 변변한 끼니도 댈 수 없어 마침내 실의에 찬 나머지 가족들을 이끌고 사방으로 다니면서 입에 풀칠을 하게 되었다. (중략) 강릉 해현령을 지날 때 열다섯 살 된 큰아들이 굶주려 그만 죽고 말았다. 조신은 통곡하며 길가에다 묻고, 남은 네 자식을 데리고 우곡현에 도착하여 길가에 띠풀로 엮은 집을 짓고 살았다. 부부가 늙고 병들고 굶주려 일어날 수 없게 되자, 열 살 난 딸아이가 돌아다니며 구걸을 했다. 그러다가 마을의 개에 물려 부모 앞에서 아프다고 울며 드러눕자 부모는 탄식하며 하염없이 눈물을 흘렸다. 부인은 눈물을 씻더니 갑자기 말했다.

"내가 처음에 당신을 만났을 때는 얼굴도 아름답고 꽃다운 나이에 옷차림도 깨끗했습니다. 한 가지 맛있는 음식이라도 나누어 먹었고, 몇 자 되는 따뜻한 옷감이 있으면 당신과 함께 해 입었습니다. 집을 나와 함께 산 오십 년 동안 정분은 가까워졌고 은혜와 사랑은 깊었으니 두터운 인연이라고 할 수 있습니다. 그러나 몇 년 이래로 쇠약해져 병이 날로 더욱 심해지고 굶주림과 추위도 날로 더해 오는데, 곁방살이에 하찮은 음식조차 빌어먹지 못하여 이 집 저 집에서 구걸하며 다니는 부끄러움은 산과 같이 무겁습니다. (중략) 당신이나 나나 어째서 이 지경이 되었는지요. 여러 마리의 새가 함께 굶주리는 것보다는 짝 잃은 난새가 거울을 보면서 짝을 그리워하는 것이 낫지 않겠습니까? 힘들면 버리고 편안하면 친해지는 것은 인정상 차마 할 수 없는 일입니다만 가고 멈추는 것 역시 사람의 마음대로 되는 것이 아니고, 헤어지고 만나는 데도 운명이 있는 것입니다. 이 말에 따라 이만 헤어지기로 합시다."

조신이 이 말을 듣고 기뻐하여 각기 아이를 둘씩 나누어 데리고 떠나려 하는데 아내가 말했다.

"저는 고향으로 향할 것이니 당신은 남쪽으로 가십시오."

그리하여 조신은 이별을 하고 길을 가다가 꿈에서 깨어났는데 희미한 등불이 어른거리고 밤이 깊어만 가고 있었다. 아침이 되자 수염과 머리카락이 모두 하얗게 세어 있었다. 조신은 망연자실하여 세상일에 전혀 뜻이 없어졌다. 고달프게 사는 것도 이미 싫어졌고 마치 백 년 동안의 괴로움을 맛본 것 같아 세속을 탐하는 마음도 얼음 녹듯 사라졌다. 그는 부끄러운 마음으로 부처님의 얼굴을 바라보며 깊이 참회하는 마음이 끝이 없었다. 돌아오는 길에 해현으로 가서 아이를 묻었던 곳을 파 보았더니 돌미륵이 나왔다. 물로 깨끗이 씻어서 가까운 절에 모시고 서울로 돌아와 장원을 관리하는 직책을 사임하고 개인 재산을 털어 정토사를 짓고서 수행했다. — 일연, 《삼국유사》

다 자코메티는 인간이면 필연적으로 경험할 수밖에 없는 삶의 불안과 두려움에 초점을 맞추었다. 죽음에 대한 불안과 두려움으로부터 어느 누구도 자유로울 수 없다. 오히려 인간은 역설적으로 죽음의 공포를 적극적으로 수용함으로써 매 순간 자신에게 의미 있는 삶의 방식을 선택한다. "실존은 본질에 선행한다."라는 것은 주어진 순간에 어떻게 살아야 하는가를 끊임없이 고민하고 판단하며 삶의 의미를 찾는 주체로서의 인간을 말하는 것 아닌가.

가늘고 긴 형상, 질량은 배제되어 정신만이 남아 있는 일련의 인간 시리즈는 이렇게 태어났다. 그는 물리적이고 구체적인 형상을 배제함으로써 극한의 한계 상황에 처한 인간의 존재론적 고독을 가늘고 긴 뼈대의 입상들로 치열하게 그려냈다. 그에겐 연장을 갖는 신체보다 사유하는 영혼이 중요했으리라. 입상들은 세계 속에 홀로 던져진 인간의 불안을 극대화한다. 그는 거추장스러운 육신, 물질적인 질감을 완벽하게 제거하여 철저한 고독자로서의 인간의 속성을 처절하게 재현했다. 인간의 절대적 고독은 부피와 질량을 완벽하게 제거할 때 가능하다.

인간의 가시적 성질들은 본질을 덮은 외관에 지나지 않는다. 그는 한계 상황에 처한 인간을 드러내기 위해서 머리를, 팔을, 마침내 전부를 제거해 버림으로써 절대 고독자로서의 인간을 고통스럽게 드러냈다. 가시적 외연을 제거할 때 실존적 인간으로서의 의식이 명료하게 수면 위로 부상한다. 인간은 의식이다. — 조용훈, 《탐미의 시대》

라 전통적으로 철학자들이 흔히 사유의 범주로 고려한 관념들과 달리, 실존주의자들은 개인의 주관적 경험의 특성을 열거한다. 그들은 번민, 절망, 외로움, 죄의식, 불안, 공포에 관하여 이야기한다. 그들이 이런 상태에 관해 끊임없이 이야기하는 주된 이유는 인간이 자신의 삶 속에서 스스로를 발견해야 하는 부담을 지고 있기 때문이다. 삶의 무력감과 불안정을 깨닫고 모든 사람은 언젠가 반드시 죽는다는 것을 인식하는 것은 삶이 의미 없고 덧없는 꿈과 다를 바 없다는 허무감을 산출한다. 번민과 우울함은 인간을 절망에 이르게 하고, 이것은 개인의 삶에서 심각한 위기를 야기한다. (중략)

사르트르는 실존이 본질에 선행한다고 하였다. 주체적으로 사고하고 판단할 수 있는 인간은 만들어진 물건과 같은 방식으로 설명될 수 없다. 만들어진 대상물의 경우에 우리는 그것이 만들어지기 전에 만드는 사람이 어떤 목적을 위하여 그것을 만든다고 생각하는 데 익숙하다. 유신론자(有神論者)들은 종종 인간을 이런 방식으로 설명한다. 그러나 인간은 신의 이미지로 창조된 것이 아니다. 인간은 실존하는 존재이며, 그것이 우리가 말할 수 있는 전부이다.

모든 인간에게 공통적이고 본질적인 인간성 같은 것은 존재하지 않는다. 개인들은 모두 자신의 본성을 만들어가고 있으며, 따라서 자신의 현재 모습에 대하여 책임을 져야 한다. 인간은 선택의 자유를 가지고 있다. 이 자유는 인간에게는 고정불변의 본성이 있다는 것과 같은 관념에 의해서 제한되지 않는다. 마찬가지로 자유는 인간에게 달성해야 할 어떤 목적이 있다는 것과 같은 관념에 의해서도 제한되지 않는다. 인간의 실존은 언제나 먼저 있다. 즉, 인간의 본성은 미리 정의될 수 없다. 왜냐하면 그것은 미리 생각되어질 수 없기 때문이다. 인간은 이 세계에 내던져 있는 존재이다. 그는 자신에게 열려 있는 많은 대안들 중에서 어떤 것을 자유롭게 선택하고 그 결과에 대하여 책임을 짐으로써 자신의 본성을 주체적으로 만들어간다. (중략) 삶이 어떤 의미를 가질 것인가는 인간이 일상적 삶에서 마주치는 많은 문제들을 그가 어떻게 대처하는가에 따라서 결정된다. 삶은 모순 덩어리이고 비극적인 요소들을 많이 가지고 있다. 절망과 번민을 경험하는 인간은 무가 그를 감싸 버리는 것이 아닐까 두려워한다. 이러한 공포감은 그가 삶의 상황들을 당당하고 용기 있게 대할 때 비로소 극복될 수 있다.

– 정해창 외, 《형이상에 대한 동서양의 철학적 접근》

• 외연(外緣) : 가장자리나 둘레.

1_ 가-1에서 밑줄 친 부분이 가-2의 꿈에서 어떻게 드러나는지 말해 봅시다.

2_ 가와 나 작품의 공통점과 차이점을 말해 봅시다.

3_ 제시문 ㉰에 나타는 인간의 문제를 제시문 ㉱의 철학자는 어떻게 해결하기를 권하는지 설명해 봅시다.

....

....

....

....

....

....

도움주기

환몽구조

환몽구조는 꿈속에서 새로운 세계를 경험하고 깨어나 깨달음을 얻는 서사적 기법이다. 구성은 '현실-꿈-현실'과 같으며, 꿈속에서 주인공은 희망하던 바가 실현되거나 새로운 인물로 태어나기도 한다. 환몽구조의 효과는 이야기의 허구성을 강화하고, 꿈과 현실의 대비를 통해 주제를 적극적으로 구현할 수 있으며, 삶의 허망함이나 무상함을 강조할 수 있다. 고전소설 중에서 환몽 구조를 가진 작품으로는 〈조신설화〉, 김만중의 《구운몽》 등이 대표적이다. 〈조신설화〉는 승려인 조신이 꿈에서 결혼을 하고 힘든 삶을 보낸 후에, 잠에서 깨어난 후 불교적 깨달음을 얻는 내용이다.

Step 2 보이지 않는 구속

제시문을 읽고, 물음에 답해 봅시다.

가-1 체르뱌꼬프는 헛기침을 한 뒤 몸을 앞으로 숙여 5등 문관의 귀에 대고 속삭였다.

"각하, 죄송합니다. 침을 튀겨 버렸네요……. 본의 아니게……."

"괜찮아요. 괜찮습니다……."

"정말, 죄송합니다. 그러니까…… 제가 바란 일은 아니었습니다."

"아, 앉으세요. 제발! 오페라나 듣죠!"

체르뱌꼬프는 당황해서 바보처럼 웃으며 무대를 바라보기 시작했다. 그는 앞을 주시했지만 이제 더 이상 행복하지 않았다. 불안한 마음 때문에 기분은 엉망이 되었다. 쉬는 시간에 체르뱌꼬프는 브리즈잘로프의 옆으로 다가가 수줍음을 무릅쓰고 중얼거리기 시작했다.

"각하, 제가 각하께 침을 튀기고 말았습니다……. 용서해 주십시오……. 전 정말…… 일부러 그런 게 아니라……."

"아, 그만하세요……. 벌써 잊었어요. 같은 일을 거듭 말하고 있으니, 원!" 브리즈잘로프는 이렇게 말하고는 짜증스레 아랫입술을 실룩거렸다. 체르뱌꼬프는 의심스러운 눈빛으로 그를 바라보며 생각했다.

가-2 다음 날 체르뱌꼬프는 새 제복을 입고 이발도 한 뒤 브리즈잘로프에게 사과하러 갔다…….

그의 집에는 이미 많은 청원자들이 와 있었다. 체르뱌꼬프는 청원자들에 둘러싸여 이제 막 청원을 접수받기 시작한 5등 문관을 발견했다. 몇몇 청원자들에게 질문을 하고 나서 브리즈잘로프는 눈을 들어 체르뱌꼬프를 바라보았다. 회계 검사관은 입을 열었다.

"각하, 기억하십니까. 어제 '아르카디아' 극장에서 제 재채기에……우연히 침을 맞으셔서…… 죄송……."

"별 시답잖은……. 하느님만 아실 일이오! 다음 분은 뭐가 필요하죠?"

(중략) 체르뱌꼬프는 집으로 가는 동안 내내 이 일만 곱씹었다. 그러나 브리즈잘로프에게 편지를 쓰지 않았다. 생각에 생각을 거듭했지만 편지를 쓸 수 없었다. 다음 날 그는 직접 해명하러 가야만 했다. 5등 문관이 체르뱌꼬프를 왜 또 왔냐는 듯한 눈으로 쳐다보자 그는 더듬거리며 말하기 시작했다.

"각하, 제가 어제 찾아와 심려를 끼쳐 드렸네요. 각하 말씀대로 비웃으려는 의도는 없었습니다. 제가 어떻게 감히 각하를 비웃을 수 있겠습니까? 비웃는다는 것은, 그러니까 어떠한 존경심도 없이 행동하는 것이지요……. 하지만 저는 결코 그러지 않았습니다……."

"꺼져!!"

5등 문관은 자리에 앉은 채로 몸을 떨다가 갑자기 고함을 질렀다.

"네?"

5등 문관의 태도에 무서워진 체르뱌꼬프는 어리둥절해하며 속삭이듯 물었다.

"꺼지라고!!"

5등 문관은 발을 구르며 다시 한 번 말했다.

– 안톤 파블로비치 체호프, 조혜경 옮김, 〈어느 관리의 죽음〉

나 관료제는 명령과 복종의 지휘 계통이 엄격하고 권한과 책임에 따라 위계가 서열화되어 있는 피라미드형 조직 형태이다. 또한 모든 활동은 일관된 절차와 규칙에 따라 업무를 수행하며, 사무 처리가 문서에 의해 이루어진다. 관료제는 문서화된 규칙을 기초로 확립된 분업화와 계층화된 조직구조이다. 관료제하에서는 각 구성원이 계층화된 위계질서를 가지고, 업무를 세분화하여 그 업무를 한정된 관할권을 가진 사람들에게 배정하고, 인간관계가 아닌 일저안 규칙과 절차에 따라 업무를 처리하게 된다. 관료제는 분업화와 계층화된 조직구조이기에 몇 가지 문제점이 있다. 관료제는 경제성을 목표로 하지만 오히려 비능률을 유발할 수 있다. 또한 개인의 창의성과 자율성을 발휘할 기회를 주지 않고, 인간을 수단화하는 인간 소외 현상을 유발한다. 그리고 규약과 절차에 따른 일처리 방식으로 인해 목적 전치 현상을 초래하거나 무사안일주의를 야기하기도 한다.

–《고등학교 사회·문화》

다 종합 병원에 가면 진료를 받는 과정이 너무 복잡하다. 진료 카드를 어렵게 작성한 다음, 차례를 기다려 진료 창구에 접수한다. 간신히 순서가 돌아오지만 어떤 때는 진료 카드를 잘못 써서 퇴짜를 맞기도 한다. 어렵게 접수가 되어 내과로 가라고 하면 내과를 찾아가 담당 간호사에게 다시 접수하고 또 한참을 기다려야 한다. 진료를 받지만, 어쩌다 검사라도 하면 검사실에 가서 다시 접수하고 또다시 기다려야 한다. 진료를 마치면

수납 창구로 가서 또 길게 줄을 서서 진료비를 낸 다음, 다시 약국으로 가서 약을 받으면 벌써 반나절이 다 지나 있다.

– 《고등학교 사회·문화》

라 어제 S병원 병실에서 본 일이다. A라는 7, 8세밖에 안 된 귀여운 소녀가 죽어 나갔다. 적리(赤痢, 급성 전염병인 이질의 하나)로 하루는 집에서 앓고, 그 다음 날 하루는 병원에서 앓고, 그리고 그 다음 날 오후에는 시체실로 떠메어 나갔다. 사흘 밤낮을 지키고 앉아 있었던 어머니는 아이가 운명하는 것을 보고, 죽은 애 아버지를 부르러 집에 다녀왔다. 그동안 죽은 애는 이미 시체실로 옮겨가 있었다. 부모는 간호부더러 시체실을 알려 달라고 청하였다.

"시체실은 자물쇠 다 채우고 아무도 없으니까, 가 보실 필요가 없어요."하고 간호부는 톡쏘아 말하였다. 퍽 싫증 난 듯한 목소리였다.

"아니, 그 애를 혼자 두고 방에 자물쇠를 채워요"라고 묻는 어머니의 목소리는 떨리었다.

"죽은 애 혼자 두면 어때요"라고 다시 톡 쏘는 간호부의 목소리는 얼음같이 싸늘하였다. 이야기는 간단히 이것이다. 그러나 나는 그때 몸서리쳐짐을 참을 수가 없었다. '죽은 애를 혼자 둔들 어떠하리!' 사실인즉 그렇다. 그러나 그것을 염려하는 어머니의 심정! 이 숭고한 감정에 동정할 줄 모르는 간호부가 나는 미웠다. 그렇게까지도 간호부는 기계화되었는가? 나는 문명화한 기계보다도 야만인 인생을 더 사랑한다. 과학적으로 볼 때, 죽은 애를 혼자 두는 것이 조금도 틀릴 것이 없다. 그러나 어머니로서 볼 때에는 …….

– 주요한, 〈미운 간호부〉

1 가를 토대로 체르뱌꼬프가 자신의 행위에 대한 용서를 비는 과정을 말해 봅시다.

1단계	공연 중	"정말, 죄송합니다. 그러니까……"는 미안함 표현
2단계		
3단계		
4단계		

2_ 체르뱌꼬프가 반드시 용서를 구해야한다고 결심한 이유를 나를 토대로 말해 봅시다.

3_ 만일 자신보다 낮은 직책이나 계급의 경우에도 체르뱌코프가 동일한 행위를 했을지 생각해 봅시다.

동일하게 용서를 구했을 것이다.	용서를 구하지 않았을 것이다.

4_ 제시문 다와 라에서 나타난 관료제의 폐해를 생각해 보고, 이에 대한 개선 방안을 말해 봅시다.

Step 3 창작물에 대한 태도

제시문을 읽고, 물음에 답해 봅시다.

가 빠벨 바실리예비치는 부인의 낭독을 들으며 자신의 소파를 떠올렸다. 그리고 이내 슬퍼졌다. 사악한 표정으로 무라슈끼나를 바라보던 빠벨은 그녀의 테너 같은 목소리가 고막을 두드리는 것 같다고 느꼈다. 그는 드라마를 단 한 줄도 이해하지 못했고 곧 다른 생각에 빠져들었다.

'악마가 잡아가길……. 이 허접한 작품을 들을 필요가 있는 걸까! 음, 저 여자가 쓴 드라마인데 왜 내가 벌을 받아야 하지? 하느님, 공책의 두께를 좀 봐! 이건 벌이야!'

빠벨 바실리예비치는 아내의 초상화가 걸려 있는 벽을 바라보며 아내가 끈 5아르신과 치즈 1푼트, 그리고 치약을 사서 별장에 가져다 달라고 부탁한 일을 떠올렸다.

'어떻게 해야 샘플 끈을 잊어버리지 않을까? 어디에 놓았더라? 파란 양복 주머니에 넣은 것 같긴 한데…… 저 빌어먹을 파리들이 아내의 초상화에 다닥다닥 붙어 있으니 꼭 얼굴에 점이 찍힌 듯하네. 올가에겐 유리창을 닦으라고 하고…… 이제야 12장이라니. 곧 1막은 끝나겠네. 이렇게 더운 날씨에 저 뚱뚱한 몸에서 정말 영감이 나오긴 할까? 드라마 집필보다 차라리 시원한 냉국을 마시고 지하실에서 한숨 자는 것이 낫지 않나…….' (중략)

빠벨 바실리예비치는 마치 형을 선고받고 사면이 불가능하다는 것을 확신한 사람처럼 더 이상 낭독이 끝나기를 기다리지 않았다. 아무것도 바라지 않았다. 다만 눈이 감기지 않고 자신의 얼굴에서 집중하는 표정이 사라지지 않도록 노력할 뿐이었다……. 부인이 드라마 낭독을 끝내고 떠날 시간은 아직도 까마득하게 멀어서 그건 생각조차 하지 않았다.

"뜨루, 뚜, 뚜, 뚜……."

무라슈끼나의 목소리가 그의 귓가에 울려 퍼졌다.

"뜨루, 뚜, 뚜…… 지지지지……."

빠벨 바실리예비치는 생각했다.

'탄산수 마시는 걸 깜빡했네. 무슨 생각을 하고 있었지? 그래, 아, 탄산수에 대해…… 아무래도 위염인가 봐……. 하루 종일 보드카를 마시는 스미르노프스끼에게 지금까지 염증이 없다니…… 놀라운 일이야. 창가에 앉은 저 새는…… 참새인가…….'

빠벨 바실리예비치는 졸린 눈을 감지 않기 위해 애썼고, 입을 벌리지 않은 채 하품하며 무라슈끼나를 바라보았다. 어슴푸레해진 그녀의 모습이 눈앞에서 어른거리더니 어느새 머리가 세 개로 분리되어 천장에 붙어 있는 것처럼 보였다……. (중략)

빠벨 바실리예비치는 주위를 거칠게 둘러본 후 자리에서 일어났다. 그러더니 가슴에서 무언가가 끓어오르는 듯 괄괄한 목소리로 소리를 질렀다. 그러고 나서 이성을 잃은 듯 책상에 놓여 있던 무거운 **문진**을 집어 들고 그것으로 무라슈끼나의 머리를 후려쳤다. 빠벨은 잠시 뒤 들어온 하인에게 말했다.

"날 잡아가. 내가 저 여자를 죽였어!"

배심원들은 그를 무죄로 **평결**했다. – 안톤 파블로비치 체호프, 조혜경 옮김, 〈드라마〉

나 글이란 뜻을 드러내면 족하다. 글을 지으려 붓을 들기만 하면 옛말에 어떤 좋은 말이 있는가를 생각한다든가 억지로 경전의 그럴듯한 말을 뒤지면서 그 뜻을 빌려와 근엄하게 꾸미고 매 글자마다 엄숙하게 보이도록 만드는 사람은, 마치 화공을 불러 초상화를 그릴 때 용모를 싹 고치고서 화공 앞에 앉아 있는 자와 같다. 눈을 뜨고 있되 눈동자는 움직이지 않으며 옷의 주름은 쫙 펴져 있어 평상시 모습과 너무도 다르니 아무리 뛰어난 화공인들 그 참모습을 그려 낼 수 있겠는가.

글을 짓는 일이라고 해서 뭐가 다르겠는가. 말이란 꼭 거창해야 하는 건 아니다. 도(道)는 아주 미세한 데서 나뉜다. 도에 합당하다면 기와 조각이나 돌멩이인들 왜 버리겠는가. 글을 짓는 건 진실해야 한다. (중략)

꼭 **이명**(耳鳴)이나 코골이와 비슷하다.

한 아이가 뜰에서 놀다가 갑자기 '왜앵'하고 귀가 울자 '와!'하고 좋아하면서 가만히 옆의 동무에게 이렇게 말했다.

"얘, 이 소리 좀 들어봐! 내 귀에서 '왜앵'하는 소리가 난다. 피리를 부는 것 같기도 하고 생황을 부는 것 같기도 한데 소리가 동글동글한 게 꼭 별 같단다." 그 동무가 자기 귀를 갖다 대 보고는 아무 소리도 안 들린다고 하자, 아이는 답답해 그만 소리를 지르며 남이 알지 못하는 걸 안타까워했다.

언젠가 어떤 시골 사람과 한 방에서 잤는데 그는 드르렁드르렁 몹시 코를 골았다. 그 소리는 토하는 것 같기도 하고, 휘파람을 부는 것 같기도 하고, 탄식하는 것 같기도 하고, 한숨 쉬는 것 같기도 하고, 푸우 하고 입으로 불을 피우는 것 같기도 하고, 보글보글 솥이 끓는 것 같기도 하고, 빈 수레가 덜커덩거리는 것 같기도 했다. 숨을 들이쉴 땐

톱질하는 소리 같고, 숨을 내쉴 땐 돼지가 꿀꿀거리는 소리 같았다. 하지만 내가 흔들어 깨우자 발끈 성을 내며 이렇게 말했다.

"나는 그런 적 없소이다!"

쯧쯧! 어찌 코와 귀에만 이런 병통이 있겠는가! 글의 경우는 이보다 더 심하다. 이명은 병이건만 남이 알아주지 않는다고 답답해하니 병이 아닌 경우에는 말할 나위가 있겠는가! 코를 고는 것은 병이 아니건만 남이 흔들어 깨우면 골을 내니 병인 경우에는 말할 나위가 있겠는가! 그러므로 독자가 이 책을 하찮은 기와 조각이나 돌멩이처럼 여겨 버리지 않는다면 진실함을 볼 수 있으리니, 설사 이명은 듣지 못하더라도 나의 코골이를 일깨워 준다면 그것이 아마도 나의 본의(本意)일 것이다. – 박희병, 《연암을 읽는다》

다 창작은 오직 독서를 통해서만 완성된다. 작가는 자기가 시작한 작품의 완성을 독자에게 맡기지 않으면 안 되며, 작가가 작품의 본질적 요소로 파악되는 것은 오로지 독자의 의식을 통해서만 가능하다. 따라서 문학작품은 하나의 호소다. 작품을 쓴다는 것은 작가가 언어라는 수단을 통해 자신이 드러내고자 한 바를 독자에게 객관적 현실로 만들어 달라고 '호소'하는 것이다. 작가는 다만 독자에게 호소할 뿐이고, 그의 작품이 어떤 효과를 가지려면 독자가 자유롭게 그 작품을 갱신해야 한다.

– 서울대 2023년 수시 면접 제시문

라 한 시인이 "내가 쓴 시가 나온 대입 문제를 풀어 봤는데 작가인 내가 틀렸다."고 말했다. 그가 풀어 본 것은 수능 모의고사 문제였다. 그는 "작가의 의도를 묻는 문제를 진짜 작가가 모른다면 누가 아는 건지 참 미스터리"라며 쓴소리를 했다. 작품과 문제는 다음과 같다.

아마존 수족관 열대어들이
유리벽에 끼어
헤엄치는 여름밤
세검정 길,
장어구이집 창문에서 연기가 나고
아스팔트에서 고무 탄내가 난다.

열난 기계들이 길을 끓이면서
질주하는 여름밤
상품들은 덩굴져 자라나며 색색이 종이꽃을 피우고 있고
철근은 밀림, 간판은 열대지만
아마존 강은 여기서 아득히 멀어
열대어들은 수족관 속에서 목마르다.

변기 같은 귓바퀴에 소음 부엉거리는
여름밤
열대어들에게 시를 선물하니
노란 달이 아마존 강물 속에 향기롭게 출렁이고
아마존 강변에 후리지아 꽃들이 만발했다.

– 최승호, 〈아마존 수족관〉

〈문제〉 교내 축제에서 위의 시를 원작으로 한 무용을 공연하기 위해 토의한 내용이다. 적절하지 않은 것은?

① 여러 명의 무용수들이 좁은 공간에 모여서 무질서하게 춤을 추도록 합시다.
② 복잡하고 시끄러운 도시의 길거리가 느껴지도록 세트를 구성하고 시끄러운 음악을 사용합시다.
③ 물고기가 헤엄을 치다가 유리벽에 부딪히는 듯한 동작을 반복하면 원작의 내용이 잘 표현될 거예요. [시인의 정답]
④ 무대는 전체적으로 화려하게 하되, 더운 느낌을 주는 조명을 사용하면 원작의 분위기를 잘 살릴 수 있을 겁니다.
⑤ 처음에는 흰색 의상을 입은 무용수를 등장시키고, 마지막에는 검은색 의상을 입은 무용수를 등장시키면 주제가 부각될 거예요. [교육청 정답]

- **문진**(文鎭) : 책장이나 종이쪽이 바람에 날리지 아니하도록 눌러두는 물건. 쇠나 돌로 만든다.
- **평결하다** : 평론하거나 평가하여 결정하다.
- **이명**(耳鳴) : 몸 밖에 음원(音源)이 없는데도 잡음이 들리는 병적인 상태.

1 제시문 ㉮에서 '빠벨'이 '무라슈끼나'의 작품을 대하는 태도를 정리해서 말해 봅시다.

2 제시문 ㉮에서 배심원이 내린 '무죄판결'의 이유에 대하여 생각해 보고, 배심원의 판결에 동의하는지 입장을 정해 말해 봅시다.

배심원의 무죄 판결에 동의한다.	배심원의 무죄 판결에 동의하지 않는다.

3_ 제시문 ㉯에서 '이명'과 '코골이'가 창작자와 독자의 관계를 어떻게 보는지 말해 보고, 제시문 ㉰의 관점에서 제시문 ㉱의 시인의 태도를 비판해 봅시다.

Theme 01_ 러시아 관등제

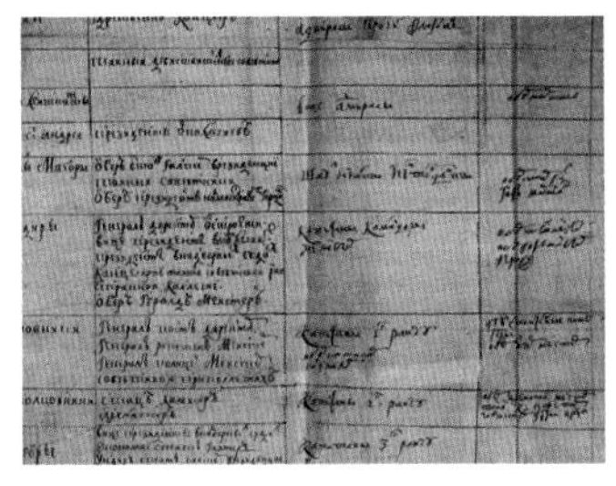

▲《관등표》 사본. 총 14개의 관등이 있고 문관과 무관, 그리고 내관으로 구분되는데 무관일 경우 다시 육군과 해군으로 분류됐다.

러시아 관등제는 1722년 러시아 제국의 개혁 군주 표트르 대제가 도입한 개혁 정책이었다. 당시 러시아의 지배 계층은 보야르(боярин)로 불리는 세력이었다. 이들은 토지를 권력 기반으로 둔 세습 귀족으로, 서유럽의 봉건제 영주와 같이 자신의 토지에서 강력한 권한을 행사하고 있었다. 관등제는 보야르와 중앙 집권적인 관료 체제를 형성하려던 표트르 대제 사이의 권력 갈등 과정에서 생긴 결과물이다.

표트르 대제는 〈관등표〉(Табель о рангах)를 직접 작성할 정도로 관등제 도입에 적극적이었다. 관등제는 차르(황제)를 권력의 중심으로 공고히 하려는 동시에 능력 중심의 관료 사회를 만들려는 목적을 포함하고 있었다. 관등제는 러시아의 행정·군사·사법체제에 도입되었고, 모든 관료는 의무 복무 기간을 준수해야만 했다. 또한 업무에 필요한 지식을 갖춰야 했기 때문에 문맹 귀족들이 배제되고 교육 받은 귀족이 관료가 되는 효과를 가져왔다. 모든 관등은 각 관등에 맞는 자격만 갖추면 승진이 가능했고, 1등급에서 5등급까지는 차르의 승인이 있어야만 승진이 가능했다. 또한 관등제는 기존의 귀족층과 더불어 비(非)귀족층에게도 관직을 부여하며 기득권층으로 인정해주었다. 즉 러시아 관등제는 귀족의 사회적 지위의 근간을 토지나 재산, 혈통이 아닌 황실과 군대, 그리고 행정에서의 복무로 재정의한 것이다.

하지만 시간이 지나면서 의무 복무 기간이 폐지되거나, 귀족으로 인정받을 수 있는 관등이 8등급에서 4등급으로 바뀌는 등 비귀족층의 신분 상승을 막으며 고위 관직은 귀족의 기득권을 유지하는 수단으로 변질됐다. 러시아 관료제는 처음 도입된 이후 몇 차례 개정되긴 했지만 1917년 러시아 혁명이 일어날 때까지 유지되어 본래의 개혁적 성격은 퇴색한 채 러시아 사회의 뿌리 깊은 병폐로 자리 잡게 되었다.

Step 4 돈의 의미

제시문을 읽고, 물음에 답해 봅시다.

가 "국가는 신이 아니에요. 국가는 원한다고 해서 잃어버리면 되찾을 수 없는 것을 빼앗을 권리를 가지고 있지 않습니다."

손님들 중에 스물다섯 정도 되어 보이는 젊은 변호사가 있었다. 사람들이 그에게 의견을 묻자 그는 다음과 같이 대답했다.

"사형이나 종신형 모두 똑같이 비윤리적입니다. 그런데 둘 중 하나를 택하라고 한다면 전 분명 후자를 선택할 것입니다. 어떻게든 사는 것이 죽는 것보다 더 나으니까요."

이 발언으로 열띤 논쟁이 시작되었다. 그 당시 지금보다 젊고 신경질적이었던 은행원은 이성을 잃은 나머지 주먹으로 책상을 내리치며 젊은 변호사를 향해 소리쳤다.

"거짓말! 당신이 독방에서 5년도 버틸 수 없다는 데 2백만 루블을 걸겠소."

"그게 진심이라면 기간을 5년이 아니라 15년으로 해서 내기를 하겠습니다."

변호사가 그의 말을 받아쳤다.

"15년이라고요? 좋아요! 여러분, 제가 2백만 루블을 걸겠습니다!" 은행원이 소리쳤다.

"그러시죠! 당신이 2백만 루블을 건다면 전 제 자유를 걸겠습니다!" 변호사가 이렇게 맞받아쳤다.

무모하고 무의미한 내기는 이렇게 이루어졌다! 그 당시 은행원은 자신의 재산이 얼마인지도 모를 정도로 부유했다. 철부지 백만장자이자 경솔했던 남자는 내기를 하게 되어서 기뻤다. (중략)

당신들은 미쳤고 잘못된 길을 향해 걸어가고 있다. 거짓을 진실로, 추악함을 아름다움으로 받아들인다. 만일 어떠한 환경의 영향으로 사과나무와 오렌지 나무에서 갑자기 열매 대신 개구리와 도마뱀이 열리고, 장미꽃에서 땀범벅이 된 말 냄새가 난다면 당신들은 놀랄 것이다. 마찬가지로 나도 하늘과 땅을 바꿔 놓은 당신들의 행태에 놀랐다. 당신들을 이해하고 싶지 않다.

당신들이 살아가면서 의존하는 모든 것에 대한 경멸을 보여 주기 위해 나는 2백만 루블을 거절한다. 한때는 천국을 꿈꾸듯 그 돈을 바랐었다. 나는 그 돈에 대한 권리를 포기하기 위해 정해진 기한을 다섯 시간 남긴 채 이곳을 빠져 나감으로써 계약을 파기할 것이다…….

– 안톤 파블로비치 체호프, 조혜경 옮김, 〈내기〉

나 가난은 일정한 화폐경제 단계에서만 지극히 순수하고 특수한 형태로 나타난다. 아직 화폐경제에 의해 매개되지 않은 자연적인 조건 하에서 그리고 농업생산물이 상품으로 등장하지 않는 경우에는 개인의 절대적인 궁핍이라고 하는 것은 매우 드물다. 20세기 초까지만 해도 러시아는 화폐경제의 영향이 미약한 지역에서는 개인적인 궁핍이 존재하지 않는다고 자랑스럽게 말하였다. 가난은 하나의 일반적인 현상으로서, 사람들은 화폐에 의존하지 않고서도 최소한의 필수품을 쉽게 얻을 수 있었기 때문이다.

가난이 도덕적인 이상으로 나타나게 되면 그에 상응하여 화폐의 취득은 가장 위험한 유혹, 진정한 악(惡)으로서 혐오의 대상이 된다. 영혼의 구원이 최종 목표로 간주될 때 많은 교리에서는 가난이 긍정적이며 필수적인 수단으로 해석되고 왕왕 수단으로서의 지위를 넘어 그 자체가 중요하고 타당한 가치로서의 권위를 가지게 된다. 가난을 절대적인 가치로까지 고양시켰던 그러한 내적인 마음자세는 초기 프란시스코파 수도사들에게서 가장 열렬하고 명확하게 나타난다. 그들에게 가난은 독립적인 가치 혹은 심원한 내적 요구의 상관 개념이었다. 이 교단의 초기에 정통한 한 역사가는 이렇게 쓰고 있다. "프란시스코파 수도사들은 가난 가운데서 안전과 사랑, 자유를 발견하였다. 이 새로운 사도들이 필사의 노력을 다해 이 귀중한 보배를 보전하려고 했다는 것은 이상한 일이 아니다. 가난에 대한 그들의 숭배심은 거의 무한한 것이었다. 그들은 불타는 열정으로 그들의 애인에게 날마다 새로이 구혼했던 것이다."

이와 같이 가난은 적극적인 소유물이 되었다. 가난은 영혼의 구원이라는 신성한 재화의 획득을 매개했고 다른 한편으로 경멸적이고 세속적인 재화를 얻기 위해 돈이 수행하는 것과 똑같은 역할을 수행했다. 돈과 마찬가지로 가난은 실제적인 일련의 가치가 흘러들어가고 다시 풍성하게 되어 흘러나오는 저수지였다. 가난은 지고한 의미에서 '세계는 모든 것을 포기하는 사람에게 속한다'는 사실의 표현인 것이다. 돈을 포기하는 사람은 모든 것을 상실하는 것이 아니라 오히려 가난 속에서-마치 탐욕스러운 사람에게 돈이 그러한 것과 마찬가지로-모든 사물 중에 가장 순수하고 정묘한 것을 소유하게 되는 것이다. 프란시스코파 수도사들은 '아무 것도 갖고 있지 않으나 모든 것을 소유한 사람'이라고 불리어졌다.

– 게오르그 짐멜, 《돈의 철학》

다 부유하지 못한 사람들은 스스로를 위로하기 위해 부(富)가 가져오는 불행에 대하여 터무니없는 이야기를 꾸며낸다. 마이다스는 자신의 딸을 황금으로 변하게 했고, 모든 것이 손대는 족족 황금으로 바뀌는 바람에 음식조차 먹지 못했다고 하면서 말이다. 그러나 부자가 불행하지 않다는 사실을 사람들은 본능적으로 알고 있고 그것은 최근의 사회과학적 조사에서도 확인되고 있다. 부유해질수록 그만큼 행복해진다는 것이다.

부는 많은 소비재를 구매할 능력을 부여하지만, 오히려 그보다 훨씬 더 중요한 사실은 사람들에게 하고자 하는 일을 할 수 있는 능력을 제공해 준다는 점이다. 부유한 사람은 다른 사람을 고용하거나 해고하고, 승진시키거나 좌천시킬 수 있으며, 사업을 시작하거나 그만둘 수도 있고, 사업체를 이곳에서 저곳으로 옮길 수도 있다. 부유한 사람은 주위의 물적·인적 환경을 통제할 수 있다. 반면에 부유하지 못한 사람은 주위의 환경에 순응해야 한다.

부유한 사람은 정치적 영향력 역시 아무도 모르게 돈으로 살 수 있다. 선거 기부금을 통해 한 표 이상의 영향력을 행사할 수 있다. 직접적으로 정치 권력을 손에 넣을 수도 있다. 미국 상원의원의 반수 이상이 인구의 상위 1% 이내의 부유층이며, 저명한 상원의원과 주지사들 다수가 엄청난 부의 소유자들이다. 선거 자금의 필요성으로 말미암아 부를 소유하지 못한 정치가가 부패할 수밖에 없는 시대에는 부자가 유일하게 정직한 사람들이다. 그들은 자신의 선거 자금을 마련하기 위해 영혼을 팔 필요가 없기 때문이다.

개인의 사회적 서열을 매기는 중요한 척도 중 하나였던 부는 시간이 흐르면서 개인의 가치를 재는 거의 유일한 척도가 되었다. 부는 자신의 패기를 입증하고 싶어 하는 사람이 달려들 만한 유일한 게임이다. 부는 치열한 경합장이다. 그곳에서 시합을 하지 못하는 사람은 2류로 규정된다. – 레스터 C. 서로우, 《부의 구축》

라 바다에 나갈 때 나는 한낱 선원으로서 나간다. 그래서 돛대 앞이나 갑판 아래, 또는 제일 높은 마스트의 꼭대기에서 궂은 일을 도맡아 한다. 물론 무슨 일이든지 명령을 받아야 하는 신세이니, 5월의 초원에 뛰노는 메뚜기처럼 이 마스트에서 저 마스트로 바삐 뛰어다녀야만 한다. 이것은 확실히 괴로운 일이다. 특히 지방 명문가에서 태어난 사람이라면 더욱 자존심이 상할 것이다. 배를 타는 일로 생계를 유지하기 직전까지 어느 시골 학교에서 교사로 으쓱대며 아무리 몸집 큰 학생이라도 두려워 쩔쩔매도록 한 경험이 있다면 교사에서 선원으로의 변신은 참으로 참담하기 그지없으리라. 세네카나 스토아학파 식의 높은 수양을 쌓지 않고선 적당히 코웃음을 치며 참는다는 것은 불가능한 일이라고 나는 경고하련다. 그러나 시간이 지나면 이런 마음도 차츰 사그라든다.

시골뜨기 늙은 선장이 내게 비를 들고 갑판을 청소하라는 명령을 내린들 어쩌겠는가? 신약성서에 비추어 보면 이 정도의 굴욕이 무슨 대수란 말인가? 노예 아닌 사람이 이 세상에 존재하느냐고 나는 묻고 싶다. 늙은 선장이 아무리 나를 혹사하고 괴롭힌다고 해도, 나는 다른 사람들도 나름대로 육체적 또는 정신적인 의미에서는 노예라고 자위하면서 스스로 만족해 한다. 결국 온 세상이 서로에게 주먹질을 하고 있으니 각자는 서로 어깨를 다독거리며 만족하는 수밖에 없다.

다시 한번 말하지만 나는 언제나 일반 선원의 자격으로 바다에 나간다. 선원 일은 나의 노고에 대해 대가를 지불해 주기 때문이다. 동전 한 푼이라도 승객에게 돈을 지불한 예는 없다. 반대로 지불하는 쪽은 오히려 승객이다. 돈을 지불한다는 것과 돈을 받는다는 것은 이 세상에서 얼마나 큰 차이인가? 돈을 받는다는 것, 이를 무엇에 비할 수 있겠는가? 돈은 지상의 온갖 악의 근원이므로 돈을 가진 사람은 절대로 천국에 들어가지 못한다는 우리의 뿌리 깊은 믿음을 생각하면 사람이 돈을 받기 위해 행하는 갸륵한 수고야말로 참으로 놀라운 일이 아니겠는가? 아아, 얼마나 즐겁게 우리는 그 파멸에 몸을 맡기고 있단 말인가?

– 허먼 멜빌, 《모비 딕》

• 왕왕(往往) : 시간의 간격을 두고 이따금.

• 소비재(消費財) : 개인의 욕망을 직접적으로 충족하기 위하여 소비되는 재화. 식료품, 의류, 가구, 주택 따위가 이에 해당한다.

• 마스트(mast) : 돛을 달기 위하여 배 바닥에 세운 기둥.

1_ 제시문 ㉮를 읽고, '내기'의 내용과 그 결과를 정리해서 말해 봅시다. 그리고 이 내기의 최후의 패자가 누구인지 자신의 생각을 말해 봅시다.

2_ 제시문 ❹가 주목하는 돈의 부정적 속성과 제시문 ❺가 주목하는 돈의 긍정적 속성을 비교, 대조하여 발표해 봅시다.

3_ 위 문제 2번의 답안을 토대로, 제시문 ❻에서 보이는 삶의 태도에 대한 자신의 생각을 말해 봅시다.

Theme 02_ 체호프의 〈갈매기〉

> "갈매기처럼 호수를 사랑하고, 자유롭고 행복하죠. 그런데 우연히 어떤 사람이 찾아와 그녀를 알게 되고 심심풀이로 그녀를 파멸시킵니다. 마치 이 갈매기처럼 말이죠."
>
> –〈갈매기〉 中

〈갈매기〉는 안톤 체호프가 1896년에 완성해 상트페테르부르크의 알렉산드린스키 극장에서 처음 선보인 희곡이다. 작가가 되고 싶어 하는 주인공 뜨레플레프는 배우가 되고 싶어 하는 니나라는 여성을 짝사랑한다. 하지만 그가 쓴 희곡은 유명한 배우인 어머니 아르카지나에게 무시당하고, 그의 희곡을 연기한 니나에게도 이해받지 못한다. 게다가 니나는 아르카지나와 연인 관계이자 유명한 작가인 뜨레고린에게 반해 그와 함께 떠난다. 몇 년 뒤, 뜨레고린은 니나에 대한 사랑이 식어 다시 아르카지나에게 돌아온다. 뜨레플레프는 니나에게 사랑을 고백하지만 니나는 거절한다. 온갖 고생을 겪은 니나는 소녀 같은 몽상에서 벗어나 현실을 직시하며 자신의 길을 찾아낸 것이다. 니나가 떠난 이후 뜨레플레프는 상실감을 이기지 못하고 스스로 목숨을 끊는다.

체호프는 〈갈매기〉를 두고 '사랑과 예술에 관한 이야기'라고 말했다. 그의 말대로 작중 인물들은 사랑과 예술에 대해 고뇌하며 삶의 목표를 찾아 헤맨다. 하지만 이들의 고민은 평범하고 일상적인 대화로 다뤄진다. 마치 체호프의 단편소설들이 평범한 소시민들의 소소한 일상과 그들의 심리를 세밀하게 그려낸 것처럼 말이다. 또한 〈갈매기〉의 주인공은 뜨레플레프지만, 체호프는 총 10명의 등장인물 사이에 얽힌 복잡한 관계와 이들이 바라보는 사랑과 예술에 대한 고뇌를 특유의 일상적인 언어로 풀어낸다. 이러한 특징으로 인해 〈갈매기〉의 첫 공연을 두고 비평가들은 특별하고 극적인 사건 전개가 없으며, 애매모호하고 수수께끼 같은 이야기만 늘어놓았다고 혹평했다.

이 일로 크게 상심한 체호프는 다시는 희곡을 쓰지 않겠다고 결심했다. 하지만 배우이자 연출가인 콘스탄틴 스타니슬랍스키의 설득으로 1898년 모스크바 예술 극장에서 재공연을 했다. 〈갈매기〉는 첫 공연과 달리 대성공을 거두며 이후 체호프가 계속해서 희곡을 쓰게 만드는 원동력이 되었다.

Step 5 메뚜기 같은 여자

제시문을 읽고, 물음에 답해 봅시다.

가 당신이 아무한테도 얘기한 적이 없는데 도대체 그 일을 어떻게 알았느냐, 누가 얘기했느냐고 당신은 물었다. 하지만 그것은 모든 일을 가장 잘 알고 있는 소문이라는 놈이 알려 준 것이다. 이렇게 얘기하면 "뭐라고? 그렇다면 나도 세상 사람들의 입에 오르내릴 만한 사람이란 말인가?" 하고 당신은 반문할 것이다. 당신은 자신을 대단찮게 여기고 있는 모양이지만 그 지방에서는 거물일 수도 있다. 당신이 무슨 일을 하고 있는지, 무엇을 먹는지, 잠은 얼마나 자는지, 이런 것들을 사람들은 듣고 싶어 하고 또 잘 알고 있기도 할 것이다. 그런 만큼 당신은 일상 생활에서 행동거지를 더욱 더 조심하지 않으면 안 된다.

그렇지만 중인환시(衆人環視) 속에서 살아도 아무렇지 않게 되었을 때 비로소 나는 행복하구나 하고 생각해도 좋을 것이다. 집 안의 벽은 당신을 보호하기 위해서 있는 것이지 무언가를 숨기기 위해서 있는 것은 아니다. 그런데도 문을 활짝 열어 놓고 생활하는 사람은 좀처럼 찾아보기 어렵다. 문지기를 두게 된 것도 양심의 거리낌 때문이지 명예나 긍지를 나타내기 위해서가 아니다. 누군가가 갑자기 문을 열고 들어와 떳떳치 못한 짓을 하고 있는 현장이라도 들킬까봐 불안해하는 생활을 하고 있기 때문이다. 그러나 몸을 숨겨 남의 눈이나 귀로부터 벗어났다고 해서 무슨 소용이 있단 말인가? 양심의 가책을 느낄 것이 없으면 군중의 시선은 환영할 만한 것이 되지만, 양심의 가책을 느낄 때는 혼자 있어도 불안해서 견딜 수가 없는 법이다. 당신이 하고 있는 일이 떳떳한 일이라면 모든 사람이 알아도 상관이 없을 것이고, 추악한 일이라면 당신 자신이 알고 있는 이상에는 남들이 알든 모르든 그런 것은 문제가 안 된다.

– 조남진, 〈세네카의 '행복한 삶'과 '도덕서한'에 나타난 현자와 재산〉

나-1 "듸모프, 당신은 영리하고 고귀한 사람이야." 그녀가 입을 열었다.

"하지만 치명적인 결점이 한 가지 있어. 예술에 전혀 관심이 없다는 거야. 음악과 회화를 부정하잖아."

"난 예술을 이해하지 못할 뿐이야. 평생 자연 과학과 의학에 전념했다고. 예술에 관심을 가질 시간이 없었어." 그가 온화하게 대답했다.

"하지만 그건 끔찍해, 듸모프!"

"왜? 지인들이 자연 과학과 의학을 모른다고 해서 당신이 그들을 비난하진 않잖아. 각자 자기에게 맞는 분야가 있는 법이지. 난 풍경화와 오페라를 이해하지 못하지만, 이렇게는 생각해. 몇몇 현명한 사람들은 예술에 일평생을 바치고 또 다른 현명한 사람들은 거기에 거액을 쏟아붓지. 그러니 예술은 가치가 있어. 난 예술을 이해하진 못하지만, 그게 예술 자체를 부정한다는 뜻은 아니야."

나-2 올가 이바노브나는 매일 11시경 침대에서 일어나 피아노를 연주했고, 날씨가 좋을 때는 유화를 그렸다. 그러고 나서 12시에서 1시 사이에 재봉사에게 갔다. 올가와 드모프에게는 돈이 많지 않기 때문에 그녀가 옷을 계속 바꿔 입어 사람들을 놀라게 하려면 올가와 재봉사가 부지런히 지혜를 짜내야 했다. 그들은 오래전에 풀을 먹인 옷감이나 자투리로서의 가치도 없는 레이스, 망사, 비로드, 실크를 가지고 기적을 만들어 냈다. 그렇게 만들어 낸 옷은 어딘가 매력적이었고, 단순한 옷이 아닌 꿈과 같았다. 올가 이바노브나는 보통 재봉사의 의상실을 나오면 친분이 있는 여배우의 집으로 갔다. 연극계 소식도 듣고, 겸사겸사 초연 드라마나 후원 공연의 표를 구하기 위해 분주히 돌아다니는 것이다. 여배우의 집에 들른 후에는 화가의 작업실 또는 전시회에 가거나 유명 인사를 만나러 간다. 상대방을 자신의 집에 초대하거나, 이유 없이 들른다거나, 아니면 그저 수다를 떨려는 목적이었다. 사람들은 어디서나 그녀를 반갑고 다정하게 맞아 주었고, 그녀가 착하고 사랑스럽고 보기 드문 여자라고 입을 모았다……. 올가를 유명하고 위대하다고 일컫는 사람들은 그녀를 자신들처럼 대했고, 그녀가 재능과 예술적 감각과 지성을 갖추고 있기 때문에 한눈만 팔지 않는다면 대박을 터뜨릴거라고 한 목소리로 말했다. (중략)

하지만 올가의 재능이 최대로 발휘되는 순간은 유명 인사와 만날 때였다. 누군가가 조금이라도 유명해져서 사람들이 그에게 자신에 대해 언급하게 만들 필요가 있다고 느끼면 그날로 올가는 그 사람과 인사를 나누고 빠르게 친해져서 그를 집으로 초대했다. 새로운 만남은 언제나 그녀에겐 주요한 축제였다. 올가는 유명 인사들을 맹목적으로 사랑했고 그들을 보며 뿌듯해했다. 그리고 매일 밤 꿈에서 그들을 만났다. 유명 인사들을 갈망하는 그녀의 욕망은 결코 채워지지 않았다. 이전 사람들이 떠나고 잊힌 후에는 새로운 사람들을 찾았다. 그러나 얼마 지나지 않아 올가는 그들에게 익숙해지거나 실망감을 느꼈다. 그리고 또다시 위대하고 새로운 얼굴을 열정적으로 찾고 또 찾았다. 무엇 때문인가?

다 올가 이바노브나는 디모프와 함께했던 모든 순간들을 처음부터 끝까지 하나하나 떠올려 보았다. 그러다가 자신이 알고 있는 이들과 비교해도 디모프가 정말 특별하고 보기 드물게 훌륭하다는 사실을 깨달았다. 문득 돌아가신 아버지와 남편의 동료 의사들이 그를 어떻게 대했는지 떠올랐다. 그리고 그들이 남편에게서 미래의 유명 인사를 발견했다는 사실도 깨달았다. 벽과 천장, 전등과 바닥의 양탄자가 '당신은 놓쳤어! 놓쳤지!'라고 말하며 비웃는 듯했다. 울면서 침실을 빠져나간 올가는 거실에 있는 어떤 낯선 신사 옆을 재빨리 지나 남편의 서재로 들어갔다. 그는 허리까지 담요를 덮은 채 미동도 없이 터키식 소파에 누워 있었다. 그의 얼굴은 끔찍할 정도로 야위어 있었고, 누런 회색빛을 띤 상태였다. 살아 있는 사람들에게는 결코 발견할 수 없는 색이었다. 이마와 검은 눈썹, 익숙한 미소만이 그가 디모프라는 사실을 알려 주었다. 올가 이바노브나는 그의 가슴과 이마와 손을 만져 보았다. 가슴은 아직 따스했지만 이마와 손은 기분 나쁠 정도로 차가웠다. 반쯤 뜬 눈은 올가 이바노브나가 아니라 담요를 향해 있었다.

– 안톤 파블로비치 체호프, 조혜경 옮김, 〈메뚜기 같은 여자〉

라 파티 날이 되었다. 루아젤 부인은 성공을 거두었다. 그녀는 누구보다도 예뻤다. 우아하면서 상냥했고, 즐거움과 기쁨에 넘쳐 있었다. 모든 남자들이 그녀를 바라보았고 이름을 물었고 그녀에게 소개받기를 원했다. 사무실의 모든 보좌관들이 춤추고 싶어 했다. 장관도 마틸드를 눈여겨보았다.

그녀는 흥분 속에서 기쁨에 취해 정신없이 춤을 추었다. 자신의 아름다움이 가져온 승리 속에서, 성공의 영광 속에서, 행복의 구름 속에서 더 이상 아무것도 생각하지 않았다. 그 속에는 온갖 찬사와 감탄이 있었고 욕망이 깨어나 있었으며, 여자들의 마음을 채워 주는 너무도 달콤하고 완벽한 승리가 깃들어 있었다. (중략)

루아젤 부인은 가난한 사람들의 끔찍한 생활을 경험하게 되었다. 하지만 마틸드는 용감하게도 단번에 결심을 했다. 이 엄청난 빚을 갚아야 했다. 그녀가 갚으리라. 그들은 하녀를 내보내고 지붕 밑 다락방에 세를 얻어 집을 옮겼다.

그녀는 손수 힘든 집안일과 지긋지긋한 부엌일을 했다. 기름때 낀 그릇과 냄비 바닥을 닦느라 그녀의 붉은 손톱이 다 닳아 버렸다. 더러운 속옷이며 셔츠, 걸레를 빨아 빨랫줄에 널어 말렸다. 매일 아침 쓰레기를 들고 거리로 내려갔고 물을 길어 올리느라 층마다 멈춰 서서 숨을 돌렸다. 서민의 옷차림을 하고 팔에 바구니를 낀 채 과일 가게, 식

료품점, 정육점을 돌아다니며 값을 깎느라 욕을 먹어 가면서 하찮으나마 한 푼 한 푼 모아 나갔다. (중략)

이제 루아젤 부인은 늙어 보였다. 그녀는 힘세고 강인하고 거친 여자, 가난한 주부가 되어 있었다. 머리는 빗질도 잘 하지 않았고 치마는 비뚜름히 걸쳐 입었으며 손은 거칠어졌다. 큰 소리로 말하고 물을 좍좍 끼얹으며 마루를 닦았다. 그러나 이따금 남편이 출근하고 나면 마틸드는 창가에 앉아 옛날 그 파티, 자신이 너무도 아름다웠고 그토록 환대받았던 그 무도회를 생각하곤 했다. – 기 드 모파상, 진인혜 옮김, 〈목걸이〉

마 수오재(守吾齋), 즉 '나를 지키는 집'은 큰형님이 자신의 서재에 붙인 이름이다. 나는 처음 그 이름을 보고 의아하게 여기며, "나와 단단히 맺어져 서로 떠날 수 없기로는 '나'보다 더한 게 없다. 비록 지키지 않는다 한들 '나'가 어디로 갈 것인가. 이상한 이름이다."라고 생각했다.

장기로 귀양 온 이후 나는 홀로 지내며 생각이 깊어졌는데, 어느 날 갑자기 이러한 의문점에 대해 환히 깨달을 수 있었다. 나는 벌떡 일어나 다음과 같이 말했다.

천하 만물 중에 지켜야 할 것은 오직 '나'뿐이다. 내 밭을 지고 도망갈 사람이 있겠는가? 그러니 밭은 지킬 필요가 없다. 내 집을 지고 달아날 사람이 있겠는가? 그러니 집은 지킬 필요가 없다. 내 동산의 꽃나무와 과실나무들을 뽑아 갈 수 있겠는가? 나무뿌리는 땅속 깊이 박혀 있다. 내 책을 훔쳐 가서 없애 버릴 수 있겠는가? 성현의 경전은 세상에 퍼져 물과 불처럼 흔한데 누가 능히 없앨 수 있겠는가. 내 옷과 양식을 도둑질하여 나를 궁색하게 만들 수 있겠는가? 천하의 실이 모두 내 옷이 될 수 있고, 천하의 곡식이 모두 내 양식이 될 수 있다. 도둑이 비록 훔쳐 간다 한들 하나둘에 불과할 터, 천하의 모든 옷과 곡식을 다 없앨 수는 없다. 따라서 천하 만물 중에 꼭 지켜야만 하는 것은 없다.

그러나 유독 이 '나'라는 것은 그 성품이 달아나기를 잘하며 출입이 무상하다. 아주 친밀하게 붙어 있어 서로 배반하지 못할 것 같지만 잠시라도 살피지 않으면 어느 곳이든 가지 않는 곳이 없다. 이익으로 유도하면 떠나가고, 위험과 재앙으로 겁을 주면 떠나가며, 질탕한 음악 소리만 들어도 떠나가고, 미인의 예쁜 얼굴과 요염한 자태만 보아도 떠나간다. 그런데 한번 떠나가면 돌아올 줄 몰라 붙잡아 만류할 수가 없다. 그러므로 천하 만물 중에 잃어버리기 쉬운 것으로는 '나'보다 더한 것이 없다. 그러니 꽁꽁 묶고 자물쇠로 잠가 '나'를 굳게 지켜야 하지 않겠는가? – 정약용, 〈수오재기〉

1_ 제시문 ㉮의 타인의 시선에 관한 관점을 요약하고, 이를 토대로 아내와 남편의 삶의 태도를 비교해 봅시다.

2_ 제시문 ㉰와 ㉱의 여주인공이 공통적으로 보여주는 삶의 태도를 말해 봅시다.

3_ 제시문 ㉤의 화자가 자신에 대하여 갖는 태도를 각각 말해 보고, 진성한 자신으로 살아간다는 의미를 생각해 봅시다.

도움주기

체호프와 톨스토이

19세기는 푸시킨, 고골, 도스토옙스키, 톨스토이 등이 활약한 러시아 문학의 전성기다. 당시 러시아 문학의 지배적 사조는 리얼리즘으로, 작가는 시대적 상황에 책임 의식을 가지고 글을 쓰기를 요구받았다. 특히 톨스토이는 러시아 리얼리즘 문학의 대표자로 여겨지는데, 체호프와 동시대를 활동하며 서로에게 영향을 주고받았다. 톨스토이는 체호프를 모파상과 같은 재능을 가졌다고 평가했지만 동시에 리얼리즘과 동떨어진 예술관에 대해서는 비판했다. 마찬가지로 체호프도 톨스토이를 존경했지만, 사할린 여행 이후 자신의 문학관을 확립해 나가며 종교적 색채가 짙은 톨스토이의 후기 작품들을 비판했다. 글을 통해 추구하는 방향이 달랐음에도 둘은 사이가 좋았고, 체호프가 먼저 세상을 떠나자 톨스토이는 매우 슬퍼하며 장례식에도 참례하였다.

논술하기

1_ 제시문은 안톤 파블로비치 체호프의 〈우수(憂愁)〉에서 발췌한 것이다. 제시문에 나타난 '마부'의 어려움을 중심으로 인간관계의 양상을 논술해 봅시다. (800자 내외)

> 늦은 밤 일과를 끝내고 집으로 들어가는 사람들의 희망은 '정말 힘든 하루였어. 빨리 쉬고 싶어.'와 같은 아주 단순한 몇 마디라도 따뜻한 불빛 아래서 누군가와 이야기를 나누는 것이다.
>
> 하지만 인기척 없는 불 꺼진 집안에서 강아지 한 마리만이 짖으면서 달려와 안긴다면 그는 강아지에게 그 말을 건네게 될 것이다. 뒤이어 나오는 한숨의 의미를 강아지는 알 수 없겠지만….
>
> 이오나는 자기 말이 어떤 효과를 나타내는지 주시하지만 아무 것도 볼 수 없다. 젊은이는 머리까지 뒤집어쓰고 벌써 잠을 자고 있다. 노인은 한숨을 쉬면서 몸을 긁는다…. 젊은이가 물을 마시고 싶듯이 그는 이야기를 하고 싶다. 아들이 죽은 지 이제 겨우 일주일이 되지만, 여태 그는 아무와도 이야기를 하지 못했다. 차근차근 자세히 이야기를 해야만 하는데….
>
> 장례식과 병원으로 죽은 사람의 옷을 가지러 갔던 것을 이야기해야 한다. 시골에는 딸 아시니아가 남아 있다. 그리고 그녀에 대해서도 말해야 한다. 그가 지금 이야기할 것이 과연 한두 가지이겠는가? 이야기를 듣는 사람은 슬퍼하며 한숨 쉬고 통곡할 지도 모른다. 상대가 여자라면 이야기하기가 훨씬 쉬울 것이다. 그러나 아무리 바보라도 두 마디만 들으면 엉엉 울 것이다.
>
> '말을 보러 가야지.' 그는 생각한다. '사람은 어떻게든 잠을 잘 수 있어… 두려움 없이 잘 수 있지.' 그는 옷을 입고 그의 말이 서 있는 마구간으로 간다. 그는 귀리, 건초, 날씨에 대해 생각한다. 그는 혼자 있을 때면 아들에 관해서는 생각해서는 안 된다. 아들에 대해서 누구에게 이야기를 할 수는 있어도 자기 자신이 생각하거나 그의 모습을 그려보는 건 무섭고 견딜 수 없는 것이다.
>
> "씹고 있냐?" 이오나는 말의 반짝이는 눈동자를 바라보면서 말한테 묻는다.
>
> "그래, 씹어라 씹어… 우리는 귀리 값을 벌지 못했으니 건초라도 먹어야지. 그래… 나는 마차를 몰기에는 너무 늙었어… 아들놈이 몰아야 하는데… 내가 아니고, 그 놈은 진짜 마부였는데, 살았어야만 했는데…."

이오나는 잠시 그 말을 그쳤다 계속한다.

"그래, 말아… 쿠지마 이오니치는 죽었단다. 오래 살라고 했는데…헛되게 가 버렸단다. 지금 네가 망아지를 가지고 있다고 해 보자. 그러면 너는 그 망아지의 어미가 된다. 그러나 갑자기 그 망아지가 죽었다고 해 봐… 슬프지 않겠니?" 말은 우물우물 씹으면서 이야기를 듣고 있다는 듯 주인의 손에 콧김을 내뿜는다….

이오나는 열중하여 말에게 모든 것을 이야기한다.

아로파 세계문학을 펴내며

一日不讀書 口中生荊棘

흔히 책 한 권이 한 사람의 운명을 바꿀 수 있다고 한다. 훌륭한 책을 차분하게 읽는 것이 개개인의 인생 역정에 지대한 영향을 미친다는 의미이다. 특히 젊은 날의 독서는 읽는 그 순간으로 그치는 것이 아니라, 독자의 인생 전반에 걸쳐 그 울림의 자장이 더욱 크다. 안중근 의사가 형장의 이슬로 사라지기 전 후대를 위해 남긴 수많은 경구 중 특히 '일일부독서구중생형극(一日不讀書口中生荊棘)'이라는 유묵이 전하는 바는 지금 이 순간에도 절절하게 다가온다.

고전은 시대와 세대를 뛰어넘어 당대를 사는 독자에게 언제나 깊은 감동을 준다. 시간이 흘러도 인간이 추구하는 근본적이고 보편적인 가치는 변하지 않기 때문이다. 이러한 고전 읽기는 가벼움과 효율성을 중시하는 담론이 지배하고 있는 오늘을 사는 우리에게 삶을 다시 한 번 반추하게 한다.

아로파 세계문학 시리즈는 주요 독자를 청소년으로 설정하였다. 번역 과정에서도 원문의 맛을 잃지 않는 한도 내에서 최대한 청소년의 눈높이에 맞추고자 노력하였다. 도서 말미에는 작품을 읽은 뒤 토론하는 데 도움을 주는 '깊이 읽기' 해설편과 토론·논술 문제편을 각각 수록하였다.

열악한 출판 현실에서 단순히 차려진 밥상에 숟가락을 얹는 것이 아닌, 청소년들이 알을 깨고 나오는 성장기의 고통을 느끼는 데에 일조하고 싶었다. 아무쪼록 아로파 세계문학 시리즈가 청소년들의 가슴을 두드리는 북이 되었으면 하는 바람이다.

옮긴이 **조혜경**

고려대학교 노어노문학과를 졸업하고 동대학원에서 석사학위를, 모스크바 국립대학교에서 문학박사학위를 받았다. 고려대학교 러시아-CIS 연구소에서 연구교수를 지냈으며 한국대학교육협의회 한국교양기초교육원 사무국장을 역임하였다. 현재 대구대학교 성산교육대학 자유전공학부 교수로 재직 중이다. 주요 저서로는《도스또옙스끼 소설에 나타난 리터러시와 비블리오테라피》,《똘스또이, 시각을 탐하다》가 있으며, 주요 역서로는《지하로부터의 수기》,《허접한 악마》,《악령들》등이 있다.

아로파 세계문학 12
체호프 단편선 1

1판 1쇄 인쇄 2024년 7월 30일
1판 1쇄 발행 2024년 8월 10일

지은이 안톤 파블로비치 체호프
옮긴이 조혜경
펴낸이 이재종

펴낸곳 도서출판 아로파
등록번호 제2013-000093호
등록일자 2013년 3월 25일
주소 서울시 강남구 도곡로 63길 23, 302호
전화 02_501_1681
팩스 02_569_0660
이메일 rainbownonsul@hanmail.net
ISBN 979-11-87252-18-4
979-11-950581-6-7(세트)